公民的公共基本社会保障及其均等化
是国家秩序与安全的重要保证。

民族的文化道德底蕴
是这个民族不断发展的未来和希望。

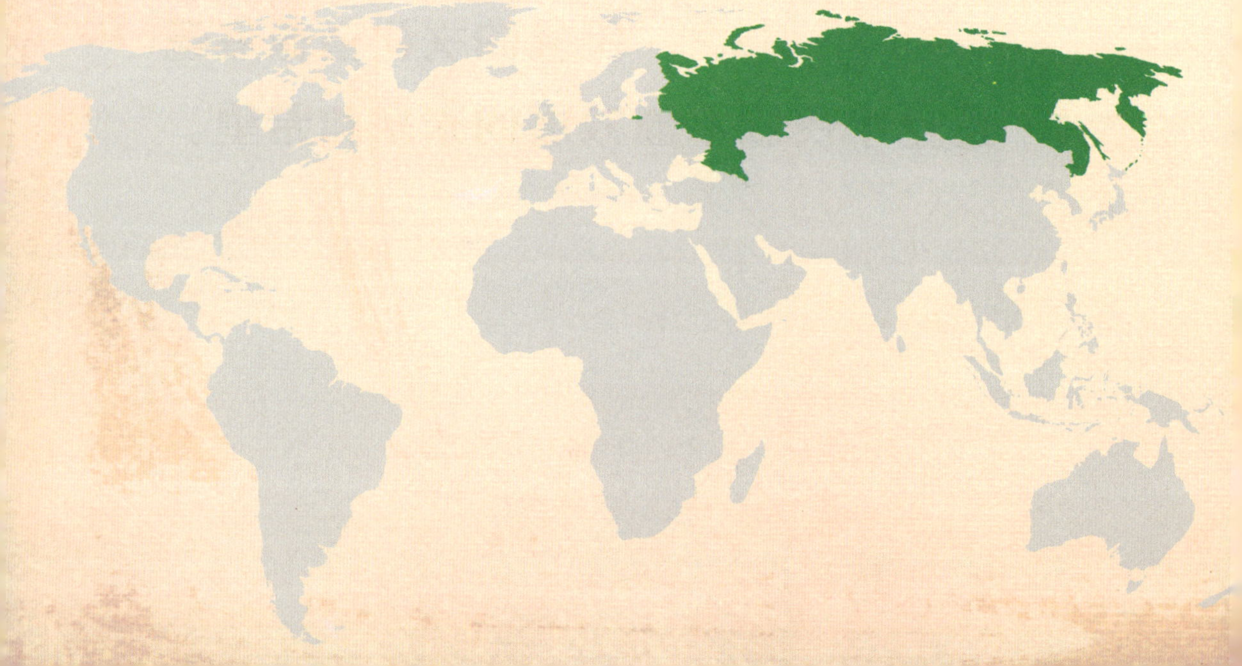

РОССИЙСКИЕ ЗАКАТЫ И ВОСХОДЫ

—ЗАПИСКИ О ПОСЕЩЕНИИ РОССИИ ПРОФЕССОРА ЛЮ МИНДА

日落日出俄罗斯

——刘铭达教授访俄日记实录

刘铭达 著

中国财政经济出版社

用刘教授的眼睛看俄罗斯
（代序）

与刘铭达教授的相识源于他在广东的一次讲课。作为主办方的工作人员，我与刘教授有了一些近距离交流的机会，而共同的俄罗斯情结，又让我们更多了些共同的话题。之后，又有幸观看了刘教授的访俄录像《思想者的足迹》、细读了《巧做少米之炊》一书，收获良多，也感慨良多，并与刘教授有了交流。这般种种因缘，竟促使我成为刘教授访俄日记最初的读者，实在荣幸之至。

刘教授是一位从教30多年的财经教授、学者，也是一位从事过十多年财经实际工作的领导。在2007年作为高级研究访问学者访俄之时，他已60多岁。这些决定了他的研究访问会有一些不同的视角。

刘教授在俄罗斯研修访问的基地是圣彼得堡国立财政与经济大学，但他从来都不是闭读于书斋之中或流连于异国风景名胜之内，而是最广泛地深入教育、深入社会、深入基层、深入最普通的俄罗斯老百姓的生活中，不断地访问高校和义务制教育学校的师生们、访问俄罗斯各级政府部门的官员们、访问接触到的平民百姓们，广开思路、广交朋友，去了解最真实的情况、去体味最寻常的生活、去发现最基本的价值。同时，他又以一位老学者所独有的理性思维，不断地思考自己看到的一切，强烈的社会责任

感促使他把在俄罗斯看到的各种现象，与自己在中国见到的一切社会现象作比较，为自己祖国的进步和发展而深入思考。

在访俄期间，刘教授一直非常注重各种资料的收集，其中包括自己和助手亲手摄下的各种照片、录像，更包括他的访问日记。照片和录像资料已经剪辑形成《思想者的足迹——刘铭达教授访俄剪影》，并已由北京财经电子音像出版社出版，访问日记经过简单地挑选和整理，形成了本书。

相比较而言，日记是最原始、最朴实的记录方式，也是无法取代的、最珍贵的资料。照片和录像能反映他看到了什么、听到了什么，日记却能告诉我们，他在关注什么、思考什么。要真正了解一个人的思想？最好是去读读他的文章和日记吧！

最初看《思想者的足迹》录像时，我就注意到并感动于刘教授不离手的笔记本。日记稿的选择和整理中，依然保留了最真实的原貌。

刘教授日记的真实记录，不仅客观地反映了他在俄罗斯的所见、所闻、所感，还告诉读者，刘教授所接触到的这些俄罗斯人，他们是怎样演绎自己，怎样看待自己国家的。

访俄期间，刘教授和助手租住平民的房子、自己做饭吃，用脚步丈量城市与乡村的距离，过着最普通人的生活。虽然只是在年轻时学过几年俄语，刘教授在俄罗斯时却一直努力听俄罗斯人说话，并尝试着自己用俄语去跟当地人交流，有些日记内容也是用俄语记录的。现在，刘教授已经能用俄语与俄罗斯人作日常交流。

访问期间，刘教授先后到过列宁格勒州、诺夫哥罗德州、沃洛格达州、科米共和国等州和共和国访问，深入地观察过圣彼得堡、莫斯科、索契、季赫温、大乌斯秋格、米昆等大小城市及农村。圣彼得堡财经大学、圣彼得堡大学、俄罗斯联邦政府直属财政科学院、莫斯科师范大学、莫斯科大学、新城大学、列宾美术学院等高校都留下了他的脚步，和师生们交谈成为他生活的一部分。同时，他还深入到各地的农村、农场和农户，不断开展访谈和考察。他接触的人包括中国驻俄使馆的外交官们、俄各级政府部门的领导和工作人员、高校的教授和同学们、俄城市乡村的许多平常百姓人家，以至残疾人士等等。林林总总的人群，勾勒了一个俄罗斯的生活全貌，也勾勒了在俄罗斯生活的中国人的全貌。

作为一位高级研究访问学者，俄罗斯的财政经济是刘教授关注的重点之一，也是他访问的重点。但是与此同时，刘教授把更多的注意力放在了俄罗斯普通民众尤其是农村居民的生活上，放在了俄社会保障和文化教育方面。

最让我印象深刻的是这一段行程。为了获得最真实、最原始的资料，刘教授和他的助手张志先生、在俄罗斯的好朋友张逸群先生三人一行，开着“拉达”小车，在大雪纷飞的隆冬时节历经艰辛，行程3500公里深入到俄北方少数民族聚集地科米共和国米昆市访问。零下二十多度的气温让他们常常冻得瑟瑟发抖，为了分辨被大雪掩埋的道路不得不随时小心谨慎，在黑夜穿越大雪茫茫的原始森林区时，还曾因为食物准备不充分而忍饥挨饿；为了躲避随时可能出没的北极熊，他们连下车方便都不敢；一路就借宿多家农户，成为许多个村子里第一批来访的外国人，成为许多农村居民的朋友，成为米昆市第二学校科米族孩子们记忆中最有意思的故事。他们还在米昆与当地基层共产党组织座谈，了解这里的共产党员们的思想和观点。

不得不说，我非常感动，也感到惭愧。我们已经习惯了安逸的生活、习惯了听说，却忘了要用自己的脚步去拉近与基层的距离，用自己的眼睛去看、用自己的心去想、用自己的思想去表达。同时我也很感叹自己的幸

运。是刘教授让我知道，还有这样的访学方式，老一辈的学者、领导就是这样获得他们的真知和思想的。他们是在用最宽阔和温暖的胸怀拥抱世界，心系祖国，热爱生活。

在访问期间，俄罗斯城乡居民所表现出来的对生活的满足与自乐、他们丰富的文化生活和深厚的文化素养深深地打动了刘教授。通过反复调研和思考，刘教授总结了两点基本心得：公民的基本社会保障及其均等化，是国家秩序与安全的重要保证；民族的文化道德底蕴是这个民族不断发展的未来和希望。这两点在日记稿中也有反复体现。希望将这些感悟与大家分享、引起大家的一些思考，这也是本书最终结集出版的重要原因。

刘教授以高级研究访问学者的身份访俄，是在2007年8月至2008年2月，在日记中详细记录了这一阶段俄罗斯的国情、政策与经济运行情况、物价水平等，其中有些情况，有一定的时效性。不过，既然是当时的日记，就还是完整地、真实地呈现给大家，让大家历史地去比较和鉴别吧！

之后，刘教授又分别于2009年和2011年两度访俄，先后到过俄罗斯普斯科夫、切列波韦茨、雷宾斯克、雅罗斯拉夫尔、伊万诺娃、科斯特罗马、加里宁格勒等州市和卡累利亚共和国。这两次访问同样也收集了访问基层和平民百姓的完整资料，又有了些新的观察和思考。值得一提的是， 2011年到俄罗斯进行为期2个月的访问，刘教授是一个人独自去的，访问也更有针对性。整理日记稿时，也从这些资料中选了十几篇，一同编入此书，希望能藉此更完整地表达刘教授的观察和感触。

不断扩大自己的视野、试着去更深入地观察和思考，你也许能看到一个不同的世界、发现一些不曾留意过的思考和感动。试着用刘铭达教授的眼睛去看俄罗斯，也许你会看到一个不同的俄罗斯，并从中有新的启发。谨以此与所有读者共勉！

贺巧知

2012年5月

Россия глазами профессора Лю

(Вместо предисловия)

С профессором Лю Минда я познакомилась, когда слушала его Гуандунские лекции. Будучи одной из организаторов, у меня была возможность близкого общения с профессором Лю, а тема России позволила нам найти много общего. В последствии мне посчастливилось посмотреть видеофильм Лю Минда о визите в Россию «След мыслителя», прочитать книгу «Искусство приготовления молодого риса», которые меня многому научили, смешанные чувства охватывали меня, когда я общалась с профессором Лю. Все эти обстоятельства позволили мне стать первым читателем его записей о визите в Россию, чем я очень горжусь.

Профессор Лю – преподаватель финансов более чем с 30-летним стажем, ученый, практик, более 10 лет руководитель в области финансов. В 2007 году, когда он был в России как научный сотрудник высшей категории, ему было больше 60 лет. Это и определило его иную концепцию исследований в этот визит в Россию.

Профессор Лю проходил стажировку в Санкт-Петербургском государственном университете экономики и финансов, но он никогда не запирался затворником в келье, чтобы читать

книги или, позабыв про все, давал себе волю любоваться экзотическими видами, наоборот, он глубоко изучал процессы образования, социальные явления, погружался в жизнь простых россиян, постоянно общался с преподавателями и студентами высших учебных заведений и средних общеобразовательных школ, встречался с чиновниками различных государственных органов, входил в контакт с простыми людьми, готовый впитывать новое, он приобрел много друзей, вживался в реальные события, пробовал на вкус обычную жизнь, познавал стоимость основных ценностей. Вместе с тем, обладая уникальным рациональным мышлением ученых старой школы, он постоянно размышлял над увиденным, сильнейшее чувство социальной ответственности невольно заставляло его вглядываться во все, что происходило в России, сравнивать с китайскими реалиями, глубоко задумываясь о прогрессе и развитии родины.

Находясь в России, профессор Лю придавал большое значение сбору материалов, в его заметки о России вошли записанные им самим и его помощниками фото и видео материалы, которые стали основой для его фильма «След мыслителя – зарисовки о России профессора Лю Минда». Фильм был издан пекинским издательством электронных видео и аудио материалов Министерства финансов, а из записей о поездке после небольшого редактирования получилась книга. Мне повезло быть одним из первых читателей, и я всем советую ее прочитать.

Для сравнения, Записки написанные простым языком уникальны и бесценны. Фотографии и видеофильмы могут только отражать увиденное и услышанное, дневник же может передать нам размышления и тревоги автора. Если хотите узнать человека по настоящему, прочитайте его статьи или дневник!

Правдивые записи дневника рассказывают читателю, что все русские люди с кем вступал в контакт профессор Лю раскрывали себя, показывали свое отношение к Родине.

Когда я первый раз смотрела фильм «След мыслителя», я обратила внимание на то, что профессор Лю не расстается с ноутбуком. Разбирая и приводя в порядок черновики, старается сохранить самые правдивые сведения.

Правдивые истории записанные в заметках профессора Лю отображают не только все, что он увидел, услышал и чувствовал, но также повествуют читателю обо всех русских людях, с кем общался профессор Лю, о том как они ощущали сами себя, что думали о своей стране.

Во время пребывания в России, профессор Лю и его помощник снимали квартиру в частном секторе, сами готовили пищу, много путешествовали, жили как обычные простые люди. И хотя русский язык профессор Лю учил только в молодости, находясь в России он внимательно слушал все, что говорили ему люди, и пробовал говорить сам, чтобы наладить контакт, некоторые заметки о таких встречах в книге написаны по-русски. Сейчас профессор Лю может общаться по-русски.

Во время командировки он последовательно посетил Ленинградскую, Новгородскую, Псковскую области, побывал в республике Коми и других регионах, подробно изучил Санкт-Петербург, Москву, Сочи, Тихвин, Великий Устюг, Микунь и другие большие и малые города и села. Санкт-Петербургский государственный университет экономики и финансов, Санкт-Петербургский университет, Финансовая академия при правительстве РФ, Московский педагогический университет, Московский государственный университет, Новгородский университет, Художественная академия имени И.Е.Репина и другие высшие учебные заведения хранят следы его ног, частичка его жизни осталась в беседах с преподавателями и студентами. В то же время он очень интересовался сельской жизнью, посещал деревни, фермерские хозяйства, дома крестьян, постоянно общался с фермерами, размышлял об их жизни. Среди тех с кем он общался были аккредитованные в России китайские дипломаты, профессора и студенты ВУЗов, обычные люди из разных городов и сел, а также люди с ограниченными возможностями. Благодаря общению с широким кругом людей, он дал полное описание русской жизни, кроме того нарисовал картину жизни китайцев в России.

Будучи ученым, научным сотрудником высшей категории, в центре его внимания находится российская экономика и финансы. Это также одна из целей его поездки. Но вместе с этим профессор Лю обращает еще большее внимание на простых людей в повседневной жизни, особенно в сельской местности, на вопросы социального обеспечения и культурнообразовательные аспекты.

Больше всего меня впечатлил один эпизод путешествия. Чтобы получить достоверную информацию из первых рук профессор Лю, его помощник господин Чжан Чжи и его хороший друг в России господин Чжан Ицюнь втроем на машине «Лада» преодолевая непогоду, снегопад в середине зимы проехали 3500 километров, добрались до города Микунь, чтобы познакомиться с северными этническими меньшинствами Республики Коми. При температуре минус 20 градусов, замерзая от холода, соблюдая осторожность на занесенных снегом дорогах, темными ночами пробирались сквозь заснеженные девственные леса, не имея возможности нормально приготовить пищу, часто испытывали чувство голода. Чтобы избежать встречи с медведями, которые могли появиться в любой момент, они даже не осмеливались выйти из машины. Останавливаясь на ночлег в крестьянских домах, они были первыми иностранцами, которые посетили ту или иную деревню. Завязывали дружеские отношения с местным населением, среди воспоминаний есть очень интересная история о посещении 2-й средней школы города Микунь республики Коми. Беседуя с первичной ячейкой КПРФ города Микунь, познакомились с мнением местных коммунистов.

Не могу не сказать о том, что меня сильно волнует и не дает покоя. Мы уже привыкли к беззаботной жизни, и забыли, что нельзя отрываться от истоков, что видеть надо своими глазами, слушать свое сердце, выражать свои мысли. И все же, как мне повезло, что я знакома с профессором Лю, что есть еще такие ученые, старшее поколение ученых и руководителей, которые обладают истинными знаниями и идеями. Они держат мир в своих больших и горячих сердцах, беззаветно любят Родину и жизнь.

За время пребывания в России профессор Лю глубоко окунулся в жизнь городского и сельского населения, его интересовали их радости и печали, и богатая культурная жизнь и солидная культурная грамотность. Через многократные опросы и их осмысление, профессор Лю пришел к двум основным выводам: социальное обеспечение граждан и его стабильность является основной гарантией порядка и безопасности государства; культурная и нравственная сущность нации – залог ее непрерывного развития в будущем. Эти две идеи многократно повторяются в его черновых записях.

Я надеюсь, что его мысли, которыми он поделился, заставят всех задуматься. Это также одна из причин для написания и публикации этой книги.

Записи дневника о стажировке в России научного сотрудника высшей категории профессора Лю с сентября 2007 года по февраль 2008 года подробно описывают национальные особенности России, политическую и экономическую ситуацию, уровень цен, некоторые записи удивительно точны. Кроме того, раз уж это дневник, то он точно и в полной мере показывает нам все, чтобы мы могли с исторической точки зрения сравнить и дать оценку событиям того времени!

После этого, профессор Лю еще дважды в 2009 и 2011 годах побывал в России, посетил Псков, Череповец, Рыбинск, Ярославль, Иваново, Кострому, Калининград и республику Карелия. За эти две поездки были также собраны наиболее полные материалы о жизни простого народа, появились некоторые новые наблюдения и размышления. Стоит отметить, что посещение России в 2011 году было более целенаправленным, так как профессор Лю провел в России в одиночку два месяца. Во время правки черновиков дневника из этих материалов было отобрано 10 глав, которые затем собрали в книгу, надеюсь, что она сможет в полной мере отобразить наблюдения и впечатления профессора Лю.

Непрерывно расширяя свой кругозор, попробуйте вникнуть поглубже и задуматься, и тогда вы сможете увидеть другой мир, появяться ни разу не посещавшие до этого вас чувства и ощущения. Попробуйте глазами профессора Лю Минда увидеть Россию, возможно вы увидите другую Россию и вдохновитесь этим. Надеюсь, что все читатели согласятся со мной!

Хэ Цяочжи

Май 2012

目录

二、首访季赫温——与俄农村的第一次亲密接触

三、匆匆而过：诺夫哥罗德市

四、在圣彼得堡过中秋节

五、索契度假

六、聚焦圣彼得堡

七、与莫斯科重逢

八、走向米昆　沉下基层

九、回到圣彼得堡

十、过一个俄罗斯新年

十一、2009年俄罗斯商旅：最美丽的一次旅行

十二、2011年再度行走俄罗斯

刘铭达教授日记本的记录

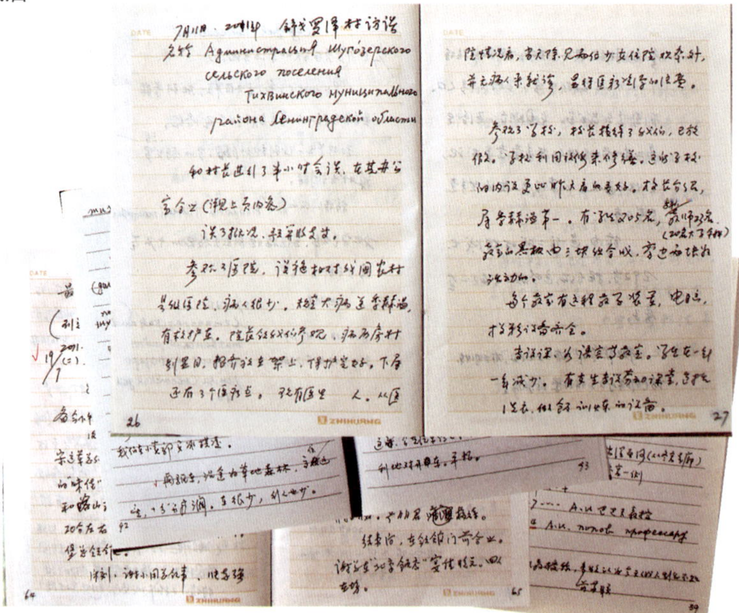

Оглавление

3. Проездом: Новгород

4. Празднуем в Петербурге праздник Луны

5. Каникулы в Сочи

6. В фокусе Петербург

7. Новая встреча с Москвой

8. Едем в Микунь Идем в народ

9. Возвращение в Санкт-Петербург

10. Новый год в России

11. Деловая поездка в 2009 году: самое красивое путешествие

12. Еще один визит в Россию в 2011 году

缘 起

20世纪60年代初，我上中学时，开始学习俄语。

从老师授课和教科书中，我耳熟的是："苏联老大哥，社会主义的旗帜"；"苏联人民帮助过中国人民摆脱和战胜过许多困难"；"苏联人民，今天过着幸福美好的生活。苏联的今天，就是我们的明天"！我暗下决心，学好俄语，将来到苏联去看一看！

然而，我们的俄语学习没有几年，中苏发生了论战，历史在曲折中"变戏法"，俄语也不学了。80年代初，我脱产在湖北财经学院学习时，又学习了两年俄语。随着个人的成长，察看到莫斯科和华盛顿曾两分天下，作为一极的苏联，力图主宰世界的雄心勃勃……。

1991年12月25日，戈尔巴乔夫宣布辞去苏联总统和武装力量最高元帅的职务，克里姆林宫降下苏联国旗，俄罗斯的三色旗升起。前苏联一朝解体，经济陷入危机。我在想，苏联、俄罗斯真够"神奇"！

1996年10月14日至10月22日，我有幸作为我国出席在莫斯科举办的"俄罗斯与中国地区合作研讨会"(ФОРУМ "РОССИЯ и КИТАЙ. Региональное

1996年在莫斯科 俄中地区合作研讨会

1996年，圣彼德堡 陈邦柱（左二）、岳进（左三）、黄永强（右一）

1996年，莫斯科 刘铭达（左二）

Сотрудничество”)的代表团成员，第一次到达莫斯科。代表团的正副团长是时任内贸部部长的陈邦柱同志和时任对外友协会长的陈昊苏同志，广西代表还有外事办的主任黄永强同志。期间的一天，莫斯科大学的年轻教师戈里高在莫斯科红场认真地告诉我：“现在，你们（中国）的知识分子真幸福，知道自己要干社会主义四个现代化，我们（俄罗斯）的知识分子却不知道现在到底要干什么？”戈里高这一席话，引起了我对歌曲“莫斯科——北京”每一句歌词的回忆。

2007年，北京 罗永志（左）、卡佳（中文名马兰）（右）

我已记不清研讨会时讨论的情景，但参观莫斯科、圣彼得堡和“星城”时，弥漫着灿烂民族文化的许多典藏与痕迹，却令我十分震撼。感到苏联历史的凝重与传承！这时的莫斯科，天空阴郁，乌鸦叫得冷凄……。我在想：“莫斯科还会崛起！”

10多年来，我一直在追忆，也一直想再去看个究竟……

感谢您，财政部领导和教育部有关负责同志的厚爱与情意，我卸任到人大工作后，安排我有充裕的时间去实现这一生的美好梦忆。谢谢广西财政厅提供保障。2007年春节，当获悉批准作为高级研究访问学者出访俄罗斯半年时，我感到十分得意和在意。

为此，2007年3月全国人大会召开前后这段时间，我在北京作了访俄前的准备。

感谢中央财经大学邱东教授、李俊生教授、王国华教授、马海涛教授介绍我认识热心于中俄两国教育交流的老教师罗永志。

感谢罗老师把圣彼得堡国立财政与经济大学的毕业生俄罗斯姑娘卡佳（中文名马兰）介绍给我认识。感谢卡佳把圣彼得堡国立财政与经济大学校长马克西姆采夫引导给我们在北京相聚。

我探寻今天俄罗斯的神奇与神秘，实现人生的又一场梦寻，就从此开始，而且一发难以收拾……。

2007年，北京相聚 校长马克西姆采夫（前左二）、张志（后右一）

Происхождение

В начале 60-ых годов я начался учиться русскому языку в школе.

У учителей и из учебников я узнал: "Советский Союз - старший брат Китая, флаг социализма", "Советский народ помогал китайскому народу избежать и победить много трудностей", "Сегодня советский народ живет счастливо. Сегодняшняя советская жизнь будет нашей завтрашней"! Я тайком принял решение, буду старательно учиться русскому языку и в будушем увижу СССР своими глазами!

К сожалению, моя учеба русскому языку не продлилась и нескольких лет, как между КНР и СССР произошли разногласия, история неожиданно показала фокус, и русский язык перестали учить. В начале 80-ых годов, когда я учился в институте экономики и финансов провинции Хубэй, я продолжал изучать русский язык еще два года. Сколько я себя помню, Москва и Вашингтон делили мир на две части, СССР, в качестве одного полюса мира, старался доминировать над всем миром......

25 декабря 1991 года Михаил Сергеевич Горбачев объявил о своем уходе с поста президента и Верховного Главнокомандующего Вооружённых Сил СССР. Государственный флаг СССР спустился в Кремле и поднялся трехцветный флаг России. СССР распался и попал в экономический кризис. Тогда я думал, какие чудеса творятся в СССР и России!

С 14 по 22 октября 1996 года я как член китайской делегации имел честь присутствовать на форуме "Россия и Китай. Региональное сотрудничество", проходившем в Москве. Тогда я впервые побывал в Москве. Руководителями делегации были министр торговли Чэнь Банчжу и заместитель председателя Китайско-Российского общества дружбы Чэнь Хаосу. Руководитель канцелярии по иностранным делам Гуанси Хуан Юнцзян тоже вошел в состав делегации. Однажды на красной площади молодой преподаватель МГУ Григорий мне серьезно сказал, что теперь ваши (китайские) интеллигенты очень счастливые, потому что они знают, что должны стремиться к социализму, к четырем модернизациям. А наши (российские) интеллигенты не знают что должны делать сейчас. Его слова вызвали мне вспоминания о каждом слове песни "Москва – Пекин".

Теперь я точно уже не помню все темы форума, но меня потрясли экскурсии по Москве, Санкт-Петербургу и Звездному Городку, которые были наполнены великолепными сокровищами национальной культуры. Я почувствовал достоинство и уникальность истории СССР! Тогда небо Москвы было серым, печально каркали вороны... но я думал, что Москва еще обязательно поднимется!

Больше десяти лет прошло, а я все еще вспоминаю Россию, хочу туда ехать и смотреть ее еще и еще...

Благодарю Вас, руководители министерства финансов и сотрудники министерства образования, за Вашу помощь и любовь. После того, как я начал работать в Собрании Народных Представителей Гуанси-Чжуанского автономного района, у меня было достаточно времени осуществить свою мечту. Благодарю управление финансов Гуанси-Чжуанского автономного района за финансовую поддержку. Во время праздника весны 2007 года я был очень рад узнать, что уже получил разрешение побывать в России полгода в качестве научного сотрудника высшей категории.

В марте 2007 года во время съезда ВСНП, в Пекине я начал свою подготовительную работу для поездки в Россию.

Большое спасибо Вам, профессор Цю Дун, Ли Цзюньшэн, Ван Гохуа и Ма Хайтао, с Вашей помощью я познакомился со старым преподавателем Ло Юнчжи, который вложил свою душу в процесс образовательного обмена между Китаем и Россией.

Спасибо преподавателю Ло за то, что представил нам выпускницу Санкт-Петербургского государственного Университета экономики и финансов Екатерину Антонову. Спасибо Екатерине Антоновой, которая для нас специально организовала встречу с ректором СПбГУЭФ Игорем Анатольевичем Максимцевым в Пекине.

Я ищу чудеса и мистику сегодняшней России, осуществляю поиски другой мечты, тщетно...

一、圣彼得堡初印象

2007年8月19日，到达圣彼得堡的第一天

第一印象——“罚款”

普尔科沃机场候机楼

俄罗斯当地时间8月19日9点20分，我和助手张志老师到达圣彼得堡（Г. Санкт-Петербург）普尔科沃机场（Международный Аэропорт ПУЛКОВО），这是我此行首次踏上俄罗斯广袤的土地。1996年11月，我曾经作为中国政府代表团的成员，出席了在莫斯科举办的“中俄地区经济合作研讨会”。今天再次赴俄，我们将在俄罗斯圣彼得堡国立财经大学（Санкт-Петербургский Государственный университет Экономики и Финансов）进行为期半年的研修访问。

我们于北京时间8月19日凌晨1点半钟，乘坐HU7965航班从北京起飞，飞机飞行了8个小时到达圣彼得堡。普尔科沃机场上，航班并不多。不过八月中旬，机场上似乎有了些霜雪的痕迹，圣彼得堡的天气已经凉了。

早就听说俄罗斯人排队都很有耐心，我们进入俄罗斯接受的第一考验，也是对耐力与耐心的。入关分四个窗排队，排队的人并不多，队伍缓缓前移，井井有序。但是工作人员动作迟缓，我们的队伍前面大约有30多人，足足排了两个小时才轮到我们。

此行出访时间较长，我们准备比较充分，带了七大件行李，其中书籍

和日常办公用品占了三大箱。在北京办理出关时，因行李超重，已支付超重费用4000多元人民币。

圣彼得堡的警察看我们行李较多，要我们把行李再过一次安检，过完后，又要求我们打开其中一个箱子接受“检查”。这个箱内装的全是一些国内生产的普通工艺品和小礼品，并没有违反安检规定。这时警察又出“新招”，要把我们全部行李集中起来重新过磅，说是超重，要“罚款”。

我们反复申明，并出示单据，说明已在北京机场支付了行李超重费用，并且乘坐的是中国海南航空公司飞机，与俄罗斯方并没有关系，俄方无权罚款。但警察就是无理扣压我们行李不让提走。我们请来接我们的在俄已有多年的黄先生帮忙说话，甚至最后，又接通了我国驻圣彼得堡总领馆电话，依然无用。

无奈之下，我们终究还是被“罚”了1万3千卢布（按当时汇率，折人民币4000多元），才被允许领了行李离开。我们索要了“收款收据”，悻悻地离开了机场。

“罚款”事件让我们初到俄罗斯的兴奋打了折扣。办事效率低下、官僚作风严重，让人不快。但是，俄罗斯人排长队耐心、有序，又让人心生安详。也许，这就是俄罗斯民族在长期寒冷的天气里形成的矛盾性格吧。

晨雾中的圣彼得堡普尔科沃机场

简陋宿舍与“豪华”三餐

住在圣彼得堡财大8号楼招待所里

圣彼得堡 银行桥

我们的目的地是圣彼得堡国立财经大学。学校位于圣彼得堡市中心的银行桥附近。所谓的银行桥，其实只是一座小人行桥，跨过戈里巴耶达瓦运河（Канал Грибоедова）。桥头有一对狮身鹰头的神奇怪兽像，带有一对包着金箔的金色鹰翅膀。以前，这里是纸币银行，狮身鹰头像守卫着它的大门，这座桥也因此得名银行桥。现在，纸币银行变成了著名的财经大学。

由于我们和该大学事先没有住宿安排的专门协议，来后的一个月暂住在财经大学招待所。招待所在校内的一栋五层阶梯的老楼房里。据说这楼住的多半是各国公派（或学校之间交流）的研究生。

我们住的是一套两室一厅的房子，其中一间房间置有一张桌子和一个柜子，另一个房间有两张小床，客厅内有一张方桌、一套布艺沙发和一台小电视机，还有一个洗漱间和厨房。整体设施非常陈旧简陋。但作为我们这样高访的研究人员来说，据说已是最好的待遇了。

在小餐馆就餐

我们到达校招待所住下，已是当地时间中午11点多。这时才想起，没有吃早餐呢。

学校还没有开学，我们也一切都靠“自理”。圣彼得堡的第一天，我们俩的一日三餐都在街上吃的。

安顿好后，就到学校附近一个咖啡店填肚子，权且当作早餐。我们两人每人点了一杯袋泡茶，两块面包片，还有用纸杯装的葱花面条汤一杯，慰问了一下早已饥肠辘辘的肚子。两人共花了190多卢布，相当于人民币60多元。

中餐在喀山教堂附近的一家小吃店解决，比早上多吃了一块比萨饼，共花了360卢布。

晚上是在一家华人开的中国餐馆用餐，点了茄子肉片、木耳白菜和鱼片，再加上一个粉丝汤和米饭，终于饱吃了一顿，又花了600多卢布。

就这么简单的伙食，一天下来两人就花了1200卢布，折合人民币400多元，贵得够可以的！我们是学过会计的人，就是喜欢算账，“职业病”吧！

今夜无眠，正好读圣彼得堡

傍晚，我们到涅瓦大街和花园大街上转悠。

这里的大街让我感慨。看看涅瓦大街，据说是彼得大帝时期建的，是用来行走马车的道路，当时就已经有了像现在的规模。现在，大街上有六条车行道，两旁还有非常阔绰的人行道，蔚为壮观。不得不感叹彼得大帝的眼界。这样的大街上，恐怕很难遇到大塞车吧？

已是晚餐时分，大街两旁的人行道上热闹非凡。来来往往的人们，无论男、女，无论老年、中青年，大都手持酒瓶或饮料，边喝边走；也有一簇簇的男女，三三两两，成群成堆，或站或坐在街边的任何地方，边喝酒边交谈，欢声笑语不绝于耳。

来到圣彼得堡的第一个晚上，有些时差反应，睡不着，索性随意查阅一下有关俄罗斯的相关资料。以下便是对圣彼得堡这座名城的读书札记（资料显示的是2000年的）。

圣彼得堡是俄罗斯第二大城市，坐落在波罗的海芬兰湾东岸，涅瓦河河口。市区面积606平方公里，人口540多万，整个城市由42个岛屿组成，由300多座桥梁连接而成。圣彼得堡已有300余年的历史。1703年，彼得大帝在涅瓦河畔建立了彼得保罗要塞，1712年俄国首都从莫斯科迁至此城。在以后的200多年里，它一直是俄国的政治、经济、文化的中心。历史上该市三易其名。最初命名为圣彼得堡（1703–1914），以后更名为彼得格勒（1914–1924），1924年列宁逝世后，改名列宁格勒。1991年后，恢复了圣彼得堡的称谓。

圣彼得堡是一座水上城市，可谓“水上建城，城在水中”。与莫斯科相比，圣彼得堡更具皇家风范，被联合国教科文组织列为受欢迎的旅游城市第八位。它有俄罗斯最大的海港，是全国重要的水陆空交通枢纽。该城市有1000多个保存完好的名胜古迹，著名的有冬宫、夏宫、斯莫尔尼宫、喀山大教堂、彼得保罗要塞、伊萨大教堂及市郊皇村等。每年7月，还会显现闻名于世的绚丽的“白夜”极光。

俄罗斯历史上的许多著名人物都与圣彼得堡有着密切的联系。例如，俄罗斯伟大的诗人普希金一生中最重要的时光都是在这里度过的；柴可夫斯基、格林卡等音乐家也都在这里度过了他们生命中最重要的时光，俄罗斯大文豪陀思妥耶夫斯基的名著《罪与罚》也是在这里完成的。

2007年8月21日

请问，谁是最后一位？——城市医院就诊见闻

因为我们在国内做的体检已超过一个月，办理落地签证时俄方要求我们重新体检。今天，我们来到圣彼得堡瓦西里岛上一家公立医院进行体检。圣彼得堡财经大学外事办的工作人员奥丽佳陪着我们。

医院整个门诊楼非常整洁、明亮，走廊很宽敞。各科室门口长条椅子上坐着等待看病的病人，没有座位的人就在一旁站着。今天来就诊的人不算多，几个科室门口坐着的人拢起来也就是30—40号人，基本都有座位。最有趣的是看病排队。

与国内一样，首先要挂号。挂号卷上标明了看病的时间，但没有顺序号。

我们找到就诊科室，奥丽佳向等候看病的人细声打听，哪一位是后到的。确认后，我们就坐在后到的病员旁边等候就诊。原来这里就诊是不叫号的，大家自动按照先来后到的顺序进入诊室，所以每位新来的病员会先问清楚自己排在谁的后面。

我留意到，每次在诊室里的病员走出来后，倚在诊室门口的病员就自动入室就诊，而排在后面的病员就会站起来，倚到诊室门口等候，如此依次进行，秩序井然。整个门诊楼十分安静，没有任何错乱。轮到我们就诊时，看看挂号卷预约的时间，推迟了约五分钟。

我们还注意到：病员入门诊楼时，有塑料鞋套出售，很多人都买一双套在脚上。这样做应该是为了保证就诊时的干净吧，毕竟医院是最需要讲究清洁卫生的场所。

搭“顺风车”

从圣彼得堡财经大学（位于圣彼得堡银行桥边）到我国驻圣彼得堡总领事馆的教育组（在圣彼得堡瓦西里岛波罗的海大酒店斜对面）去办事，坐了次“顺风车”。陪同我们去的是我国在圣彼得堡留学的学生王亮。

我们站在银行桥附近，随意向过往的轿车招手，第三辆车（并非“的士”）就停了下来，王亮和司机交涉后，司机提出需200卢布，王亮觉得价位“差不离”，我们三人就一齐上了车。大约走了40分钟，到达目的地，我们如数支付了200卢布，安全下车。

王亮告诉我们，以后在俄罗斯外出时，都可以搭“顺风车”，不过要先算好交通费，十分方便。一般车辆要是顺路，都会送你一程。

但这种“顺风车”会给“的士”行业的管理带来影响，也会造成国家税收的流失啊！

同是“等车人”

2007年8月22日

初游涅瓦河

游船绕过彼得保罗要塞

夏天的圣彼得堡雨水真多。今天从早上下到下午4点多，雨才停了。我和张志、留俄学生王亮、张靖4人结伴去游涅瓦河。

都说城市有水，就显得有灵性。圣彼得堡是一座水上城市。涅瓦河全长74公里，其中28公里在圣彼得堡市辖区内。市内还有多条水量丰富的大运河，贯通全城，300多座桥梁把整个城市连成一体。美丽的涅瓦河给圣彼得堡添了许多灵气和静谧。去涅瓦河边看看，宽阔的河面、蓝蓝的河水，映衬着沿岸多彩的巴洛克建筑和形形色色的尖塔，令人心旷神怡。中国有个说法：仁者爱山，智者爱水。每日来这里散步休闲的人们，是不是也会多了些睿智呢？

涅瓦河和大大小小的运河两岸均用严实的花岗岩砌成，修了观景台阶。河边有干净而宽绰的人行道，还立着许多精美的雕塑。沿河岸散步、休息是市民们最爱的活动之一。岸边非常干净，许多游人席地而坐，陶醉于优雅的景致中。

河流通过的每条主街道都设有游船的码头，游船带着大家沿河游览圣彼得堡的风光。乘坐游船学生票每张150卢布，其他游客250卢布。我们在涅瓦河大街运河边的一个码头上了船。这个码头停了很多游船，来来往往的游客也不少。

我们的游船在运河内航行了半个小时左右，出冬宫门进入涅瓦河，在涅瓦河游了40分钟左右，又折回城内运河行走约半小时。游船的设施很不错，有舒适的椅子供游客坐，更多的游客愿意站在船舷边，凭栏欣赏两岸美景，不时发出由衷的赞叹。讲解员沿路都在热情洋溢地介绍涅瓦河的历史文化渊源、两岸的建筑风格以及圣彼得堡的风土人情。

第一次坐船游览涅瓦河，我们一路都兴致勃勃，途经的诸多名人故居，名教堂、名花园、名剧院、名街道……无不引起我们的遐想和好奇。这些名景观，都应该列入我们的圣彼得堡行走日程！沿途还穿过各种桥梁数十座。圣彼得堡被誉为“世界露天建筑博物馆”，果然名不虚传！

多条运河贯通全城

乘船游圣彼得堡

2007年8月23日

副校长的宴请

在圣彼得堡财经大学拜会副校长伊莲娜（左二）和阿列克桑得拉（左一）、张靖（右一）

今天是我们到访俄罗斯的第5天。学校尚未开学，校园还显得有点冷清。中午，圣彼得堡财经大学主管外事的副校长伊莲娜(Горбашко Елена Анатольевна)在其办公室和我们第一次会见。我和助手张志一同参加了见面会，在该校留学的研究生张靖任翻译。

伊莲娜是一位清朗、知性的女士。我们说明了此行访问的内容和安排要求。伊莲娜对我们的来访表示欢迎，并表示，一切活动都要等到开学后才能安排。会谈仅十多分钟就结束了。

伊莲娜和另一位主管教学的副校长阿列克桑得拉(Карлик Алексадр Евсеевич)邀请我们共进午餐。主人问及我们是想吃俄餐还是中餐时，我们表示想品尝俄餐。午餐的地点在学校附近的一家俄罗斯人开的餐厅里，是一家很普通的小餐馆。

主食是套餐式的，配有沙拉和汤、甜点等。主人建议我们根据菜单，自己点用。我点了以鱼和面包为主的套餐，还点了“红菜汤”和茶水。大家都没有喝酒。用餐时，我们边吃边继续交谈，气氛非常融洽。用餐约花了一个小时。餐毕主人结账，共消费3000卢布，人均600多卢布。

结账时，伊莲娜告诉我们：“学校规定只有校长才能开支宴请客人的费用。今天，是我们两位副校长自己掏钱请你们用餐。至于我们俩人如何分担，是秘密啊！”

2007年8月24日

步行圣彼得堡

财大校门的街道

十二月革命党人广场

今天的雨又是到下午4点多才停。雨后的圣彼得堡，天空明亮了许多，更添了些韵味。我和张志出得门来，步行闲逛圣彼得堡。

从学校出发，路经邮政大街、涅瓦河岸，又过了施米特中尉大桥，到达瓦西里岛，沿大学滨河路，经圣彼得堡大学，到交易所大桥；然后来到了兔子岛的彼得保罗要塞，这时，天快黑了，快步参观了“要塞”的一部分建筑，最后，穿过三位一体大桥，经夏季花园，回到圣彼得堡财经大学附近的“哈尔滨”中餐馆吃晚饭。整个路程，我们步行了近6个小时，餐后已是晚上11点。回到学校休息时，腿有些疼了。

在国内时，常听到“苏联的东西，傻、大、粗”之说，今天看到的房屋建筑，几乎都是十七八世纪的清一色巴洛克式的，除了直觉其外观坚固、厚实之外，其型、其屋檐、其窗户，其墙体上的雕塑和雕刻，真有巧夺天工之感。那钢铁结构的桥梁，其围栏、灯柱等装饰，也堪称艺术殿堂的珍品。那涅瓦河两岸数十公里，全是由坚实、厚重的花岗岩垒成，真是“坚不可摧”……。这一切，和傍晚看到的提着酒瓶，边走边喝的人们，或三三两两坐在街边喝酒、唱歌、跳舞的人们，或叼着烟卷的漂亮姑娘们，或坐在咖啡屋子聚餐的人们，相映成趣。此景此情也很是协调吧！

皇宫大桥

2007年8月25日

第一次乘坐公共汽车

圣彼得堡市内乘坐中巴士

今天，我们要去位于人民市场附近的圣彼得堡财经大学的学生宿舍区，访问几位中国留学生。从圣彼得堡财经大学教学大楼出来，步行200米，到达涅瓦大街，在喀山教堂附近的公共汽车站坐上了187路巴士。这是我们来俄后第一次乘坐巴士。

圣彼得堡有大巴、中巴和小巴，我们今天乘坐的是中巴。这辆巴士约能坐20多人，有前、后门。车很陈旧，但还算整洁，票价是10卢布。公交车车次很多，不用多等便能搭上，而且来回均有座位，不拥挤。

车上只有驾驶员，没有售票员。司机座旁，有一个木盒子，里面备有零钱，上车的人自己去撕票、把钱放到盒子里。也有很多人交了钱但不撕票。有些人从后门上车，他们并不是自己去前面交钱撕票，而是直接把票钱递到前面一个人手上，于是就一个传一个，直到把钱放入盒子。之后，车票和找零的钱又被一个人传给一个人，从最前面传到了购票人手中。靠近钱盒子座位坐着的人，一直在主动地为其他乘客服务。

没有发现有人逃票，也没有发生找错钱的事。全程都没有人大声喧哗，车上很多人都在安静地看书。

刚到圣彼得堡不到一周时间，俄罗斯人的秩序已经让我们几次感慨了。在中国的城市和乡村，一片拥挤，好像每个人都那么着急，都只顾得上自己管不着别人，这恐怕不只是人口密集的原因吧！什么时候，我国也能这样，能更有秩序一点，更从容一点呢？

访圣彼得堡财经大学的中国留学生

到达学生宿舍，我们首先访问了中国留学生王亮。王亮是自费留学生，在圣彼得堡财经大学就读经济国际贸易管理专业的研究生。他是陕西人，担任彼得堡学区中国留学生的学生会副主席。

圣彼得财经大学的学生宿舍有几个地方。王亮他们住的这一处在主校区外、人民市场附近，离主校区乘公交车有40多分钟车程。宿舍有严格的保安制度，学生需凭住宿证件入内。来访客人，要验证登记，并由主人亲自接入，同时还要抵押主人的证件，客人离开时才退还。

宿舍是两居室的小单元，王亮和另外一名中国留学生同住在其中一个大约12平方米的小房间里。单元内有供洗漱的

圣彼得堡冬宫广场，王亮（右），张靖（左）

卫生间，设施十分破旧。水龙头已经坏了，用绳子拴着，还在滴漏。楼层内有公共厨房和洗澡房。

据王亮介绍，宿舍收费为每人每月2300卢布，而两年前宿舍还只是每月600卢布。看来近两年俄罗斯也是物价飞涨，对于普通中国人来说，到俄罗斯自费留学还是很昂贵的。

房内堆满日常杂物。桌子上摆着学生们自己的手提电脑，宿舍可以上网。学生们还自己配备了各种日常用具、家具，就像国内年轻人的单身家庭一样。

晚上，我们又访问了圣彼得堡财经大学中国留学生张靖，她是东北财经大学对口交流公派来的，到俄读财政专业的研究生。张靖谈到了她初到俄罗斯时的学习情况。

据张靖介绍，她在国内读书学的就是俄语。但到圣彼得堡财经大学，还是要先进行一年的俄语学习，否则听不懂课。当时，每周有3—4节俄语课，一个班只有4—7人。

俄语课，老师一到课堂，就与学生交谈，训练口语。然后，讲解课文，布置练习。有些学生不来上课，老师也不管。有时，只一个学生来上课，老师也照教。

张靖来圣彼得堡财经大学学习已一年了。学校并没有系统的教学计划发给学生，每个学期所开的课程，要学生自己到教学楼三楼去看公告，自己抄记下来。来到全新的环境，一切都得靠自己去动脑、动手做啊！

我在多年前曾经学过俄语，但现在已经几乎全忘了。要开始为期半年的访问研修生活，要真地理解俄罗斯制度和文化，语言关还是要过呢！这对我也是一个艰巨的课题！

2007年8月26日

“寻找”中文图书

中文书籍（前苏联宣传画册等）

圣彼得堡的书店很多，大街小巷到处都能看到大大小小的书店或书亭，买书、看书的人都比较多。

在涅瓦大街，有好几间大书店，我们一一逛过，买了上万卢布的书籍。书店的中文书籍很少，少量带有中文的图书，也大都是图文并茂介绍俄罗斯旅游风景点的。

在一家书店，我找到了一本8开的中、俄文的宣传画册《莫斯科——北京》，特别兴奋。画册内有20张60年代宣传中苏友谊的宣传画。有的画面，我在国内似曾看过。几乎每张宣传画都是反映中苏两国工人、农民、士兵、青年、儿童亲密友好的画面，并用中文、俄文标有以友谊、和平为主题的口号。看着这些图画，几十年前的往事似乎立刻生动起来，想起当年的热血、当年的那股劲、那段艰难而充满热情的生活。我很喜欢它，一次买下2套。

书店里没有中文地图。幸运的是，我们路经一个叫“月亮”的旅行社，找到了有中文说明的圣彼得堡地图。这是一个专门接待中国游客的旅游公司，他们送了一张有中文说明的地图给我们。

圣彼得堡涅瓦大街的书店之一（Дом книги）

俄国画师笔下的“中国脸”

圣彼得堡城市的街头，特别是风景名胜景点地，到处都有许多艺人摆个简单的画架，为游客画肖像。大都是素描，也有彩绘的。

下午5点，我和张志参观完冬宫广场出来，看到出入口处有四、五个艺人在给游客画像，摆着些小摊，还陈列着自己的作品。忽生雅兴，请画师给我们画肖像。

一位女画师为我画素描像。画师挺认真地画了40多分钟，为我画完了一幅20×30公分的肖像。但是，她给我画的肖像，连我自己都不认识是谁。小张的肖像是一个男画师画的，还有点像。但他也不认同。

每张支付了300卢布，我们把画拿回了住处。

曾听朋友说过，俄国画师给东方人画像，大都是画不好的。而画他们的本国人，则画得很好啊！其实，要是一个一个局部看起来，画儿不能说不像，但是俄国画师画不出东方人的神采。我想，大约东方人的相貌特征他们还是把握不准吧，他们已经习惯了本国人的外形和特点，中国人说“形神合一”，有“形”无“神”的画像自然很难得到认同。

我还一直在揣摩着，当今照相如此发达，俄罗斯大小城市街头画肖像的生意为何还能如此红火？对于中国人来说，在街头端坐40多分钟，就是为了等待一幅人头素描，真的是一件很奢侈的事情了！

2007年8月28日

巧遇访俄的中国南海舰队官兵

昨天，在圣彼得堡电视新闻中，获悉我国南海舰队首次访问圣彼得堡的消息。

今天上午11时，我们从圣彼得堡财大出发，到涅瓦大街的圈楼去会朋友，碰巧遇上几位年轻的我国海军官兵。

同是中国青年

见到东方面孔，官兵们热情地对着我们点头微笑。我们向他们问好，并主动介绍了自己是国内来的访问学者，问他们有什么需要帮助。

海军官兵们显得异常兴奋，说他们几位都是第一次来圣彼得堡，今天放假一天，上岸休息，三五个人为一小组到市内参观。他们觉得这个城市很美，还向我们打听这周边的景点和道路。我们热情地向他们一一介绍了周边的景点、书店、商店等，并邀请他们一同以喀山大教堂为背景合影。

下午4时，当我们到冬宫广场参观时，再次看到我海军南海舰队的官兵们。他们正在冬宫广场集合，准备到冬宫博物馆参观。

能在异国他乡见到我海军舰队的官兵们，看到他们个个英姿勃勃，感到格外亲切。深切地感受到，改革开放以来，祖国真正强大了，但我们对建设强大的海军还有更多的期盼啊！

2007年8月29日

今不如昔？——访经济学老教授

与巴巴夫教授（左）、李木白（右），于中餐馆合影

俄罗斯20世纪90年代初经历了国家解体、政权更迭、经济体制转型的剧烈冲击，对这个民族的影响用“天翻地覆”来形容也不为过。我们一直都很关心，今天俄罗斯人的生活到底怎么样？

今天午时，在圣彼得堡财经大学研究生李木白（中文名，他是俄罗斯远东地区伊尔库次克人）的引介下，我们拜访了他的导师巴巴夫(А.И.Попов)教授。教授看上去有60多岁了，精神很好。他很高兴我们的到来。我们交换了对商品经济理论在转型国家的研究状况的看法，还探讨着可否合作写一本关于计划与市场经济理论的书。巴巴夫教授还送给我一本他的近期著作。

会面之后，我们请巴巴夫教授、李木白、留学生张靖一起到学校附近的中餐馆“哈尔滨饭店”共进午餐。席间，巴巴夫教授说：“像我们这一代，大都感到生活不如前苏联时期好。当年物价相对比较低稳，住房、食品等生活必需品开支不大，大家都能享受到基本的生活保障。”

他还说：“现在俄罗斯的人口下降，不少女青年不愿意生孩子，这与经济负担过重有关。”

看来，不少俄罗斯人对今天的生活不满意，也不乏有人怀念前苏联时期均等化程度较高的社会福利。但真的是今不如昔，还是一种念旧情怀的流露，或两者兼而有之？这还需要进一步的观察。但有一点是可以肯定的，俄罗斯已经回不到过去了，路还是要往前走。

2007年8月31日

彼得小屋与阿芙乐尔号巡洋舰：两个时代的起点

早晨起来，以一杯牛奶、两块饼干作简单的早餐之后，我和张志、张靖三人，从学校出发，穿过米哈伊尔花园、战神广场，从三位一体大桥过了涅瓦河，步行去参观涅瓦河北岸的彼得一世小屋和停泊在涅瓦河上的阿芙乐尔号巡洋舰(Крейсер Аврора)。

彼得小屋建于1703年5月28日，这个日子已被定为圣彼得堡城建城纪念日，小木屋也成了彼得大帝纪念馆。相传彼得大帝来此指挥建造彼得堡期间，曾在这座小木屋里住了整整八年。用我们今天的话说，这座小木屋是搭在建筑工地上的一个“临建工棚”，是实在的城建工程总“指挥部”，只是因为彼得大帝的长期驻守，它“蓬荜生辉”并成为世界文化名城圣彼得堡市的历史见证。俄罗斯的近代史也可以说是从这座小木屋开始的。

阿芙乐尔号巡洋舰停泊在涅瓦河上（“伟大的未来”）

据介绍，小木屋建成后不久，彼得大帝就下令叫海军大元帅戈罗万等人从莫斯科迁至圣彼得堡定居，成为来此落户的第一批市民。很快，这里便建起了海军总部、港口和造船厂。为了培养能征善战的海军人才，彼得大帝又把第一所海军学校建在了彼得小屋身后，并在自己的眼皮底下把一批又一批贵族子弟送进了这所军校加以锤炼。至今彼得小屋后面这所纳西莫夫海军学校仍享有盛名，是俄罗斯海军高级人才的摇篮。看来彼得大帝真的是对这里情有独钟，下定决心要在这里建设一座伟大的城市、打造属于俄罗斯的灵魂。

彼得小屋位于滨河广场的一方草坪中央，四周古木葱茏，显出几分雅致静谧。花200卢布就可以进入小屋参观（学生票为20卢布），但若需拍照，就要另加100卢布。

小屋整体都由松木建造，屋顶也由瓦片状的木板制成。难以想象，用木材建造的房子也能保存300多年而依然如此完好。屋内有一个小厅，墙上挂着一幅欧洲地图和一幅耶稣画像。一旁是低矮的起居室，陈列着彼得大帝用过的洗漱用品、衣服等物件。旁边还有一间办公室，室内摆着厚重的书桌和椅子，桌上摊着打开的书和报纸，似乎威严的大帝此刻就坐在这里，为今天的俄罗斯而沉思。房子的地板也是木制的，历尽沧桑的松木泛着黑光，300年的历史全在这里闪耀。旁边还有一间工作间，存放有彼得大帝曾用过的车床、斧头、刨子、锤子、锯子等整套木工用具。据说彼得大帝本

参观彼得小屋

人还是一位获得过满师证书的合格木匠呢！

应该是出于文物保护的需要，俄罗斯人在小屋外面用木条和钢条加盖了一个屋壳，小木屋被罩在这座房子里面严加保护。屋壳四周玻璃窗上的白色窗帘都被拉上了，更给小屋增添了一层神秘色彩。

参观完彼得小屋，接着去看阿芙乐尔号巡洋舰。在距彼得保罗要塞数百米，一艘灰白色战舰被牢牢固定在涅瓦河边，这就是名垂青史的阿芙乐尔号巡洋舰。1996年，我曾经登舰参观过。据有些史料介绍，正是它打响了1917年十月革命的第一炮，在列宁的领导下，世界历史上第一个社会主义国家由此缔造，开辟了人类社会的新纪元，圣彼得堡也再领风骚，成为世界社会主义运动的摇篮。

可惜，阿芙乐尔号巡洋舰今天整理内务，不开放参观。我们只能站在岸边观看。空中亮灰色的云朵映衬着雄伟的军舰，近处就是闻名遐迩的海军学校，墙体上挂着“俄罗斯海军——伟大的未来”的大幅标语，一切都显得那么和谐和庄严。

回学校的一路上，今天的所见一直在脑子里荡漾：彼得一世小屋——皇帝的故居，阿芙乐尔号——无产阶级革命的象征。封建帝国的大发展，无产阶级的对抗，历史的风风雨雨，“两个阶级的对立物”，现在，都在涅瓦河岸保存得如此完好。站在涅瓦河边，似乎看到历史的洪流就从身边匆匆而过……

铸工大街的“中式仿古建筑”

我们在圣彼得堡步行穿过许许多多大街小巷，映入眼帘的大都是欧式巴洛克式建筑群。

在铸工大街，我们看到了一处中国仿古代建筑，那熟悉的硫璃瓦、红墙、九龙壁、八角亭……，在这里显得十分耀眼。几位俄罗斯的年轻人坐在亭子里聊天。

我们仔细察看了，这处建筑的外形特点十分明显，中国古建筑元素做得比较精致，在这里显得格外与众不同。能在圣彼得堡的大街上，看到自己国家的建筑作品，感到十分欣慰与自豪。

我了解到，这座被圣彼得堡人称之为“友谊园”的中式仿古建筑，是圣彼得堡市建市300周年时，作为友好城市的我国上海市，送给圣彼得堡的礼物。时任圣彼得堡市的市长弗拉基米尔•亚科夫列夫向中国的建设者颁发了荣誉证书，证书上写着：“你们的名字将会载入俄罗斯北方首都建设者的名单中”。

庭院内的九龙壁

铸工大街的中式庭院式建筑

2007年9月2日

周末“三多”

圣彼得堡有“三多”：公园多，博物馆多，教堂多。圣彼得堡的周末也有“三多”：到郊外活动的人多（春夏秋季），参观博物馆的人多，到教堂礼拜的人多。到了周末，人们都出来了，晒晒太阳、到公园走一走，参观博物馆、到教堂做祷告更是大家周末的必备节目。

美丽的涅瓦河在秋日的照耀下，深沉、湛蓝。河边宽阔的人行道和公园是人们活动的最佳场所。大家随意地沿河散步，清闲而自得其乐。有些亲友们拥簇着新人在举行婚礼活动，洋溢着幸福的气氛。

国家博物馆前排队参观的人们

桥上的百年灯柱

“文化”娜达莎

我们约了圣彼得大学东语系的学生俄罗斯姑娘娜达莎一起沿涅瓦河散步。面对着美丽的涅瓦河，我忍不住感慨：“这里真美！算得上俄罗斯的威尼斯了！”这句话却引来娜达莎的不满。她说：“圣彼得堡就是俄罗斯的圣彼得堡，她的美是其他地方都不能取代的！她就是俄罗斯的骄傲！”因为这个话题，娜达莎还笑我是个缺少文化的教授。我确实很感慨，想起我美丽的家乡广西桂林，那里到处都是标语“东方的威尼斯桂林”，全然忘了“桂林山水甲天下”之说。“甲天下”的桂林山水，又何须加配威尼斯？

圣彼得堡的一大特色，大人小小、色彩缤纷的教堂遍布城市各处，随便走到哪里都有教堂安静地等候着。这为俄罗斯人的信仰提供了很好的条件。但是尽管这样，今天在圣彼得堡圣血教堂前，我们仍看到进教堂的队伍排了100多米长。他们大多是东正教教徒。

圣彼得堡教堂里

2007年9月3日

向伊莲娜副校长赠书

代表中国广西国际税收研究会向校方赠书

下午2时多，我和张志到圣彼得堡国立财政与经济大学教学楼，再次拜会了副校长伊莲娜，并向她赠书。

我们把广西国际税收研究会编纂的《中国对外税收协定与国际税收大典》赠送给校方，并提出双方开展交流、合作研究的建议。伊莲娜副校长表示，有兴趣与广西国际税收研究会就加强国际税收合作研究问题进一步交换意见。

2007年9月4日

街头婚礼

金秋九月。圣彼得堡的九月，也是分外的美丽和舒适。这个时节，在街上，特别是纪念碑、教堂前等风景点，总能看到俄青年拍结婚的外景照，或者举办婚庆活动。俄罗斯的年轻人结婚，都喜欢在户外举办婚庆活动，精心打扮的新人们带着一帮亲朋好友，一起在室外拍照、喝酒，甚至办起了小型婚礼舞会，与大自然融为一体。而烈士纪念碑、战争胜利纪念圣地更是年轻人婚庆活动尤其爱去的地方。这似乎已经成了年轻人的新时尚，也给街头增添了一道亮丽的风景。

室外婚庆活动与拍结婚照

向无名烈士纪念碑献鲜花的新婚青年

我特别赞美那些在无名烈士纪念碑献花和拍结婚照的青年们。

今天，我们在圣彼得堡船头柱广场一带，就看到好儿对俄罗斯青年在搞婚庆活动、拍结婚照。

纪念柱下，一对新郎与新娘亲切接吻，一大群亲朋好友围着，为新人的甜蜜之吻高声欢呼，还留下了喜气洋洋的集体照。

有一对新人在街边办起了婚礼小派对。他们请来了小乐队奏乐，年轻的新郎与新娘随着音乐跳起了交际舞，随行的亲友们也随之翩翩起舞。

还见到一对新人，气氛高昂地庆祝着新的幸福生活，高兴地喝完香槟酒后，直接把酒瓶砸到5米开外的石头柱子上，酒瓶碎裂开来，以示“平安”。这个似乎有点像我国的“碎碎平安”呢！

有一位少年拦住了一对新人，送了一个不知道什么小纪念品给新人，并向他们表示祝福。新人很高兴地接受并掏出“红包”送给小孩，他们也希望有更多人来分享自己的幸福呢！

街头为电工塑铜像

街头的名人塑像

圣彼得堡的街头，各式建筑物上，常常见到许多为各种名人而作的雕刻和塑像。

其中，为工匠、艺术家、工程技术人员、教育家、历史名人的树碑、雕像特别多。很少见到官员的塑像。

圣彼得堡市政府门前的列宁铜像

街头为摄像机塑像

街头也有脏、乱、差

说起欧洲名城，我们往往很自然地把它们想象得整洁、美丽、精致、充满异国风情。但是在圣彼得堡呆得久了、走得多了，就发现，这里也有脏、乱、差的角落，人们也有发狂的时候。

花园街有一个市场，街道破烂失修，摆设十分杂乱。这个市场主要销售中国服装和日用品，来来往往的人很多，尤其到了周末，更是拥挤不堪。

富有的俄罗斯人开着高档轿车在城市里穿行，但是很多车外表却很脏，与他们的豪华十分不相符。是雨天多？洗车行业不发达？还是什么别的原因。

俄罗斯人爱喝酒、饮料，但是喝完酒和饮料后，有人把瓶子扔在街上，有的砸烂水管，有的扔到运河里……

街头有人把小车停在路边，掀开后盖摆着商品，开起了“移动商店”。

花园街市场

这台车摆在街上已有十多天了

2007年9月5日

姑娘们爱吸烟

我生活在中国的南方城市，那里的姑娘矜持、含蓄，极少见到有抽烟的，即使有个别女性抽烟也是背着人。如果在公开场合有个姑娘叼着一支烟，周围的许多人一定会投上惊奇的目光。

在圣彼得堡，无论在大学校园里，还是在繁华的大街上，随处可以看到年轻漂亮的姑娘们，叼着白色细长的烟卷，在广场、在街道旁、在校园教学楼边、在林荫道下，构成了一道城市特殊“风景线”。

我曾为此问及一些女大学生，“俄罗斯城市的姑娘们为什么爱吸烟？”。回答有两种：“是成熟的一种表现”，“是争取男女平等的表现”。持不同意见的，多为年纪较大的妇女，她们说：“吸烟有害健康，还败坏风气”。

在俄罗斯有人统计过，近年来，在中老年人群里，男性烟民比女性多；在青年人中，女性烟民的比重越来越大了。

爱吸烟的姑娘

圣彼得堡人的夜生活

被醉汉敲破的下水管

莫斯科的街头上

俄罗斯人喜欢夜生活，已经入秋了，晚上气温已经比较低了，但是人们还是要出来潇洒。

酒吧是俄罗斯人最爱去的地方。晚上9时左右，酒吧陆陆续续开始来人。10点钟，街灯暗淡下来，音乐响起，酒吧里欢乐的人们开始蹦迪。据说这一蹦，很多人要蹦到凌晨两三点。他们的热情像一把火，燃烧了圣彼得堡的不眠之夜。

大街上有许多咖啡馆，几乎是百米之内便有一、两间，挤满了人。咖啡馆内的饮料要贵得多，消费的环境当然要好些，来这些地方消费的，大多是比较富裕的人。还有很多人，是在街边扎堆，欢乐小聚。

喝完酒后，多数人把空瓶子整齐地放在路边的墙根下，也有喝多发酒疯的，把瓶子在地上或建筑物上摔碎，有时候会把建筑物的铝皮水管都砸坏，也有的人把瓶子扔进城内运河里……人们就这样吵吵嚷嚷直到深夜。不过等第二天早上再来看时，这些垃圾基本都已清扫干净，城市又恢复平时的整洁、美丽。

2007年9月7日

"我是共产党员！"——在马克思、恩格斯塑像前

早上，我们到市政府门前的公园散步。圣彼得堡市政府办公大楼坐落在苏沃洛夫大街上，这里还有著名的斯莫尔尼宫。从市府出来，是一座美丽的公园。公园的环境很是优美，不少市民过来散步休闲。一条马路从公园中间穿过，路的两侧，分别立着马克思和恩格斯的塑像。时值九月初，公园的树叶已经黄了许多，塑像周围花池的花儿却还依然灿烂。塑像很简单，是大家都认得的马恩的经典肖像，高高的立柱上也只有非常简单的介绍。

马克思的学说在他所处的时代并没有产生绝对的影响力，只是在他离世之后，随着资产阶级世界的普遍危机加剧，马克思主义才在世界各地迅速传播，并因为列宁和布尔什维克党创立的苏联的大力传播而达到了巅峰。在马克思出生、生活、研究、著述的德国和英国，对他的认同恐怕也并没有在苏联这么强烈。马恩在这片他们从来没有踏进过的土地上打造了一个强大的社会主义大厦，又眼看着它轰然倒塌。在他们的有生之年，大概也没有想到自己学说的命运如此曲折吧！

圣彼得堡市政府广场前的马克思、恩格斯塑像

我也是属于读着马克思学说成长起来的学者，不管是政治信仰、知识体系还是人生命运，都深受马克思、恩格斯的影响。同时，苏联在我们这一代人的生命中也烙下了不可磨灭的痕迹，培养了几代人的苏联情结。站在前苏联的土地上，静静地与马克思、恩格斯两位伟人对望，曾经的过往、国家的命运，都在心头交织翻腾。

20世纪90年代初，苏联发生剧变、一夜之间土崩瓦解，曾经称雄世界的大国转眼间退居二三线。在强烈的冲击下，原苏联建设的苏联时期名人雕像纷纷遭受被拆除的命运，很多马克思、恩格斯、列宁、斯大林以及苏联英雄的雕像被拆掉。

但是据了解，圣彼得堡市政府门前公园的马克思、恩格斯雕像没有被拆除过。在这里，在圣彼得堡市政府运转的核心地域，马克思和恩格斯一直静静地在这里，看着一个国度的日落日出，看着历史的沧桑变化……他们还在为全世界无产阶级的命运担忧吗？

今天早上，我们在市政府门口的公园散步，一位老人推着婴儿车也在那里。看到我们对马克思、恩格斯雕像非常感兴趣，远远地朝我们挥手，大声告诉我们：“我，共产党员！”

“我，共产党员！”

涅瓦大街上的小游行

今天在涅瓦大街上看到一个小规模的游行活动。这是我们在圣彼得堡第一次看到游行，感觉十分轻松有趣。

这是一支大约有五六十人的队伍，很热闹地走在涅瓦街宽绰的人行道上，有人举着匾牌，一路吹吹打打、唱唱跳跳、欢欢乐乐，看起来是一次很快乐的活动呢！更有意思的是，不时有路人加入队伍，也不时有人退出队伍归于路人，似乎都想过把瘾似的。

我猜这也许是个小教会组织，但是很遗憾，我看不明白游行活动的组织者和游行的目的。在国内，组织一次游行似乎应该是非常严肃和慎重的事情，这样气氛的街头游行，让我们也快乐起来。

2007年9月8日

季赫温名人公墓

圣彼得堡季赫温名人公墓里的墓碑

今天是星期六，我们去参观圣彼得堡的季赫温名人公墓（Тихвинское Кладбище）。公墓免费开放，参观的人很多。

中国人对墓地是很避忌的，除非清明扫墓，否则人们一般不会到墓地去，更不用说去游玩了。而在俄罗斯，墓地旅游却是一种文化或者一种时尚，当然这个墓地必须是名人墓地。俄罗斯有一个传统，就是在名人墓园里创作独具创意的艺术雕塑，将一个原本该是寂静凄凉的逝者世界，变成展示生命美好和艺术魅力的露天博物馆，形成一种独特的墓园文化。难怪有人说："俄罗斯的名人墓园，就像是一个一个的户外雕刻博物馆。"

季赫温公墓就是一个哥特式建筑的代表，许多墓碑以及旁边精美的建筑都是当时的雕刻家和建筑大师精心设计的杰作。由于圣彼得堡是音乐之乡，所以这里长眠了众多著名的音乐家，不少墓碑上还刻着乐谱，不仅记录着逝者生前的辉煌，更增添了这块墓地的艺术气息。

印象最深的是坐落在季赫温墓地一个角落的柴可夫斯基的墓地。柴可夫斯基(1840 - 1893)，是俄罗斯最伟大的作曲家。他出生在俄国一个贵族家庭，10岁在彼得堡法律学校读书时，便开始学习钢琴和作曲，23岁入彼得堡音乐学院学习作曲。柴可夫斯基的作品繁多，体裁广泛，最为著名的是3部舞剧——《天鹅湖》、《睡美人》和《胡桃夹子》等等。他的作品被称为“俄罗斯之魂”，是人类音乐宝库中的珍品。

在这里，柴氏的胸像前后围绕着两个天使，温柔地陪伴着他，抚慰他孤寂的灵魂。与生前乐坛的喧嚣相比，在这里他却偏居墓园一隅，冷静地旁观身后世间的冷暖沧桑。一百多年来，时常有人从世界各地来到这里凭吊这位音乐奇才。人们把鲜花敬献在他的墓前，静静地伫立在他的身边，也许只有在这样静谧的氛围中，方能体会到柴可夫斯基的音乐充满感人的抒情性和有强烈的震撼人心的戏剧性，并从中感受作曲家独特的个性气质和难以言表的人格魅力。

柴可夫斯基墓

皇权贵族尤苏波夫的故居（宫殿）

尤苏波夫塑像

尤苏波夫宫(Юсуповский дворец)位于圣彼得堡莫伊卡运河旁，建于18世纪，是贵族尤苏波夫家族的住所。尤苏波夫是当时最富有的地主、著名的艺术爱好者和收藏家。

今天上午，我们前往尤苏波夫宫参观。前来参观的人非常多，我们等了一个多小时才能够进入。

尤苏波夫宫殿内的陈设

尤苏波夫宫殿内的陈设

宫殿的中心建筑是椭圆厅，其他房间都同时隶属于它。走进入口大厅的人可以穿过前厅进入椭圆厅，也可以穿过一系列的房间后从任何一个方向到达椭圆厅。

宫殿金碧辉煌，极为华丽、奢侈，实属罕见。内设有私人剧院，皇帝常来此看戏。居室也十分豪华，精美艺术品很多。这里的魅力就在于其艺术作品的艺术价值和整个建筑所达到的完美统一。这里每个细节和角落都构思精巧，没有任何多余之物。

曾看到过有资料介绍说，这一切的富丽堂皇尤苏波夫都是为自己创造的，为了自得其乐而创造。虽然拥有取之不尽的财富，但他属于那种把空闲时间过得很有品位的俄国贵族。当时很多人“为了生活而生活”，但其中有些人善于生活，同时也严肃、智慧、无欲无求地看待生活。普希金和其他同代人认为，这方面毫无争议的代表就是尤苏波夫。对于他，普希金满怀敬意甚至不无妒忌地写道：“你明白生活的目的：幸福的人啊，你为了生活而生活。”这也许就是俄罗斯人向往的生活态度？

不过使这一宫殿出名的是20世纪初期发生的拉斯普京暗杀事件。“怪僧拉斯普京”是沙皇的宠臣，但树敌众多。1916年12月，尤苏波夫在这里设宴招待拉斯普京并借机将他暗杀。

2007年9月9日

普希金城一日游

来圣彼得堡不可不到普希金城（ГОРОД Пушкин）。我和前几天新结识的好友张逸群、助手张志三人约好今天一同去游普希金城。一早我们从莫斯科广场出发，坐上每15分钟一趟的小巴士，一个小时就能到了。还好车上人不多，不拥挤。

沿途的道路宽广，两边是开阔的绿地，不时现出一片片树林，把俄罗斯的田野装点得像一个凹凸有致的绿色的童话世界。

普希金城原称为“皇村（Царское село）”，位于圣彼得堡以南24公

普希金城的宫殿

皇家园林

里处。从1710年开始，这个地方是彼得大帝的妻子叶卡捷琳娜一世修建的夏宫。1725年后成为沙皇最大的离宫之一。1937年，为纪念普希金逝世100周年，皇村改名为普希金市。现在每年6月的第一个星期天，这里都要隆重庆祝普希金的生日。

在圣彼得堡，谈到历史伟人人们都会不无自豪、津津乐道地谈到两个人：彼得大帝和普希金。如果说彼得大帝缔造了俄罗斯在政治和军事上的强大，那么，可以说普希金成就了俄罗斯文学的巅峰。是他使彼得创建的俄罗斯首都城市变成了俄罗斯文学的都城，高尔基称他是“俄罗斯文学之始祖”。普希金是一位出色的俄罗斯诗人，但他首先是一位圣彼得堡作家，普希金的文学活动开始于圣彼得堡，也结束于此。普希金在38年短暂而辉煌的生命旅程中，总共在圣彼得堡生活了17年，这是他漂泊一生中逗留时间最长的一座城市。

1837年2月8日是圣彼得堡最暗淡的一天，当时法国卫官丹特士公开追求普希金漂亮的妻子，为了捍卫自己的尊严、为了保护自己心爱的女人，普希金要与丹特士进行决斗。这天凌晨两点，在圣彼得堡郊外的黑溪，普希金的鲜血染红了小树林的雪地，最后死在自己的工作室。为了纪念这位优秀而多情的诗人，圣彼得堡建立了普希金故居博物馆，馆中陈列着他的头发，他为作品勾画的草图，以及他生前用品。在他离世100周年之时，又把“皇村”改名为普希金城。一个皇帝的行宫，却更名为一位诗人的名字，

俄罗斯管理员说："我保存着上海国棉厂60年代生产的毛巾至今，质量很好！"

这在我国历史上好像是不曾听到过的事情吧？可见圣彼得堡人对诗人的厚爱、对普希金的厚爱！

具有巴洛克风格的叶卡捷琳娜宫无疑是整个普希金城皇宫建筑的代表作，建成于1756年。之后又修建了"亚历山德罗夫宫"、"音乐厅"、"琥珀厅"及"空中花园"等，堪称美奂绝伦。

我们兴致勃勃地漫步在园林里。这座皇家园林规模超大，俄罗斯建筑特色浓郁，花木修剪得很有艺术性，园内设施堪称一流，无论从哪个角度看都可以称之为最美的画卷。老张告诉我们，二战时这里被破坏得很惨，但战后很快便修复完好，反映了俄罗斯人对人类文化、精神文明成果的器重！

今天来参观的大都是欧美人、澳大利亚人，中国游客则鲜见。在叶卡捷林娜宫参观时，一位五六十岁的俄罗斯女讲解员（在圣彼得堡的博物馆里几乎都是这个年龄段的女性）见到我们，异常高兴。她滔滔不绝地说："中国真好！中国人民和苏联人民过去有浓厚的感情和友谊。我很怀念中苏人民的友谊！""中国五六十年代的产品质量就很好，那时姑娘们都十分盼望得到中国制造的围巾、毛巾之类的纺织品。中国朋友送给我的一条毛巾，我细心地使用，一直到现在，还保留着呢！"讲解员老太太每谈到中国、谈到中苏友谊，都兴奋不已。

宫殿的大门和围栏

宫殿内的陈设金碧辉煌

宫殿内的名画

2007年9月10日

拜访圣彼得堡财大校长

校长马克西姆采夫（左），老校长达拉赛维奇（右）

今天，我和张志、朋友张逸群先生应邀去拜会圣彼得堡财大的校长。圣彼得堡财大是9月1日开学，这是我们到俄后第一次拜会校长。

上午11：30从住处出发，我们先到达校外事办公室。12：30，由校外办工作人员引领进入教学大楼。大楼入口只有唯一通道，有保安严守，并有一条大黄狗。

校长马克西姆采夫(Максимцев Игорь Анатольевич)和我们见面，互相问候并互赠小礼品。校长是2006年接任的，他先带我们参观了他正在装修的办公室，大约有100平方米左右。接着，校长带领我们到隔壁房间，去拜会了曾任校长的达拉赛维奇(Тарасевич Леонид Степанович)教授（现任顾问）。老校长办公室里挂着普京接见他的大幅照片，校长介绍说：“当年普京在圣彼得堡任职时，是老校长常来常往的朋友。”

我们和两位校领导一起到校长接待室。校长给每人倒了一杯“伏特加”，算是俄罗斯的见面酒，正式的见面会就开始了。但我因不爱喝酒，主人也没有劝。校长的话不多，看得出来他不善言辞。

见面酒后，我们一同进入小食堂，边进午餐边谈工作，称作午餐工作会。我们三人和校长、前任校长在一张餐桌用餐。校长对老校长非常尊重，并列坐着并不时征听老校长的意见。午餐首先是饮料、沙拉，然后是主菜（自行点的），后面还有甜点、水果、面包等，比较丰盛。

既然是在餐桌上谈工作，寒暄了几句，就直入主题了。我们谈了访问研修的计划和要求，校长让我们一个一个问题提出，他逐项交代外办工作人员要落实安排。

午餐大约进行了一个半小时，工作也谈完了。

“见面酒”

2007年9月11日

访财大两位教授

今天午餐后，与圣彼得堡财大两位教授见面交谈。

首先会见的是财政学教研室主任罗蒙诺索夫(М.В.Романовский)教授。教授已有70多岁，身体好，思维清晰，声音宏亮，非常幽默。我们针对近年来发展中国家财政经济的发展速度、总需求与总供给平衡、各自国家经济改革等问题交换了看法和意见。

罗蒙诺索夫教授介绍，他参与了圣彼得堡市和列

罗蒙诺索夫教授(左二)，谢里切夫教授（左一）

财大教学主楼

宁格勒州滚动预算计划的编制，从2007年7月的预算计划开始，试编了三年的预算计划。我谈到，中期预算会遇到当前经济发展形势变化快、发展中国家不确定因素多、后两年预算计划如何调整等许多实际问题，询问他们是如何处理的。对方没有明确回应。

交谈中，我也尝试着用记忆起来的俄语与之交谈。罗教授能听懂，并风趣地说，“您要想快速掌握俄语，得请校长给您选配一位漂亮的俄罗斯女秘书”。

罗蒙诺索夫教授已70多岁了，但仍担任财政学教研室主任。告别时，他说，像他这样到了年龄不退休，学校会另加薪金。他又笑着说：“我用这些钱为儿子在圣彼得堡买了一套数百万卢布的房子，现在的年轻人自己买不起房子了”。

接下来访谈的谢里切夫(А.С.Селищев)，是金融证券学的一位教授，也是室主任，他今年55岁。他儿子的中文名叫阮越强，在中国留学过一年，中文不错。谢里切夫教授把他的近作、俄文本的《20世纪中国经济》一书送给了我。

两位教授对我们的到访、研修都表现了热情和尊重。只是他们工作太忙，在校内外都有职务，每人只与我们大约交谈了四五十分钟。

二、首访季赫温
——与俄农村的第一次亲密接触

2007年9月12日

会见广西新闻出版局访俄代表团

今天上午10点30分，我们来到圣彼得堡冬宫广场，与广西新闻出版局访俄的代表团会面。他乡遇故知，让远离祖国的人感到异常亲切和兴奋。

古里平处长从南宁家里给我带来了我从教40周年的画册，还有一大包家乡的各种食品如香菇什么的。千里之外体会到家乡人的亲情，多少关怀体贴尽在其中。

大家寒暄几句，他们就要进冬宫博物馆参观了。我与开金团长等五人，在冬宫广场合影留念，也算是对我们这难得的异邦相会作个见证吧！

与广西新闻出版局访俄代表团合影

前往季赫温市访问

乘坐大巴去季赫温访问

承蒙张逸群先生的盛情邀请和细心安排，从今天开始，我和张志将到季赫温市(Г.Тихвин)进行为期一周的访问。

季赫温是列宁格勒州的一个市，在列宁格勒州东部，距离圣彼得堡200公里，是列宁格勒州的工业中心之一。在1941年的苏联卫国战争中，为了粉碎法西斯德军季赫温集团，恢复季赫温—沃尔霍夫的铁路交通，改善列宁格勒方面军、红旗波罗的海舰队和列宁格勒的态势，阻止敌军兵力调往莫斯科方向，在这里曾发生过著名的季赫温攻防战役。上午11时，我们从圣彼得堡财经大学出发前往圣彼得堡汽车站，买了下午3点45分前往季赫温的大巴车票。

整个上午，我都特别兴奋。到俄罗斯将近一个月了，一直都是在圣彼得堡市活动。现在终于有机会去看看俄罗斯的小城镇和农村，可以更深入地了解这个国家了。

沿途的路况不错，一路上的景致也十分动人。两边大多是森林，可以看到丰沛的河流绕林而过，在青翠的草场和耕地边蜿蜒。农民的村舍点缀其间，景致与国内大不一样。

车行四小时，到达季赫温的时候，天已完全黑了。张逸群先生带着我和张志去找旅馆。季赫温是一个有着8万多人口的城市，但市内只有两家比较像样的宾馆，总共大约300个床位，但是很不巧，都客满了。我们只好到张逸群先生家打扰一宿。

好友张逸群先生和他的家人

和张先生一家合影

十多天前，我们才认识张逸群先生，但却是一见如故，成了“忘年之交”。我们都亲切地叫张逸群先生为老张。老张不老，只是四十开外，长得眉清目秀，浑身上下透出一种江浙人的精明、敏锐，看上去比实际岁数还年轻一些。本来我应该叫他小张的，因为张志已经叫小张了，只好委屈他，叫他老张。

老张来俄十多年，和俄罗斯列宁格勒州季赫温市的卡佳姑娘结了婚，生有一位漂亮的小女孩叫丽莎，已经5岁了，生活在一个勤劳亲和的小家庭里。老张刚来时，没有什么俄语基础，但以他的聪明能干和非凡的毅力，很快在这里扎根，并与当地人友好相处。现在的他不仅说得一口地道的俄语，还在当地有很广泛的人脉关系。

老张曾介绍说，在1995年、1996年，俄罗斯经济危机期，居民生活十分困难。市场上，除了土豆外，什么都稀缺。这种情景，经历过中国短缺经济困难时期的中国人都能体会到。他回忆起当时情况时曾动情地说：“有一年我回中国，当时卡佳还是我未婚妻，放在卡佳家有几仟美元。走时嘱咐她们一家，必要时就动用这些钱。他们家有残疾弟弟需治病，工厂下马家里人都失业了，连吃饭都成了大问题，全家人天天吃土豆，吃得都想吐了……。一年多后，我回到俄罗斯时，我放在她家的钱居然一分也没动用。卡佳告诉我：那是您的钱，我们是不能用的。”

我们来到张先生的家里。这是一幢20世纪70年代建的楼房，张先生住在第三层的一套一室一厅，约50平方米。房子虽不大，但家用电器一应俱全。房子里摆着大书橱，书橱里摆满了书。整个家显得非常整洁、温馨，看得出卡佳是个善良、会持家的好姑娘。根据我的观察，他们的生活虽不很宽裕，但一家人和和气气的，不愁吃、穿、行，小日子过得挺舒心。

卡佳为我们这两位不速之客准备了可口的晚餐：两个熟菜、两个热菜，荤素结合，还炒了米饭，我们痛痛快快地填饱了肚子。

小女孩丽莎会唱歌、会跳舞，特别喜欢画画。卡佳是幼儿园老师，她把女儿画的画拿出来让我们欣赏。

饭后，我们边喝茶，边翻看他们的相册，还看了他们的家庭活动录像。时间转眼到了深夜，我和张志睡在客厅的布艺沙发床上，张先生一家亲人般的温暖让我们忘了所有的疲劳。

2007年9月13日

入住季赫温宾馆

季赫温市政广场

上午10点多，张先生陪同我们到季赫温宾馆登记入住。

我们住的是一个两人一间的客房，面积约十二三平方米，床非常小，只有国内普通标准房单人床的2/3，房内有一台12寸的彩电。洗漱间也小得可怜，连转身都困难。国外宾馆很少有提供洗漱洁具的，季赫温宾馆也不例外。总体看，其设施和国内现在的贫困县的招待所差不多。 但房价真不便宜，按我们来时汇率计算，要折合人民币606元 / 天呢！当然，这房价中包含了由面包片和煎鸡蛋构成的早餐。

张先生带我们去办入住手续，当时在办理入住的只有我们俩人，但填各种表格等手续还是花了40多分钟才办妥。在这里生活，还真是不能着急呢！

和私人企业主尤里厂长（右一）等座谈

季赫温的私营小企业

今天有一个重要日程，就是参观季赫温一家私营机器制造厂，并和厂长尤里·巴拉季夫见面会谈。

我们先参观了这个企业的生产车间。几间厂房里摆放着一些陈旧的设备，也有几台新购的机床，主要生产机器的零部件。工人们看起来年纪都比较大。

据厂长介绍，这里曾是一个规模很大的国有机器制造厂——季赫温工程机械厂，始建于20世纪六七十年代，职工人数多达两万多人，在全市8万多人中，几乎每一个家庭都有人在这个机器厂工作，与这个企业的兴衰命运相连。当年这个企业能制造出各种大型机器，其中包括时速300公里的机车机头。苏联解体后，工厂每况愈下，频临倒闭破产。随着改革的一哄而起，短短的几天时间后，工厂就垮掉了。一个大企业分解

参观尤里私人企业 机器厂

成了20多个小工厂，分别被私人购买下来。厂长尤里谈到工厂的辉煌与变迁，感慨万千。

尤里谈到：“当初我买这个小工厂时，只花了100万卢布，现在少说也值1亿卢布。机器是当成废品买来的，作价甚至比废品还低！”

“这20多个小企业，现在多数从事贸易了，只有几家从事机器零部件制造，加起来，产值还不到原企业的1/10，方圆几十公里都有点像废墟了。”尤里叹息道。

“我们这些小企业，缺乏设备更新的资金，无法形成规模，还贷成本也高，技术装配水平落后，根本无法与中国的机器制造业竞争。美国、芬兰的客商也曾来考察过，但都没有人愿意来投资。”

我们谈话间，又来了一位小企业制造商。他也抱怨说：“现在，我们这些小企业，经营非常困难。政府去年拿出4万美元来作贷款基金支持，这算什么呢？而且申请的手续还十分繁琐。所以，我们对发展前景乐观不起来。”

关于小企业税负、经营状况以及职工的福利，尤里告诉我们：“2006年，我们交的全部税（费），相当于工资总额的110%。其中，社会统一税30%，增值税18%，利润税24%，还必须交土地税金等等。”尤里厂里的职

参观尤里（右）的机器厂

工厂设施

工平均工资是1.4万卢布／月。州政府规定，职工工资最低标准是4000卢布／月，而有的企业实际最低工资只有2400卢布／月。

关于国家对小企业的扶持政策，尤里和另一位小企业主介绍说："这个问题，我们也说不太清楚。据我们所知，州政府有一笔扶持资金，州长兼这个基金委员会的主席。如果企业能得到银行的贷款，那么由州基金委员会代为偿还70%的本息。据说州政府拿出的资金有限，我们很难申请到这些资金。""目前的通涨率很高，而银行贷款利率也高达12%–13%。企业也想要扩大生产和提高技术装配水平啊，但是缺乏资金。"

下午4点，我们到季赫温市政府去了解地方小企业发展的总体情况，季赫温小企业和消费市场管理处主任塔吉雅娜•金接待了我们。金小姐是朝鲜族人，在交谈中，她谈到了对中国地方政府代表团的印象："近年，我接待过两批中国地方政府的代表团，每个团都有七八人，谈的中心都是探讨项目投资合作。他们来考察过我们的一些企业和投资环境，可事后都没有回音，像是个旅游团似的。我们更希望的是中国地方政府组织的企业家代表团来考察访问，希望能有实质性的合作。"

与季赫温小企业和消费市场管理处主任塔吉亚娜•金（中）见面与会谈

2007年9月14日

郊外原始森林

季赫温近郊原始森林

今天是我们来到季赫温的第三天，也是最忙碌的一天。

在国内的时候常常听年轻人说，幸福就是睡觉睡到自然醒。对俄罗斯人来说，这一点是毫无疑问的，俄罗斯人有睡懒觉的习惯，市区里的商店都要十一点才开门营业。

上午11点多，张逸群先生、张志和我从季赫温宾馆出发，不到20分钟的车程，便来到了市郊的森林区。沿着林区小路往森林深处走去，看到的全是我在国内难以看到的原始森林。

地上铺着地衣式的小草，踏上去软软的，像踩在厚厚的地毯上一样，随处可见横七竖八倒在地上的朽木和树桩。森林里，树高而密，阳光只能偶尔地穿越树杈的缝隙透进来。地上的蘑菇一丛一丛的，让人忍不住想摘上几朵。张先生说："这里有很多好吃的蘑菇，俄罗斯人平常也食用，但他们不善烹调，做出来的味道不好。""夏季的时候，一个上午的时间，采上两桶绝对没问题。蘑菇晒干后，1公斤可以卖到160卢布。"

走在树林里，我们还看到了一群小学生，他们在老师的带领下，正在拾木柴搭木架。他们是来郊游的，正在做野炊的准备工作。我们上前去和小学生搭话，学校的保安立即走了过来。因为前些年俄罗斯学校发生过别斯兰事件，所以学校防火、防坏人的意识都很强，警惕性非常高。

张先生还说，"像这样的林区，几乎每个小镇和乡村都有，大都连绵在数万平方公里"。

小镇的木材加工厂

从森林里出来，已是中午时分，我们到张先生的俄罗斯朋友工作的木材厂参观。这是一家制造小别墅架构的木材加工厂。在俄罗斯，城里人常常在市郊建一栋木质的小别墅，种一片小菜园，空闲时间或假期就到小别墅休息。这个木材加工厂，就是为建造这样的小别墅服务的。

这个小木材厂的占地面积有几百亩，但只有几间陈旧的厂房。厂里的空地上和厂房里都堆满了各种各样的木料。

我们走进一个车间参观，工人们正在制造小木屋的预制件，墙体是用木板中间夹着一种特殊的泡塑制成的。按照客户的要求，在工厂里加工好小木屋的墙体、屋顶、地板等构件。这些构件运到野外，只需简单安装，就可以搭建成一幢别致的小木屋了。

工厂的全套机器设备都是德国人设计的，主机也从德国进口。我们算了一下，这种小木屋的造价每平米约为人民币2500元。

在建中的小木屋

采访安德列夫斯基农场主席兼村委会主任瓦洛佳（左一）

最后的农场

下午2点，按预约我们到达了离季赫温约60公里左右的安德列夫斯基农场考察。

列宁曾经说过："不实现农业集体化，就谈不上什么共产主义。"20世纪20年代末，旧式的俄国农业甚至无法供养城市，无法为迅速发展的俄国工业和文化教育事业提供足够的粮食。根据列宁同志的合作社计划而制定的农业集体化方针开始实行，苏联的农村也进行着伟大的变革。为了吸引农民加入集体农场，国家提供了大量的政府贷款和机器，并用税收政策重力助农。经过集体农庄改革，苏联农业实现了高度机械化，拖拉机站遍布农村各地，绝大部分的农民加入了集体农庄。集体农场为苏联的农业进步作出了巨大的贡献，改变了俄国农村落后愚昧的状态。经过这场革命，农业不再是工业和文化教育事业发展的绊脚石，而为苏联社会主义工业发展提供了强大的推进力。

苏联电影的片头，总有尊气势雄伟的雕塑，令人印象深刻：一对男女青年手中高举铁锤和镰刀，仿佛要凌空飞翔，姿态雄健而轻盈。这座名为"工人与集体农庄女庄员"的雕塑，是苏联时期的经典作品，莫斯科电影制片厂一直把它作为自己的标志。出生在苏联时代的俄罗斯人从小就对这座雕塑耳熟能详，至今仍将其视为"国家的象征"。由此也可见集体农庄在苏联时期的重要地位。但是，随着苏联的解体，昔日集体农庄也相继解体，集体农庄曾经引领的风采也日渐黯淡了。苏联农村集体经济的曲折，对我国的农业改革和发展究竟有些什么启示？

安德鲁列夫斯基农场的主席名叫瓦洛佳，50多岁，瘦高个，是俄罗斯共产党员，还兼当地的村行政首长。他的办公室设在一幢三层楼房的二楼，面积约四五十平方米，有电脑、电话、小会议桌，办公椅背后的墙上，还挂着一面俄共的党旗。瓦洛佳的举止谈吐，令我惊叹并触动许多联想！

瓦洛佳说："苏联的集体农庄已经走到了尽头。我们这一片区域有7000平方公里，还保留有九个农场。周边其他地区一个农场也没有了。""我这个农场，在前苏联时期有4000多头奶牛，现在只有460多头了。最近国家提出过振兴农业的四项政策，但并没有具体措施，只是个毫无意义的宣传而已。"

我们插话问瓦洛佳："当年也是您做农庄主席，怎么奶牛少了这么多？"瓦洛佳笑着答："这个问题太复杂，要问叶利钦总统了！"

瓦洛佳继续说："农场的经营很困难。柴油贵，牛奶贱。农场的技术装配水平比起西方国家来落后三四十年。场部没任何积累，也得不到丝毫的补助，耕作条件越来越差，劳动力奇缺，年轻人全走光了。"

"现在的官僚主义，比起前苏联时期是严重多了。为落实一个文件、一个规定，要跑许多部门，时间拖得很长很长，有时还得交钱才办得通。"

"我经常关注中国的农村政策，不管怎么说，中国农业有很大的发展，有很多好的经验。我们的农业生产已经落后了。但是，话又说回来，据我了解，俄罗斯农村居民的社会保障，这些年来逐步恢复了。我认为，俄罗斯农村居民的生活，总体上要比中国农民幸福啊！"

他还领着我们乘车参观了农场里广阔的、丢荒了的土地，废弃的养猪场等。大家都感到十分惋惜。

瓦洛佳带着我们走到木屋前的小院子里，从苹果树上摘下几个大苹果品尝。

随手从树上摘下苹果吃

农场里的学校和俱乐部

村学校始建于1867年

整洁的教室（70年代重修）

我们参观了村里的学校和俱乐部。

今天是周末，学校没有学生。瓦洛佳带我们进村学校参观。这所学校始建于1867年，20世纪70年代重修过，房子的外观十分破旧。但是教室内却很整洁。

据瓦洛佳介绍，学校现有学生90名，教职工40名。每个年级都有自己的教室，而且每个教室都有整洁的课桌、电视和投影设备、书架、钢琴，一应俱全。教室里还摆放了很多小盆的绿色植物，显得生机勃勃。我们参观了一年级、二年级的教室，教室非常宽敞、明亮，室内的装修和布置都很有特点，墙壁上还挂着些孩子们正在学习的内容的板报。一间教室后面还挂了大幅的郁郁葱葱的白桦树油画，更给教室添了些夏天的气息。

我第一次到俄罗斯农村的学校参观，心情很是激动。尽管没有孩子上课、没有老师站在讲台上，我还是忍不住申请去座位坐了下，当了次俄罗斯的“小学生”。

瓦洛佳介绍说：“学校的经费全部由区里解决，村里和农场都不需要负担学校的费用。教师的月工资水平在1.2万卢布左右。”“农业生产落后，而农村文化教育与城镇差别不大”。

我们还参观了农场俱乐部。农场的俱乐部建于1973年，是前苏联时期修建的。俱乐部里面有不少村民在活动，有人在打乒乓球，有人在打台球，很是热闹。俱乐部的装修十分简单，但是墙壁上挂了一些壁画，安装有音响，该有的设备还是一应俱全。尤其值得一提的是，俱乐部里设了一些陈列架，陈列有集体农庄时期的一些重要的图片资料，比较完善地展现了农庄的发展历程和一些重要的人物和事件，给我留下了非常深刻的印象。

2007年9月15日

到M·瓦洛佳的别墅作客

——听主人讲苏联解体时的往事

今天下午5时多，我们和张逸群先生及其妻子卡佳、女儿丽莎，坐上张先生的“拉达”小车到市郊30公里的M·瓦洛佳（我们认识的叫瓦洛佳的朋友太多了，所以这个瓦洛佳的名字前，加个“M”）的家里做客。

M·瓦洛佳就是昨天我们参观的木材厂的总经理。前苏联时期，他是季赫温市一个镇的共产党党委委员，曾当过副镇长。

瓦洛佳的郊外别墅坐落在一条小河边上，附近只有3户人家，周边方圆数公里都是荒弃了的草地。离此地2公里外，又有约20户人家。房子是自己购地建的，建筑面积约300平方米。别墅共两层，已建成形，但由于经济不景气，装修一年多了，还没最后完工。屋前有一块一亩多的菜地，紧靠着一条小河。小河水量丰富，潺潺而流。风景这边独好，只是在我们这些在国内整日住在热闹市区的人看来，这里过于寂静了。据了解，俄罗斯城里居住的居民，大都有这样的郊外别墅。

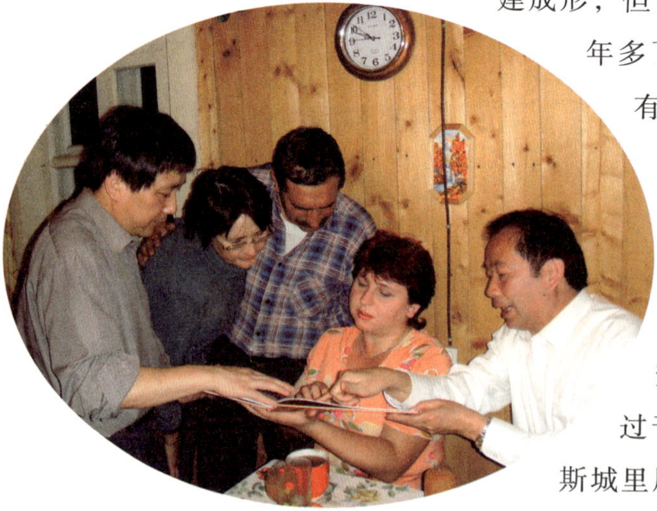

“亲如一家”——在瓦洛佳（中）家里做客

我们快到别墅时，女主人柳芭便出来迎接了，一条大黄狗也摇头晃尾地跟着出来。在木屋前，我们寒暄着互相介绍。主人一家热情地把我们迎进屋里。

屋子里已经生了炉子，非常暖和，一如主人的热情。房子只简单地装修了一层，厨房里已准备了一些晚餐和食品。房子里有烧柴火的、专供烤食品用的炉子。据说，烧木柴的炉子烤的食品味道非常好！趁着天色未晚，卡佳和柳芭留在屋里做晚饭，先生们则跟瓦洛佳往河边、林里去探秘了。

林里采蘑菇

走过茵茵草地，便是清澈的小河。水面宽约20多米，河水打着漩涡，无声地流向远方。瓦洛佳说，他们常在此地钓鱼，这里鱼很多，一下钩准有收获。

草地的边上就是广袤幽深的森林。一进入林子，我们就惊叹不止了：林子里满地都是枯枝，地毡式的地衣上面长满了各式各色的蘑菇。主人告诉我们，这些蘑菇大多是可以吃的品种。边走边说间，瓦洛佳已采摘了两朵碗口大的蘑菇，有一朵足有一斤重呢！

在瓦洛佳家里

天色渐渐地暗下来了，我们回到木屋里。能干的巧妇们早已准备好了美味的晚餐。晚餐的主食是土豆和鲜蘑菇。大家边吃边聊。

柳芭在镇里做社保基金管理工作，负责退休职工退休费发放。柳芭说，近两年退休职工的退休费都能按时、足额发放，平均每人每月有1000多卢布。但相比之下，大家似乎更怀念前苏联时期的安逸和自足。

瓦洛佳则描述了一些苏联解体的惊险经历，那是1992、1993年的事情了，当时他是一家国有塑料企业的厂长。有一天，他外出开会回来，惊讶地发现厂里一片乱哄哄的景象。到办公室一看，厂长办公室坐着另外一个人，他的位子被人抢占了。一了解，原来厂里原班班子的人全被赶走了，工厂的管理权被夺了，资产也被瓜分掉了。

瓦洛佳打电话问上级，上级说“国家改变制度了，私有化了”。瓦洛佳问：“那我该怎么办？”上级答：“我们也不知道该怎么办，我们的上一级没有人办公了！”

瓦洛佳不服气，去找厂里的“入侵者”，试图和他们论理，认为他们夺权不合法，但却被赶了出来。

一个晚上，瓦洛佳正在街上走，突然响起了两声枪声，一颗子弹打中了他的一条腿。他顾不上疼痛，一瘸一拐地拼命跑回家，才躲过了一劫。

看到时势乱成这个样子，瓦洛佳自己也买了一支枪。有一天晚上，当他发现又有人跟踪追杀时，他朝他们放了两枪，黑暗中只听到“哎呦”一声，他也不敢回头过去看个究竟，径直跑回家了。

等到局势平静后，企业已被人卖了三次。现在，资产全没有了，告状也没意义了。

时间虽然过去了十多年，但每每想起这惊险的一幕，瓦洛佳仍感到胆战心惊！

吃过晚饭，主人一家翻看着我带去的中国画册，他们对中国人的家庭生活很感兴趣，问这问那。小丽莎则枕着主人家的大黑猫，静静地听着我们的交流，大眼睛扑闪扑闪地。

在瓦洛佳家里

舒戈泽罗村景

2007年9月16日

走访季赫温的农村

舒戈泽罗村的旧民居

今天是周日。我们一行三人到季赫温的农村去走访。

舒戈泽罗村是距离季赫温南30公里左右的村镇，大约有上百户人家。村镇的坡上有一个小教堂，教堂附近是一所学校。学校周日不上课，足球场上空空荡荡的，偶然有几个村民路过。我们走进村镇的一家小商店，商店不大，大约四五十平方米的样子，日用品、食品和城里的小超市差不多，物价也相差无几。我们想找点本地的产品，却没有发现。

居民大都住在那种二三层的旧楼中，整个村落里看不到一栋新房子。仅有的几栋别墅式房子也显得很陈旧。据了解，这些旧别墅是前苏联时期一些城里人来建的，现在多半没人住了。

站在山坡上，村里的民宅一览无余。森林、湖泊和草地把小村围在中间，在这个秋日的午后，静寂得有些凄凉。

离开舒戈泽罗，我们继续前行，大约三四十公里，到了一个叫巴莎泽罗的地方。张逸群先生介绍说，这是离季赫温最远的一个行政建制的村，大约有700多人口，我们停车的所在地大约有300人口。村政府设在一幢陈旧的平房里，屋顶上飘着三色旗。有间小屋，门口写着“邮局”，屋里却没有人。

巴沙泽罗村委的布告栏

我们走进旁边的一间小商店。商店不大，但“麻雀虽小，五脏俱全”，食物的品种和日用品与城里小商店差不多，只是价格更贵一些。店里同样没有任何当地产品出售。柜台上摆着一座台秤，台秤旁摆着的一个木制物件吸引了我的注意力。这应该就是欧式算盘吧？当年上学的时候，老师曾介绍过像“拱桥似的”欧式算盘，没想到时间过去了40多年，才终于在异乡的这一小商店里亲眼看到了实物。没错，这就是形状像拱桥一样的欧式算盘，和中国算盘不同的是，它每一柱有10个算盘珠。最上面的四个珠子和最下面的四个珠子颜色相同，中间的两颗珠子的颜色和其他八颗是不一样的。我一边拨弄着算盘珠子，一边询问售货员这欧式算盘的用法。穿着红衣店服的售货员看到我们这几个外国人对算盘这么感兴趣，就热心地给我们一边示范一边解说，不一会儿，我就学会用了。

巴沙泽罗村小商店的欧式算盘

舒戈罗泽村里的小商店

我们买了点食品，就去参观村学校。村校大门紧闭。教学楼外观陈旧，周边有花园。运动场地比较宽。村民说，这所小学里共有学生20名，教师有10名。

汽车又继续往前开了约30公里。这条路是通往村民居住点的公路，路面是砂子铺的，不宽，但能顺利地让两辆小型车辆对开，路面平坦。到达此路的近末段，看到公共汽车的最后一个站牌，公告显示，汽车每隔2小时来一趟。

沿着这条路再往前几十米，便是公路的尽头了。有一条小河，一条铁筏支撑的木桥横跨桥面。木桥已经相当陈旧，幸好小车尚能通过。过了桥，便是一个岛。这就是季赫温市区辖管的最边缘的地方了。

小岛真美。青草繁茂，有茂密的小树林，一团团的云朵就那样静静地悬在空中。静谧到了幽美的极致。

在岛上，我们看见了一位穿着紫色毛线裙，头上包着蓝花布巾的老妇人。她告诉我们，小岛上有七户人家，但平常只有四位老人住在这里。

老太太说："现在只有七户人家住这里，平时只有四个人常住"。

小岛和岛对面的村子，现在都已人走房空。地没有人种了，牛羊也少了，大片的土地成了荒地和森林。当年，这一带的周边地区曾经非常红火。冬天，人们驾着三套车走在这冰雪地上，生活得自在又幸福！"现在，你看，这一个岛，冬天就剩三四个人在这过冬了。湖里的鱼也没有人去捕了。”

小岛上的居民家里

我们和老人交谈的声音不大，但四周静悄悄的，恐怕就连广阔的湖的那边，也都能听见吧？

一位老汉见到我们，也过来寒暄。走近前来，却原来是张先生曾经在季赫温有过一面之交的熟人。老人大约70多岁，瘦高个，身体看起来挺不错。他邀请我们到家里小憩。他家房子大约有上百平米，两居室，一小厅，收拾得很整齐。有一台小电视机，一个拨盘式电话机，还有一个手摇矿石收音机，全是苏联时期的“老货”。房子的储藏空间较大，地上有马铃薯和豆子，老人说，这豆子可以生吃，都已收获完了。

从老人的房间出来，有一口小井，一米深便可见清清的水。外面还有一间小屋，是老人的桑拿房和工具室。

老人说，他已退休了，每个月有3300卢布的退休金，冬天在城里住，夏天则到小岛来住上三四个月。每个星期二和五，政府会派车送食品来这个小岛，他们可以买到食品和一些日用品。虽然他已经70多岁了，却还打着一份工，主要是做城里下水道的管道铺设和修理，日子过得不错，基本生活保障没问题。看起来，老人真是歇不住的人。他还在附近种了二三亩地。

老人说：“小岛上有一幢房子，前些年，有一户英国人来度假，住了一个多月。他们是这个岛唯一来过的外国人，你们是第二批了！”

我在想，今天我们这些中国人走了百余公里的农村，新奇见闻颇多，唯独没有看到村民们在地里劳作的繁忙景象？！

2007年9月17日

访中小企业的会计玛拉

在玛拉女士（中）家里

按照预约，中午11时，张逸群先生陪我们去访问一位会计师事务所的会计玛拉，她在本地，主要为中小企业服务。

大概40多岁的玛拉，有着俄罗斯妇女少见的清秀。她住在一间两室一厅的房子里，房间布置得十分温馨和整洁。

玛拉在自我介绍时，特别说到她是前苏联的共青团员。

玛拉就我们提出的问题介绍了情况。印象较为深刻的是，现在俄罗斯中小企业适用的税法、税制是全俄统一的。

她说，在季赫温，小型企业只交税，没有什么费的负担。中小企业的标准定为年营业额在1.5千万卢布以下。中小企业适用简化的税制，就是定额税和统一定率的营业税。统一定率的营业税又分两种，一种是按营业额的6%计算征缴；另一种是按（收入-成本费）×15%计算征缴，由企业自选一种。

在问到税务部门如何进行日常监管时，她介绍说：过去，税务部门会在2-3年内派人来企业检查一次，现在是交报表后，税务人员仅从报表上进行审核，一般不派人来查账。

不过，据她介绍，小企业的各个业主偷税漏税情况目前是很普遍的。

访区经济发展基金会主席

今天下午5点，在张逸群先生的带领下，我们访问了前年在季赫温市换届选举中落选的一位前副市长巴维尔先生。他现任季赫温市下属一个区的经济发展基金会主席。

他介绍的情况记录如下：

区里有四项政府发展基金，即中小企业发展基金、农业发展基金、教育基金和市政建设发展基金。分设四个部门来管。

其中，中小企业发展基金由他们管理，这项基金中，政府的投资，就是一栋800多平方米小楼房和几百万卢布。然后，就要靠自己去找钱了。政府的这点资源做不了什么事。

当地政府还规定，小企业创建的4年内，不用交税费，政府部门不干预，财务也免审。

访季赫温市一个区的经济发展基金会主席巴维尔（右）

女教师莲娜

今天的晚餐是在季赫温一家餐馆，我和张志请张逸群先生一家和他们的朋友——女教师莲娜(О.Елена)和她六岁的女儿格娃吃饭。

我们吃的是俄式餐，所谓的烛光宴，六人共花费1800卢布。就餐时大家有说有笑，气氛很好，两个小女孩尤其高兴。

交谈中，我们了解到市镇学校教师的生活状况。

莲娜和丈夫、婆婆以及孩子四人一起住在一套面积70平方米的房子里。莲娜是学校老师，大学毕业后在季赫温一所学校里教书。这所学校现在一共只有50名学生，而教职工就有40名。她的月工资是1万卢布，生活还过得去。老师们都享受全俄统一的，包括医疗保险在内的各种社会保障。

莲娜非常想到中国旅游，也许是苦于没有这么多钱，一直未能成行。她对中国妇女的就业、地位及家庭生活等等非常感兴趣，不停地提着各种各样的问题。

女教师莲娜（右一）与卡佳（右二）

三、匆匆而过：诺夫哥罗德市

诺夫哥罗德（新城）小克里姆林的傍晚

诺夫哥罗德（新城）小克里姆林　蒋旭雄先生（左二）

2007年9月20日

赴大诺夫哥罗德市

广西农垦系统驻俄罗斯十万大山加工物流中心项目建在诺夫哥罗德市（又称新城，г. Великий Новгород），明天将举行奠基典礼活动，邀请我们参加。今天，我们从圣彼得堡赶到了诺夫哥罗德州的首府诺夫哥罗德市。从圣彼得堡汽车站到诺夫哥罗德市（新城）有180多公里，我们10：40坐上大巴士出发，下午2点到达。

新城宾馆不多，而且大都客满。我们被安排住在AKЛOH宾馆。住的是一间约12平方米左右的标间，两张小床铺一横一竖地放置着。像我这样的“块头”，躺在这样

的小床上真有些提心吊胆，好像一个翻身就会掉下来。房间里有两张小靠椅，床头有个小柜子，摆放着一台12寸小电视，洗漱间小得转身都困难，比我国县城里的小招待所还要狭小。房间的卧具倒还干净，但是不提供洗漱品和拖鞋，烧开水的壶还要到服务台去借，而且每用一次要求立刻归还。

在诺夫哥罗德市

我们这次到俄罗斯已经过了一个多月了，到过圣彼得堡、季赫温、新城等城市，也到过一些乡镇，住过宾馆、招待所，还到过一些俄罗斯人的家中，发现不管在哪里，似乎房子的面积都特别狭小。俄罗斯地广人稀，室内的空间却如此狭小，真是形成了鲜明对比。

办好住宿手续之后，我们到宾馆附近的市政广场和“小克里姆林宫”参观。列宁铜像高高矗立在市政广场中央，傍晚的霞光照耀着大地，仿佛是列宁那悲悯的目光在俯视着。临近傍晚，数以万计的乌鸦在天幕中盘旋，显得蔚为壮观。

诺夫哥罗德市区街道边的小公园

2007年9月21日

参加十万大山加工物流中心奠基庆典活动

广西农垦在俄项目——“物流中心”庆典活动（致辞者，刘志勇先生）

俄罗斯十万大山加工物流中心有限公司（以下简称为“十万大山”公司）是我国广西农垦总公司投资设立的公司，其投资的项目“加工物流中心”已建设一年，不过尚未举行奠基仪式。中俄双方对该项目都非常重视，为促进项目的加速进行，今天特在俄罗斯诺夫哥罗德市举行奠基仪式。我和张志应邀出席。

出席的中方代表包括从国内专程来的广西农垦局局长、广西农垦集团总公司负责人刘志勇先生，“十万大山”公司总经理蒋旭雄先生、中国驻圣彼得堡总领事馆的田二龙总领事等，俄方代表包括该州第一副州长和有关部门负责人。

庆典活动在下午3时开始。天公不作美，下着大雨。但雨水也浇不灭双方合作的热情。雨中，双方代表分别讲话，互祝合作成功。讲话后，在工棚里喝茶、吃点心、互敬香槟酒、交换名片、交谈等，中方代表还准备了国画等工艺品送给俄方人员。庆典约进行了一个多小时。

会后6点，大家驱车到宾馆，参加庆典晚宴。

宴席围绕一张大长方桌举行，双方对等共约20人，相对而坐。大家边吃边发表感言，互祝合作成功。俄方发言的各部门负责人都纷纷表态会大力支持这个项目，做好本部门相关的工作。中方领导、总领事等表示祝贺并提出了一些希望和要求。晚宴过程中，所有人都按照俄方习惯，先用筷子或叉子敲打桌面的碗（杯），发出声音以示要发言，大家默认后要求发言的人才能发言。

宴会上，俄方人员的表现打破了我的一些固有看法。原以为俄罗斯人全是豪饮之辈，虽然今天晚宴上各种酒和菜肴都十分丰盛、气氛也很热烈，他们多数却不欢酒，而是喝饮料。用完餐的俄方人员先后陆续告辞而去，宴会历时不到2个小时。

2007年9月22日

街头艺人

和街头艺人在一起

在俄罗斯，无论是大都市莫斯科、圣彼得堡，还是小城镇，在街区里，常常遇到一些艺人：

有拉小提琴兼售卖自己的“CD”唱碟作品的个人，也有三至五人的小乐队或小演唱队；

有拉手风琴皱纹交错的老人，也有长发飘洒一脸阳光的青年人；

有专业音师，也有业余音乐的爱好者；

还有各种玩杂耍的人……

演奏者中，大多水平较高，时而引得路人驻足聆听，不愿离去。我发现，还有不少小学生、中学生静静而立，脸上一派陶醉忘我的神情，在观看表演。

会有不少路人都掏出小钱送给演奏者。有个小女孩，向妈妈讨钱，专门付给一个手风琴手，站着听了两支曲子，还不舍得离开。

音乐是一种人类共同的语言，它流淌在人们的心中，能唤起人们对生活的热爱，唤起人们内心最深的悲悯之情。只是不知道这些街头艺人之中，是否也有人是为了生活所迫，实在不得已而为之呢？

2007年9月23日

前往古民俗村参观

诺夫哥罗德火车站（也有顺风车）

今天，我和张志租了一部出租车，请司机拉我们去参观新城周边的景点。先谈好日租（8小时）为800卢布，我们大约租用了6个小时。我们去了民俗村、郊区农村，还参观了伊里缅湖和古老的教堂。听的士司机说，他的月收入在3000卢布左右。

从新城坐出租车行30分钟，到达市郊的古民俗村维托斯拉夫兹村(Витославлицы)。这是一个古老的村庄，现在被改建为古民俗村，展示古代俄罗斯的各种风俗。我们进去参观了近两个小时，看到了展示的古老的俄罗斯村民的衣着、服饰、房子结构、耕作工具等等。

村落被改造得像一个大公园，占地约2000余亩，园内小博物馆、餐饮店都有。园内有一间民宅，艺人在编织和推销桦树皮工艺品。正是苹果丰收季节，园内苹果树上硕果累累，游客累了，休息时，纷纷摘来吃，也别有一番情趣。

诺夫哥罗德市郊的古民俗村－维托斯拉夫兹村

2007年9月24日

会计说事

今天上午，我们访问了“十万大山”公司的会计阿拉(К.Аλλа)。阿拉是俄罗斯人，是一位很敬业的女会计师。

她介绍了如下几方面的情况：

目前地方政府对征收利润税有增、减调剂权；但无权建立新税种。

由全国会计师协会用考试等方法认定会计人员资格及职称。

国有企业的年度财务报告，必须经过会计师事务所审核后，才能上报有关部门。

访会计阿拉（左）

访诺夫哥罗德州财政委员会主席叶莲娜（右）

专访诺夫哥罗德州财政委员会

今天中午1点，我们专访了诺夫哥罗德州财政委员会，历时2个小时。接待我们的是州财政委员会主席叶莲娜(Солдатова Елена Васильевна)女士及州财委预算管理部门的两位负责人。

诺夫哥罗德州2007年人口仅66万人，占全国人口1.4亿的0.47%。

叶莲娜女士看上去40多岁，儒雅而腼腆，她和她的两位负责预算管理的助手介绍了中央财政对地方财政的转移支付、地方财政管理的许多问题。其中，让我饶有兴趣的是：

中央对州的财政援助（转移支付）是按全俄统一的标准公式计算，但补助给各州的系数不一样，有一定的弹性。州对下的财政援助，按州统一的计算公式补给地方财政。

诺夫哥罗德州的财政收支矛盾较大。“近年来，州财政委员会常向上反映，希望联邦政府对下多增加财力转移。”

经联邦政府批准，州一级政府和地方政府可以发行债券，但申请审批的手续非常严密。“有的州发行地方债券取得了效益，获得了成功。但诺夫哥罗德州比较谨慎，还没有这样做。”

俄罗斯地方政府有权向银行举债。“1996年，诺夫哥罗德州向国有基建银行贷了一批款，但逾期未还，背上了沉重的债务包袱。近期，联邦政府财政部已将诺夫哥罗德州政府告上了法院。看来，这笔账是赖不掉的了。这也告诉我们，俄罗斯地方政府向银行举债，必须很慎重！”

俄罗斯的职工退休金制度比较完善，联邦政府对下进行专项直管。“从近年的情况看，只要国家经济不出现危机，职工的退休金都是有保障的。这方面的支出，地方财政的责任不大。”

在新城观赏芭蕾舞剧《天鹅湖》

《天鹅湖》剧照

今天外出，路经戏院，展示窗中贴着大大的招贴画——芭蕾舞剧《天鹅湖》，画上四只小天鹅嬉乐在蓝色的湖边，耳边仿佛听见了那欢快的乐曲，不由兴趣大增。一打听，晚上8点的夜场还有边上加座的票。我们听从经典魅力的召唤，立马买了票。票每张只需要150卢布，而演出者却是赫赫有名的圣彼得堡国立芭蕾舞团。要知道，在圣彼得堡马林戏院看他们的演出，最差的票也在800卢布以上，好的票超过2000卢布，但也常常是一票难求。

1996年，我曾在莫斯科克里姆林宫戏院看过一次芭蕾舞学生专场，对其表演水平，对观众的热情与礼仪，印象至深。

这一次看演出，同样让我们感到震撼：剧院的灯光和设施虽然很一般，但演出的水平和演员的敬业精神却实在不一般。观众中五六岁的小孩子可真不少，但是在演出过程中，这些小观众们都安安静静、聚精会神地观看，表演谢幕时，他们也和大人们一样报以热烈的掌声。这也体现了俄罗斯小公民们的道德素养和文化水准啊！

从戏院出来，沿湖而行。夜幕下波光粼粼、月色新清，微风轻拂，思乡之情愈发浓厚了！正值中秋时节，家乡的亲人朋友们是否也会思念着身在异乡的我们呢？给家人和朋友们发了手机信息：“今夜人月双清”，“俄罗斯的月亮和中国的月亮一样圆”！

俄罗斯的月亮和中国的一样圆
（诺夫哥罗德中秋赏月）

四、在圣彼得堡过中秋节

2007年9月25日，回到圣彼得堡

和我国财政科研所的朋友一起过中秋

今天早上8：00我们乘坐大巴士从新城赶回圣彼得堡。

下午5：00，到圣彼得堡的“唐人”酒店，与来俄培训和考察的财政部科学研究所副所长刘尚希先生和培训团的朋友们一块过中秋节。他们此次来俄研究的课题是《转轨时期的财政政策与公共政策》。

罗文光、傅志华等所里的领导和导师们大都是我很熟悉的朋友，还有一些省市财政科研所的负责人，如，我们邻省的广东黎旭东所长也来了，大家相聚在异国他乡，感到特别亲热，也别有一番情趣。

所里的几位同志给我带来许多国内的好吃的东西，有香肠、香菇、木耳、榨菜等几大包。

晚餐是十分丰盛的中式菜，还有所里同志从国内带来的茅台酒，热热闹闹地像在家里过节一样，闹了一个中秋之夜。

所里的同志们特别关切地问到我们在这里的生活情况。我们描述了这段时间在季赫温市农村的见闻，也引起了他们对俄罗斯农村居民生活情况的极大兴趣。

餐后，我和张志步行回住地。在街道上，不经意抬起头，看到天空中的一轮明月高悬。“不知天上宫阙，今夕是何年？”

中秋之夜相聚在圣彼得堡，刘尚希（左三），罗文光（左一），傅志华（左四）

2007年9月26日

参观中国茶叶公司

考察圣彼得堡中国茶叶经销公司

张逸群先生以前曾服务于一家广西农垦系统开办的以销售中国广西茶叶为主的茶叶经销公司，并曾任过这家公司的负责人。今天，在他的引领下，我来到了这家公司设在圣彼得堡的茶叶分公司参观。

公司在一栋楼的第四层办公，租有两间房子。我们进入了一间20多平方米的房间，这里是经营人员办公室兼茶叶样品陈列室。货架上放满了国内各式各样的茶叶样品，这些茶叶在国内大都属中、低档产品。办公室内摆了三张办公桌，是经销人员的办公桌，桌面上都摆着电脑和各种办公用品。经销人员是几位俄罗斯女士，她们见我们进来，都很热情地和我聊生意、谈家常。

当我们问到茶叶销售行情时，茶叶公司负责人阿丽佳女士介绍说：公司已经成立几年了，业务就是批发兼零售中国广西茶叶。一开始生意还不错，但近两年在圣彼得堡经销中国茶叶的公司多起来了，现在生意不是太好，目前也只能是维持下去。

阿丽佳高兴地对我们说：“我有一个女儿，去年到过北京，拍了很多相片，她一直称赞中国发展很快，北京真漂亮。听女儿这么说，我也想去中国看看啦！”另一位工作人员娜塔莎也不时参与我们闲聊，她们对中国都不是很了解，感觉中国是个很神奇的国度。

总领事馆的中秋晚宴

驻圣彼得堡总领事馆教育组中秋招待会（彭学刚领事致辞）

接到我国驻圣彼得堡总领事馆(Генеральное Консульство Китайской Народной Республики в Санкт-Петербурге)电话邀请，今天我们出席了领事馆为部分留俄师生举办的中秋招待晚宴。晚宴设在瓦西里岛上的“天都”中餐馆，下午6：30开始。

我们到达时，多数客人已到并开餐了，共有40多人参加。晚宴由总领馆彭学刚领事主持，他代表田二龙总领事向大家问候，并共祝中秋快乐。

出席招待会的有国家公派来访问、研修、任教的大学教师和部分留学生（大部分是公派来的研究生），大家欢聚一堂，兴高采烈地互相交流，气氛非常热烈。留学教师张谢雄还即兴表演了中国武术节目助兴。晚宴进行到十点多才散。

回来的路上一直心潮澎湃。我们此行到俄罗斯已经一月有余了。虽然每日的日程都安排得很紧，走了俄罗斯不少地方、结识了不少身在俄罗斯的朋友，但是对家乡、对亲人朋友们的思念却与日俱增。这么多身在异国他乡的老师同学们，应该也是一样的心情吧！今天的聚餐让我们共同感受到莫大的安慰和温暖，身在异国他乡，领事馆就是我们共同的、可以依靠的家。

租住在柴可夫斯基大街2/7号门

2007年9月28日

搬家——柴可夫斯基大街2/7号

我们初来时，住在圣彼得堡国立财经大学的招待所里。圣彼得堡国立财经大学是俄罗斯很有名的财经教学与研究中心，住在这里，对我们的研修、访问较为便利。我们希望能一直住下去。

在这里，平常我们都自己做饭吃。因为在圣彼得堡，无论是中餐馆或是俄餐馆，无论是校内食堂或咖啡店，其价格都很高。政府给我每月1000美元的补助（张志是每月700美元），如果全在街上或学校里食堂用餐，都是承受不了的。因此，我们尽量自己做饭吃。

早餐一般都是面包片加一杯牛奶，午餐或晚餐就做些米饭，炒一两个菜。俄罗斯的蔬菜与国内相比，价位显得很高。有一次，我们在蔬菜市场买了四根葱回去作调料，就花了20卢布。还有一次，我们在一家小咖啡店，要了用纸杯装的一小杯汤，里面飘了点葱花和面条，价格也是20卢布。

由于来之前我们没有与学校签下关于住宿问题的协议，在校内住一个月后，校方便通知我们搬到学校附属的小旅店住，说是已经讲好了优惠价。我们去看过，这是个套房，可以住两个人，算下来，光房租水电每月就要支付2500美元。天啊！我们俩人每个月的生活补贴也只有1700美元，这学校收费也太狠了！

我们再次找到张逸群先生，麻烦他在市内帮我们找一间价格比较低的房子。他找到了柴可夫斯基大街的2/7号二层的一间一室一厅的房子，并帮我们租了下来。今天，我们正式搬了过来。

这幢楼也是圣彼得堡的百年建筑之一，楼房长达50多米，四层高，还有地下室。在这栋楼的右侧出去30多米，就是圣彼得堡有名的夏季花园。运河、涅瓦河是我们出门就能见到的美景。我们租住的房子是一位旅居英国女画家的，现由其母亲阿丽娅管理。

我们的"新家"，房间大约有8平方米，小客厅则有十二三平方米，另有小洗漱间和厨房，共约40多平方米吧。室内日用品一应俱全，有小电视、电话等设施，厨具也齐备。房间布置很典雅，墙壁上挂有多张女主人画的油画，屋里透着一股艺术家的气息。我们是通过中介机构找到的房子，业主和我们见面后，谈好月租为1200美元（不含水电、电讯费，分月分次支付租金）。我们一次性付给中介机构一个月的租金，签了租住一年的合约。

这里的居住条件比学校宿舍好了很多，我们很高兴。住在这里能够感到舒适和安心，以后，我们也有比较宽裕一点的地方可以接待朋友们了！

在租住的房子内和房东老太太合影

2007年9月29日

参观夏宫

今天是周六，下午2：00我和张志从冬宫附近的河边船坞上了游船，前往夏宫(Петергоф)参观。夏宫又称彼得宫，是由俄国沙皇彼得大帝下令修建的离宫，曾经是宫廷贵族们举行大型舞会、宫廷庆典等活动的

场所。18世纪中期，为了纪念俄国在北方战争中的胜利，在宫殿的前面又建造了一个由64个喷泉和250多尊金铜像组成的梯级大瀑布。现在，夏宫成为供游客参观的18世纪和19世纪宫殿花园的建筑群。

坐船沿河而行，是一件惬意的事情。船很舒适，沿途无限风景。往返船票为俄国人600卢布、外国人750卢布，每隔十分钟就有一趟开出，十分方便。船行40分钟航程到达夏宫码头，一条约150米的架桥道连接着船坞到岸边。

今天是周六，这里的游人真不少。晴朗的秋日，大家都聚到这里来了。夏宫里各式各样的雕塑和喷泉，让人目不暇接。宫殿前笔直的水渠一直通向大海，更给这里添了些广阔的气魄。

我们从主道的右边登殿，从左侧到下花园，到海边；又从右侧再登了一次宫殿。宫殿长达300米，室内富丽堂皇、气势恢宏，一股皇家气息扑面而来。

夏宫剪影（多姿的喷泉）

夏宫剪影（多彩的园林）

一丛丛密林中，片片金黄色的落叶落下，宛如一幅幅金色“地毡”。

我们一路浏览着各式喷泉、建筑、园林，各种艺术雕刻……不由得感叹彼得大帝的眼界和气魄，同时也感叹于古代皇家的奢侈生活。那时候的普通百姓，哪里能享受得到这样的福份呢！

五、索契度假

2007年9月30日，索契之行

严格的机场安检

飞往索契

明天就是国庆节了，国内要放长假了呢。我们虽然身在国外，这国庆节还是要过的！我们决定到俄罗斯疗养风景胜地索契(Сочи)去，休闲式旅行一次，同时也了解一下索契的城市发展情况和物价水平。

9：30出发，我们从圣彼得堡圈楼乘地铁到莫斯科地铁站，再转乘小巴士到达圣彼得堡机场。

从进候机大厅，到登上飞机，共经历了三次安检。刚进入机场候机大厅门口，就要过第一道安检。脱鞋，解腰带，检查无疑再放行。进入航站楼后，办理登机牌和托运行李，又安检一次，凡拉杆箱，无论大小都必须托运。拿着小件物品进候机室，再安检一次。手提小包都要求打开检查，洗发水、茶水等都不能带入内。

安检三次，都十分严格，工作人员不厌其烦，国内外旅客一视同仁。我们向俄罗斯旅客询问，他们在国内旅行是不是一直都这么严查。他们回答说，近一年多以来都是这样。

我对于公共安检，从来都是万分支持、甘愿配合的。只是在想，这样严查，大概是“拉登”的魂影，还在全世界“游荡”吧！

索契机场出口

机场也有“宰客车”

到达索契，刚出机场候机楼的内门，便有一大群人围上来，打听游客去处、拉客坐车。原来，他们是的士和小巴士司机，就在候车大厅内等候生意。

我们预订的是索契市内的莫斯科宾馆。遇到几个拉客的小巴士和的士司机，都说机场没有公共车到我们的住地，必须要坐他们的车到市内，每位乘客要收1000卢布。

由于我们事先已经认真研究了地图，知道机场离要入住的宾馆距离并不太远，因此对这些司机叫出的高价有些怀疑。我们决定还是先出去看一看。出了候机楼，到广场上找公交车站。一打听，从这里有几路公交小巴士都可以到市内，每人只需50卢布！我们只等了10分钟左右就坐上公共小巴士车了。

2007年10月1日

索契的海边

索契位于俄罗斯的黑海沿岸，由于大高加索山脉阻断了来自北方和东北方的冷空气，使这里拥有了宜人的亚热带气候，被称为“地球最北端的唯一一块亚热带地区”、“俄罗斯的夏都”，成为俄罗斯人度假疗养的胜地。这里一年有200多天阳光普照，在俄罗斯确实非常难得！刚刚进入十月，在圣彼得堡已经要穿毛衣了，这里还可以只穿单衣，白天温度在25℃左右，海边还可以游泳。

海港边的傍晚

索契城依山傍海，依偎在山与海的怀抱之中。上午9点多，我们来到海边。这里的山虽然不高，山坡边的海岸路却非常宽阔，而且依山而建分了三个层次。最靠近海边的是一条弯弯曲曲、宽度为20—100米不等的街道，只供行人行走，车辆不能上去。路边还有多级、曲折的阶梯路延伸到海滩。沿海路两旁多为宾馆或咖啡店等建筑物。海滩边上，有各种水上游乐设施、小帐篷、小咖啡屋等，靠山坡的一边则

索契的夜晚

绿色的城市

沟通无限

多为旅游商品店。街两边，分布有靠背椅供游人休息。这里的海滩，很少有纯沙滩，大都是鹅卵石、礁石滩。也许是我想家了，这里的海滩跟北海银滩相比，差了不少呢！

可能是水比较凉，上午，多数人在海滩上晒太阳，坐的、卧的、趴的，许多人皮肤被晒得红红的。游人多为中、老年人，很少见到青年学生，大概是因为暑假已经结束，孩子们都已经上学了吧。

十月的海边

海边散步的人们都非常悠闲。妇女们多穿着“三点式”或低胸衫，随意舒适，怡然自乐。

抬头见到，远处有两位青年人，他们用俄语向我们打招呼“早上好，中国人”，很友善。我们也向他们招手致意。

中午，我们回到住地。

下午4时，又到海边，游泳的人多起来了。张志也下水游泳感受了一下这里的海洋。这里是俄罗斯的南方海边，微风吹来，十分清爽，完全没有我们在国内南方海边的湿热感，但会感到有点凉意。

巧遇朝鲜族姑娘

我们在岸上遇到两位在俄罗斯定居的朝鲜族姑娘。她们是随父辈来俄的，俄语讲得很好。一见面，我们就分辨出她们是朝鲜或者韩国人。在这里遇到东方面孔，实在难得。

又遇到一位阿塞拜疆人主动和我们打招呼。据他说，他曾在中国人办的公司服务过，所以对中国人感到非常亲切，遇到我们也是分外亲热，和我们有说有笑，并向我们介绍了他身边的女朋友，还邀我们一起合影留念。

醒目的列宁画像

索契街头的列宁画像

傍晚，走得有些累了，我们随意在市中心街道边的一家餐厅坐了下来。一抬头，看见餐厅旁有一面高大的墙，墙体土红的底色，上面是一幅巨大的列宁头像，目测大约有3米×5米大小。画上的列宁，眼神分外犀利。

近年来，在俄罗斯的许多城市，都常常能看到列宁的画像、塑像，还有苏维埃的旗帜，苏共的标识等，而且都非常醒目。

对于俄罗斯来说，列宁是一种精神的化身，也是一个时代的化身。1917年10月，以列宁为首的俄国布尔什维克联合其他左翼政党在圣彼得堡发动起义，并于11月7日夺取政权，改国名为苏维埃社会主义俄国，史称十月革命。1922年12月30日，苏联正式成立。必须承认，在列宁的领导下，俄罗斯发生了翻天覆地的变化，尤其是广大底层人民受到了从未有过的尊重。苏联时期，也是俄罗斯历史上发展迅速的时期，人民的生活福利得到了空前的改善与保障。虽然列宁不再、苏联不再，甚至列宁为之奋斗的共产主义、布尔什维克主义都成为遥远的梦想，但是列宁和曾经的苏维埃、苏联都是俄罗斯不可抹灭的、光辉的历史和荣耀，现在的领导人也不会试图淡化这段历史吧？！

眼下，俄罗斯各地悬挂的列宁像，也许不仅表达了对历史的尊重，可能也包含了对苏维埃时期生活，特别是对公民的基本的社会保障制度的留恋吧？历史不曾忘记，人民不曾忘记。

2007年10月2日

最北的热带植物园

今天上午11：00，我和张志从莫斯科酒店出发，去游索契的植物园。索契是地球最北部的亚热带地区，那里生长着很多热带植物，植被品种与俄罗斯大陆有很大不同。所以，植物园也是索契非常有名的景点之一。

植物园中，看到很多种类的热带植物，也有寒带植物。我们看到了在国内常见到的棕榈树、竹子、桂花树，还有不结果的芭蕉树。到俄罗斯一个多月，好久没有见到过家乡的树了。

园内的植被生长茂密，被修剪成各种形态，引人遐想。这里游人不多，大多数人都到海边了。园内有销售饮料的小屋，还有许多欧式小建筑、雕塑等，看起来非常清洁，随时可见工作人员在打扫、整理，但乱扔垃圾的人一个也没见到。

植物园内有一座山，从山顶能看到索契城的全貌。我们步行爬上山顶，又坐缆车下山。从山顶远眺下去，索契城变成了一片绿海。满眼都是茂密的树林，只有星星点点的房子露出来，在那里提醒游人，这确实就是索契。想到国内总在说要建设“绿城”，包括我长期居住的南宁市，但究竟怎样的标准才称得上“绿城”？像索契这样才真是“绿城”啊！

值得一说的是，植物园里的老鼠体型大得惊人，胆子也大得惊人，与人同游。看着自由穿梭、旁若无人的老鼠，我忽然想到孩提时常听长辈讲起的“老鼠过街，人人喊打”的故事，“硕鼠硕鼠，无食我黍。三岁贯汝，莫我肯顾”的千古诗篇。但是，现在国内的青年人爱唱“老鼠爱大米”、迪士尼乐园有可爱的米老鼠、动画片“猫和老鼠”里还有人见人爱的小老鼠。老鼠有时候也是精灵，这里的人也爱老鼠呢！

2007年10月3日

海边的闲散时光

索契湛蓝的海洋

早上，我们去海边散步，坐在咖啡馆喝茶，面对大海，惬意之极。

下午又来到海边，张志下海游泳，我在海边散步。不知不觉中，时钟已指向5点，海面荡漾着落日余晖，华美而壮观。

索契的晚霞

晚餐也在海边完成，普通的一餐，感觉还没有吃饱，却花了2000多卢布。这里东西太贵，连买一根黄瓜都要40卢布。蔬菜类食品比圣彼得堡的价位还要高25%—100%呢！

海上落日

沿海边，有条一里左右长的人行道，两边的地摊上摆满了旧衣、旧货，但光顾的人并不多。

物价昂贵

摆地摊的小市场

2007年10月4日

安全的索契

我们在索契住了5天，每天只是走走看看，没有什么特别的目的，只为了享受这一份难得的散漫时光。已过了旅游的黄金时节，没有了熙熙攘攘的人群，少了喧嚣，整个城市闲适而慵懒。身在其中的我们，似乎也成了一片随风拂动的树叶，静候岁月流动。

这几天，常常放了张志的假，让他自由活动，而我也常常独自一个人漫步，即使深夜也如此。索契实在是一个很安全的旅游城市。

马路上，行人和司机都非常守规则，没有见到过车祸；

超市、集市、地摊市场，都没有见到过行窃的人；

没有见过乞讨的人；

无论早晨散步，还是深夜11点多钟，无论是在海边，还是在夜晚的游乐场，都有不少行人，心里很踏实。

在索契见到的每个人，好像都是安然而满足的。在这里，我们也很满足——当然，吃完饭埋单的时候除外。

六、聚焦圣彼得堡

2007年10月6日，回到圣彼得堡

陪着小朋友过周末

圣彼得堡的小型车行

出去了几天再回到圣彼得堡，有种回家的亲切感了。这些日子以来，我们俨然已经把圣彼得堡当作自己的第二个家了。

张逸群先生的妻子卡佳和女儿丽莎从季赫温来圣彼得堡过周末，我们陪他们一起去逛街。在圣彼得堡边走边看，坐一段公交车、走一段路。

圣彼得堡新建的住宅小区

路经几家汽车店，看到这里有俄罗斯从外国进口的各类车辆，张志观察到，中、高档的进口车的价位与我国国内进口同类同型车相比，在俄购买一辆要便宜5万元至10万元人民币左右。

也看到了一些圣彼得堡近年来新建的连体别墅，外型精美。

看海洋动物表演

还带着丽莎去观看了海豚表演，她高兴极了。观看演出的票价是每人200卢布。孩子在表演结束时抱着海豚照一次相，又收了100卢布。据介绍，假日这里每天有三场表演，大都是父母们带着孩子一起去观看。我们看的这一场，有黑白6条海豚和一条海狮表演，动物与演员配合默契，得了到全场喝彩。

2007年10月8日

花园街市场

花园街市场是圣彼得堡最大的一个市场，有两层楼的商店十余栋，有上千间售卖轻纺产品的商店。市场离圣彼得堡财经大学很近，我和张志常来此逛逛。周末，来此购物的人较多，店内、街道上，到处都摆着林林总总的商品，到处是熙熙攘攘的人群。这里的商品大部分是服装、服饰、鞋帽之类，也有电器、工具等。花园街市场的店铺一般在早上10点开门，下午4点多就关门了。

市场内有一家中国餐馆，我们常在这吃面条或饺子。这家餐馆在圣彼得堡市区属于“低档消费场所”，但吃一顿粗茶淡饭，或一份简单的面食，每人也得花上100—150卢布。餐馆内多为中国生意人来光顾，也常见到中国留学生来捧场，偶尔也有俄罗斯人来此用餐。

圣彼得堡花园街市场

来俄前就看到过有关报导，俄方在一些地方取消中国商人在俄市场开店摆摊售中国轻纺产品的资格。各间商店里，确实极少见中国人在直接售货。一天，在一间店铺门口偶遇一位来自我国东北的商人。交谈起来，他介绍说：

“这个市场的衣服几乎都是中国运来的，都是些中低档货。有的贴上各种牌子就出售了，售价比圈楼低得多（圈楼是圣彼得堡较大规模的百货商场，名牌货价高）。现在这里的生意虽不及两年前，但俄罗斯还是穷人多，这些货还算好销。”他还告诉我们：“售货员虽然都是青一色的俄罗斯人，其实，这里的大多数店是中国人做老板，是中国人开的店。”

今天，我们在摊点上还遇到张逸群先生的一位俄罗斯朋友，斯温达女士。她大约40多岁，看似俄罗斯中亚那边来的人，在这里为老板看一个成衣摊，靠着替人做售货员维持生活。闲聊中，得知目前生意整体都比较冷淡，周末会好一些。她这里只有一张小凳子，我们站着和她说话接近半个小时，来光顾的顾客很少。她和前夫生有一个女儿，已上大学。她的境况，相似我国农村到城市的“打工族”。她对我们非常热情友好。

在花园街市场采访斯温达女士（中）

浙大文琴艺术团在圣彼得堡大学演出

2007年10月10日

浙江大学文琴艺术团的访问演出

接到驻圣彼得堡总领事馆彭学刚领事的电话邀请，浙江大学的文琴艺术团要到“列大”（圣彼得堡大学，曾称列宁格勒大学，是普京与梅得列杰夫的母校，中国留学人员常称它为“列大”）表演，请我们来参加这一活动，我们很高兴地接受了邀请。

上午我和张志到达“列大”东方语言学院(Восточный факультет СПбГУ)门口，正巧遇到学刚领事的妻子贾老师，她正在招呼文琴代表团的师生。文琴代表团由浙大的一位副校长带队访俄，今天在东方语言学院的表演是临时安排的活动项目。

演出安排在东方语言学院的一间大教室，由“东语系”的一位副主任主持。主持人用中文致了简单的欢迎词，表演就正式开始了。

节目多是中国传统民乐器的合奏、独奏，也有简单的伴舞。演员是浙大的学生，但都不是艺术系的，属于“业余”组合。演员们穿着各式中国特色的表演服装，演得很认真，但显得有些疲劳。他们昨天才从莫斯科出发赶过来，今天下车后仅仅准备了十多分钟就开始演出了。一共表演了十余个节目，持续了一个小时左右。演完后，系主任和演员们一同合影，活动就结束了。

整场大概有百来人观看，观众并不太热情，诺大一个教室里坐得稀稀拉拉的，有一半左右还是中国留俄的师生。我想，一方面可能是因为活动是临时安排的，来不及通知大家，另一方面也可能是俄罗斯的学生们还不太熟悉中国的民间艺术吧。

晚上11点，我们步行在僻静的街道上

和访俄的友人晚上11点慢步在圣彼得堡涅瓦大街上
叶丽萍（左），覃超（右）

夜行也安全

今天晚餐后，我们去冲洗完相片，坐巴士到张逸群先生在圣彼得堡租住的地方去聊天，直到11点多钟才离开。

在国内时常听说俄罗斯不安全，千万不要一个人独自出门什么的。张先生却说，他经常夜晚一个人出行或散步，根本不用担心安全问题。我和张志决定走路回住处。

张先生住在列宁格勒州政府所在地，即苏沃洛夫大街附近，要走两条大街，才能到达我们的租屋柴可夫斯基大街2/7号。稍走快一些，大约需走1小时10分钟。

我们是第一次深夜步行圣彼得堡，有些警觉和紧张。街上行人已很少。有段街道仅我们两人步行，来往的车辆也不多了。夜晚看圣彼得堡的街道，宽敞的人行道，干干净净的路面，道路两边的设施都维护得很好，红绿灯也正常运行。一路上没有见到公厕，垃圾箱也很少。走了一个多小时，我们安全回到住地。

有了今天的夜行经历，以后，我们就比较安心地夜晚出去散步、串门了！

2007年10月11日

皇家园林——巴甫洛夫斯克

今天天气很好，真可谓秋高气爽。

我和张志于午餐后，到圣彼得堡近郊的巴甫洛夫斯克市(Г. Павловск)去参观。从圣彼得堡莫斯科广场乘小巴士，约1个小时就到了。

巴甫洛夫斯克市是因巴甫洛夫斯克宫而建。叶卡捷琳娜二世把这片土地送给了她刚出生的儿子保罗，这里也因此而得名。

这里是一片美丽的皇家园林，巴甫洛夫斯克宫建在一片平缓的山岗上，从公园的任何一个角落都能看见它。它的建筑风格取自流行的意大利平顶郊外别墅，但是总体结构按照俄罗斯庄园的样式：紧挨着中心的三层主楼建造了露天柱廊。中央楼体的屋顶由64根柱子支撑。白色的柱子、雕刻摆设和浮雕与平滑的赭色墙壁结合得很和谐。大厅的装饰都很考究，颜色搭配也极其雅致。宫殿也称得上是一个俄罗斯古代艺术的极好的展现。

宫殿外是一片美丽的皇家园林，青青的草地、茂密的森林，园内有小河流过，坚固的石桥非常雅致，还有些精致的小塔楼，景致很美，但游人却很少。

参观巴甫洛夫斯克

2007年10月12日

残疾人士米沙谈治病和医保

今天下午至晚上，我们专访了残疾人士米沙。他是张逸群先生的小舅子（妻弟），我们就在张逸群先生住处的小客厅里访问了他。

米沙出生于1986年4月，现年21岁，父母亲是工厂的退休工人，我们上次去张逸群家时曾经见过面。米沙现住在列宁格勒州的季赫温市，在那里的一家小型机器厂做工。

他三岁时，体检发现患上一种“血友病”（Гемофилия我们听不懂医学上叫什么疾病），据当时医生分析，是一种目前难以治愈、有可能危及

访残疾人士米沙（左一）

生命的疾病。在他11岁也就是上小学四年级时，身体开始瘦缩，从此以后就只能坐轮椅了，而且不能常与外界人接触，过不了正常人的生活。

他说："我七八岁时知道自己有重病，12岁时已明白病情非常严重。我有慈爱的父母、姐姐、兄弟的关怀，是他们让我产生了强烈的求生愿望，还相信会有人有技术能治好我的病。"

"随着病情愈发严重，我已不能到学校上学，但我很想读书。我的老师对我很好，他们轮流到家里来给我辅导功课。有时，因为不同功课，一天就有二三个老师轮流到家里来。"

"我母亲、姐姐等为了我，苦苦寻医，对我细致入微地照顾、护理，付出了多么沉重的代价啊！她们对我的爱又是多么地伟大！"米沙动情地告诉我们。

"我因病被医院和相应机构确诊为一级残疾，按规定享受定期检查，免费治疗。但是也有些药需要自己出钱，由于家中经济困难，有些自费药只能停用。"

"我还可以免费坐火车从季赫温（200多公里）到圣彼得堡检查治疗、取药。"

米沙接着讲述了他做手术的过程："2003年，国家经济好转，医生说可以免除手术费给我做手术，住院的手术费、陪人费、护理费，医院都可以全免。但手术器械和一些药物必须进口，而且要从多个国家进口，共需2.8万美元，目前医院拿不出这些钱。为筹措这2.8万美元，我母亲到处奔走求助，都累出病了。后来，我们决定去圣彼得堡找列宁格勒州政府资助。母亲天天守在州政府门口，见人就打听求助，终于有一天遇到了一位副州长，他答应帮助解决这笔费用。在副州长的关怀和电视台公益广告的帮助下，我们筹到了钱，医院买到了进口的设备和器械。圣彼得堡的'血液研究所'又经过半年准备，为我做了手术。"

"手术费很昂贵，但全免了。一年半以后，经过康复锻炼，我奇迹般地能站立走路了。现在我仍需坚持服药，有三种药，每年的药费超过10万美元，全部由国家免费提供。每个月，我还可以免费坐火车到圣彼得堡检查身体，每次取药时，医生都会对我说：‘你的药很贵的啊’！”

关于对一级残疾公民的社保，米沙介绍说：“我确诊为一级残疾后，从三岁起，每月都领到3300卢布的补助，按照法律规定，这种补助可享受终生。我现在每天做半天工作，接收我工作的工厂，国家可以给予一定的税费减免。同时，国家给我的生活补助还维持不变。我每年可以坐火车到外地疗养一次，但我没有专门去疗养过。如果我坐公交车去就医，还可以报销一个陪护人的车费。”

我们的采访持续了两个多小时。米莎介绍说：“我对我的病能否根治考虑不多，只是外界议论会给我造成一些压力。我非常喜欢学习，我热爱大自然。我相信，通过自己的努力，我可以改善生活、改变人生。我不去想象学习生活会遇到多大困难，也很少担忧疾病会如何发展……”

“我从来不放弃学习与生活，从来不放弃追求生存的念头。我的力量来自母亲的爱，姐姐和亲人对我的爱，来自基督的教义。我研读基督教义中对生命意义的阐释，认为上帝与我的生命同在。但有些宗教教义，包括佛经的一些理义，我至今没有完全弄明白，也未完全领悟。”

“我希望能到处走一走，还想多看看世界。我也更喜欢做创造性工作。在生活中，我喜欢拍照，喜欢郊游，我建起了自己的网站，与网友们聊天。人生本就应该是多姿多彩的……”

向往自然

采访完毕，米沙还把他的网站的网址“subworlds.do.am”，和部分摄影作品交给我们。“谢谢米沙！”

2007年10月13日

周末小型音乐会

圣彼得堡里姆斯基·科萨科夫音乐学院

又到周末了。早餐后，我和张志约张逸群先生一起出去走一走。

张先生介绍说，圣彼得堡音乐学院(Санкт-Петербургская государственная консерватория имени Н. А. Римского- Корсакова)周末常有中小型音乐会，有时临时有票卖，有时免费欣赏。我早闻圣彼得堡音乐学院的名气，也对俄罗斯音乐大师的作品有些兴趣，三人一拍即合、立即前行了。

音乐学院和著名的马林戏院坐落在同一街道的两边，它们的外观同样壮丽，却又各自风格鲜明。

我们来到音乐学院，打听到今天上午正好有个小型音乐会，是相关院校老师们相约而办的，属观摩交流性质，免票入场。

在小型音乐厅（也不小，能坐200人左右），有100多人在静静地欣赏着。我们悄悄走了进去，在中后排的座位坐下。表演有独唱、小合唱，有乐器现场伴奏。演员大多没有化装，但演唱、演奏的水准却是相当之高……。一个多小时的演出，没有人走动。

欣赏周末的小型音乐会

圣彼得堡马林大剧院

访音乐学院留学生刘韵海

下午，在张逸群先生的引导下，我们在圣彼得堡音乐学院的宿舍拜访了在该院读研究生的中国自费留学生刘韵海。

刘韵海20岁出头，瘦小个子，十二三岁就开始自修音乐了。他妈妈是我国广西艺术学院的钢琴老师，大概是受妈妈的影响，他读中专时学的是钢琴专业。现在，刘韵海在圣彼得堡研修大提琴。

刘韵海抱着几乎与他一样高的提琴，站着为我们演奏了柴可夫斯基交响乐的一段。我们虽然不太懂音乐，但也被他的专注认真所打动，为他低沉醇厚的琴声而陶醉。据介绍，他已在这座闻名于世的音乐学院开过多次个人演奏会专场了，演奏水平已达到了较高水准。

韵海住在学院的留学生宿舍里，一个人住一个8平方米左右的单间。房间里放了一架钢琴，再加上一个只有沙发一样大的小床铺，房子已显得特别狭小了，各种物品凌乱地放着。我们就在这狭小的空间里，谈到了许多有趣的事情。

“在音乐学院读研，每年至少要1.2万美元以上的费用。学费是7500美元，住宿费130美元/月。我的费用全靠母亲在美国的华人餐馆打工供给。”谈话中，刘韵海常常饱含着深情提到母亲、提到母亲为他的各种付出。

他还讲到自己进入这所著名音乐学院的经历，这是一场考研的“特殊考试”，说来人们还不太相信。

“入学考试时，学院很权威的一位老教授听我拉提琴。我只拉了两支曲子，后一曲还没拉完，教授就叫停，说‘录取你了’。我很惊讶，就问要怎样办手续，老教授随意在桌面上找了一张写过字的纸条，在背面写了几行推荐录取我的字样，叫我凭此纸条到学院外事办和教务处去办理入学手续。我半信半疑地持此字条到学院外事办，工作人员看了字条后，抱怨说：‘老教授也太随意了！但恭喜你，你确实被录取了’，并很快给我办理了入学手续。”

“我现在每天练琴八小时以上，自己找感觉。我们每周有2节专业课，指导老师布置练习，听我们拉琴。此后，就全靠自己在练习中找感觉了”。

“读音乐学院全靠自己刻苦学习。我学俄语，要求自己能陈述课文、比较准确地表达课文的意思才行。学专业，就必须不分昼夜地拼命了。”

“母亲很苦，我只能很节约，很刻苦读书了。我每年放假都要去看母亲。”

“我有个女朋友，也是音乐学院的中国留学生。我们互相鼓励、相互支持。她还为我的演出专场做过钢琴伴奏呢！她还常帮我做饭、洗衣服，给了我很多温暖！”

访音乐学院留学生刘韵海（右）

2007年10月14日

又有亲人来

青年时，在国内学习俄语培育了我的俄罗斯情结，怀着特别兴奋和感恩之情，60多岁得以访俄罗斯做高级研究访问学者。但不得不承认，从踏上俄罗斯的第一个月起，就盼望在俄罗斯见到祖国来访的亲人。好在通讯业发达，亲人们来俄，我总能知道消息，总能欢聚或拜访。

在圣彼得堡火车站站台上迎送亲友

在圣彼得堡火车站留影
（左图欧文汉先生，右图董显慧女士）

今天，我们又到圣彼得堡莫斯科饭店拜会了财政部来俄考察的代表团，并在“中国城餐馆”相聚，共进晚餐和畅谈。来访的有特别熟悉的代表团团长欧文汉先生，还有董显慧女士和毛文勇先生等，他们为我带来了中文书籍，还有很多好吃的中国食品、调料品等。

说实在话，最令我高兴的是那些榨菜和汤料。不仅我喜欢，所有来我住处的中国留俄、访俄的师生吃到这些东西都乐坏了……也只有最熟悉和亲密的朋友们才会给我带这些“厚重”的礼品啊！

2007年10月15日

再访财大两位教授

在圣彼得堡财政与经济大学三层的主楼里，不仅具备教学、实验大楼的功能，还设有教工食堂和学生食堂。

在二层的教工食堂，餐厅面积约有60平方米，教职工从11点到下午2点均可以用午餐。我们今天是12点多钟来用餐的。

餐厅很清洁，我们看到十多位教工陆续来用餐。我们各自点了主食面包和一个主菜、一碗汤。吃饱了，结算下来，两人共花了300多卢布，价位比市里的饭馆要便宜一半。

学生食堂则较宽大，用餐的学生们都有座位。

下午，我和张志再次访问了罗蒙诺索夫教授和谢里切夫教授。彼此交换了一些学术观点，探讨可否合作写书等事宜。罗蒙诺索夫教授赠送了一本他的新作。

大学的食堂之一

再访圣彼得堡财经大学的教授们

2007年10月16日

理发记

来俄罗斯近两个月了，实在该理一理头发了。我们走了柴可夫斯基大街周边的几家理发店，每店大都只有2—3名理发员，都没有空位。理发这一行，在圣彼得堡生意还真不错。

今天上午12时，终于在一家理发店预约到了下午4时理发。我们如约到来，普通的剪、洗，吹干，每人花了400卢布，也真够贵的了。

“法轮功”分子的活动

今天晚上8:00，我们去圣彼得堡的莫斯科火车站送朋友。

通过候车大厅时，见有两位像是俄罗斯人的中年妇女，给旅客塞送“报纸”，特别是给中国旅客塞送。我接过一份一看，是法轮功分子印的“大纪元时代”，不仅内容极尽造谣生事，而且纸质低劣。

“法轮功”这一套在国内早已没有市场了，在俄罗斯也没有什么市场，俄罗斯人大都拒收，我的朋友们知道了报纸内容，也是不屑一顾。见我们不理睬，这两个人只好灰灰溜溜地走开了。可以判定，这两个人，是“法轮功”分子雇请的“宣传员”。

在这里，我们看到了“法轮功”的顽守者，在国外都在干些什么事！

圣彼得堡火车站候车厅

2007年10月17日

圣彼得堡大学印象点滴

在圣彼得堡大学《孔子学院》

圣彼得堡国立大学是世界最优秀的大学之一，也是俄国最古老的大学。俄罗斯现任总统普京和前任总统梅得列杰夫就毕业于圣彼得堡大学。发现了化学元素周期表的门捷列夫、荣获诺贝尔生理学医学奖的巴甫洛夫，都是该校的著名校友。

来到圣彼得堡后，我们多次到圣彼得堡大学参加各种教学活动，对这所学校有了较深的感情。

圣彼得堡大学位于大学滨河路，就在涅瓦河边。天气晴朗时站在岸边，看到河里有大学教学楼的倒影在水中随波荡漾，心情会分外舒畅。

进到校园，能看到许多与国内大学不一样的景致。校园有二战纪念碑，有圣彼得堡大学与世界各校建立关系的纪念石碑。

教学楼里长廊的墙壁上，挂着各种油画作品，老师和学生们沿着长廊穿梭而过，这些艺术已经与他们融为一体，成为他们日常生活的一部分。

今年，我国刚刚在圣彼得堡大学建立了孔子学院，这是我国在俄罗斯建的第一所孔子学院。一批热爱汉语、热爱中国的老师和青年们聚集在这里，学习中国的语言、文字和文化。

有意思的是，如此有名的大学、科研和文化中心，学校的研究生教室却设在小阁楼里，里面的设备还不如小学。就在这样的教室里，无数的年青学生们，包括中国的留学生们，在努力学习，为自己的未来而奋斗着。

圣彼得堡大学东方语言学院

圣彼得堡大学国际交流单位的纪念石碑（右下侧）

圣彼得堡大学校园一角

一堂高级汉语口语课

汉语课教学梁归智教授（右一）

应我国东北大学梁归智教授的邀请，今天上午11：45，我们到圣彼得堡大学东方语言学院，参加该院的“高级汉语口语教学课”活动。梁归智教授是一位“红学家”，应聘在此任教一年。

在梁教授鼓励下，这堂课由我来主讲。说是“主讲”，我却讲得不多，主要围绕自己想了解的问题，和同学们进行讨论和对话。课堂有玛纳斯、安娜等五位学生，他们都是即将毕业的汉语专业研究生，汉语语言基础和口语都已相当棒。我们基本都用汉语对话，只有少量词汇需要用俄语进行补充。

课堂主要以我问、他们回答的方式进行。学生们的回答中，给我留下较深印象的主要有以下观点：

“俄罗斯的国土面积很大，但人口只有美国的1/4，老龄化问题严重。但是，大家都不愿意生孩子，生孩子太辛苦了。我快毕业了，也不想这么早结婚，反正是不想生孩子”！

“我认为，俄罗斯的教育是世界上最好的国家之一。教学内容比较实际，教学方法以调动学生思维为主。不过还是应该多向欧洲学习。德国的教育我也很崇拜，他们的学制是大学本科四年、硕士研究生两年。而我们读大学本科要五年，时间太长了”。

“俄罗斯教师的工资太少，大学老师相对好一些。为了补充经费不足，学校只好多招一些学生，但是这样，校舍就不够用了。我校法律系老师的

课堂上

收入却很高，他们招生多，系里发奖金也多”。

“我们几位学生，大都在本校或其他学校当老师兼职，给低年级的学生讲汉语课，课时不多，每个月能有2000多卢布收入。我们这样做，对加深汉语语言学习也有好处”。

“过去，我们的学费是1700美元/年；现在已是6400美元/年，农村的孩子如果考不上公费生上大学，肯定读不起自费大学的”。

百年的教学楼长廊

“前苏联时期，老年人免费坐公交车，现在改为发放货币补助。老人们都觉得这种做法降低了实际生活水准，不是好办法”。

“国家的事情，我们知道的不多，也不想去关心。比如您说的，国家财政的钱怎么花，怎么用，我们都不知道。农业不发达，我认为国家财政应该直接给补助，帮助他们搞集中经营。列宁对农民也是不够关心的，所以我们的农村、农业发展不好，我也不喜欢列宁。”

一个小时的对话，在大家的交叉发言中很快就过去了。我们必须按时下课，因为教室门口，另一批学生又等待上另一门课了。

2007年10月18日

普京与群众的电视对话日

今天，俄罗斯新闻电视台向全国现场直播，普京总统通过电视台与群众直接进行电视对话。

我们看了一个片段。当打开电视，镜头转到某州，在那里早已聚集了不少群众。当地电视台把话筒画面交给其中的群众，群众现场一个一个提问，普京总统通过连线一个一个现场作答。全程现场实况直播。据张逸群先生介绍，这样的活动，每年一次，每次半天。

我们不知道，现场提问或现场反映情况的群众，究竟是随机采访，还是刻意先有安排的。张逸群先生认为应当是现场随机采访的。他举了一个例子来证明。有一次，有位妇女提到一个非常具体的问题，就是当地有一段很糟糕的路，普京总统之前来视察时，州领导曾承诺要马上安排修好的，但没有兑现。普京当即回答："限他一个月内把路修好，否则就地免职！"。后来，有跟踪报导，这一段路在月内真地修好了。

我想，了解民意的方法很多，问题是现在有些人，只愿听恭维自己的话。

小镇的居民们安居乐业

2007年10月19日

参加中国青年的婚礼活动

参加中国青年的结婚礼（婚宴）

下午3点，我和助手张志应邀参加张志在俄奥廖尔工业大学留学的同学——刘雯的婚礼。刘雯的未婚夫也是中国人，现在两人都在俄罗斯就业，刘雯是一名导游。

这是一次中俄习俗相结合的婚礼活动。按照俄罗斯人流行的方式，新人先在室外拍了结婚纪念照；再按照中国的传统，在中餐馆举行晚宴。

天气已经比较冷了，新娘刘雯穿着婚纱、披着外套，携一众亲友，到圣血教堂、冬宫广场、战争胜利纪念地等处拍结婚纪念照。

拍婚礼照活动，在俄罗斯很盛行。刘雯这次在屋外拍婚礼照，有数十名宾客随行，其中有八九位俄罗斯人，有四部汽车随着。

拍完照后，到瓦西里岛上的“天都”中餐馆举行婚宴。餐馆门口贴着大红的双喜，新郎新娘穿着大红的中式唐装和旗袍欢迎宾客。婚宴的程序，也完全按中国国内青年通常的习俗进行。到来的多是中国人，部分俄罗斯朋友也来赴宴祝贺。

今天不少留学生来参加刘雯的婚礼。借此机会，我们也向各位同学们了解了一下大家在校住宿的情况和房租费用。

今天来参加婚礼的同学们，分布在圣彼得堡不同的高校里，其中还有2位来自台湾。大家在校住宿费用多在100-150美元/月人，也有个别只需30美元，费用标准都由学校自行规定。一般都是2-3人住一间，学校在每层楼设公厕、洗澡间和厨房。校宿舍都有保安，外校人探访都必须由本校学生亲自到楼房的门卫办理会见手续。

中国青年在圣彼得堡的结婚礼（户外拍照）

2007年10月20日

拜访在俄研修美术的李玉普老师

李玉普老师在观察制造工艺品的工具市场

今天我们用一整天时间，拜访了在圣彼得堡进修的青年教师李玉普。李老师讲了好多有趣的事。

（一）租房

中国美术学院的李玉普老师，在圣彼得堡赫尔岑师范大学研究生班研修学习，他还自费到列宾美术学院学艺，是一位真正求学不止的优秀青年教师。我和张志都很钦佩他。

公派来俄研修的教师，大都住学校，也有的住在校外的租屋里。李玉普老师租住在花园街附近一个小区的一位俄罗斯老太太的房子里，月租5000卢布。这是一套两居室的房子，老太太自己住一间，出租一间。房子的走道就是简易的厨房，有个小小的卫生间。李老师这间约有9平方米，他从别人搬家时丢弃的家什中，捡来了小冰箱、小柜子等家俱，加上画框、雕刻用具、画图用具、画笔等物品，屋里堆着满满的，几乎没有一丁点儿空余的地方。

（二）以狗为伴的房东老太太

老太太已有70多岁，她40多岁时，与丈夫离异。原因是，丈夫爱嗜酒，在外边还和几个女人混。老太太没有生孩子，退休后每月只有1500卢布退休金，她与狗为伴生活，现在养有一公、一母、一仔三只狗。

我们到李玉普老师那里，一进屋，狗先叫着跑出来迎接我们。老太太立即和狗打了一下招呼，狗就不叫了，高兴地和我们嬉戏，还跳上李老师的床要和客人亲吻。听说这些狗常常在家拉屎拉尿，有时竟拉在老太太床上，老太太还是仍然像对孩子一样护着它们，喂给狗吃的东西常常比老太太自己吃的还好。老太太每天晚上都和狗一同睡在床上。

有一次，社区搞狗表演赛，老太太病了，叫李老师抱着母狗去参赛，得了第一名！后来，这条母狗生下的小狗就大大升值了，每只小狗少说也能卖1500卢布呢！

老太太有一位侄女，在市内另一个区住。老太太邀请李老师一起到侄女家去作过一次客。侄女的家庭也很清苦，与老太太并不常往来。李老师在老太太家租住一年多了，只来过两次客人。

看到这位房东老太太，我们终于理解俄罗斯许多老太太特别是二战时期失去丈夫的老太太们，为什么以狗等宠物为伴了！

（三）俄罗斯人不“礼尚往来”

李老师讲到了俄罗斯人接人待物的一些习惯。他来俄几年，接触了许多俄罗斯人，他们在接待客人方面比较简单，待人虽热情、直爽，但不“礼尚往来”，吃了白吃，收了的白收。李老师说：“我总认为，我们中国人接待外国人，做到热情，讲礼节就可以了。如果在餐桌上、送礼物上过度花费，反而会让人瞧不起！”

（四）“有些海关人员很贪”

李老师还讲到，贪钱枉法，在俄罗斯的一些海关人员中很严重。他举了一个例子：他们回国时买了些油画带着，画都是在市场合法买来的，并不是什么名家和禁止外出的作品。但出关时，检查人员非东查西检，他们根本就不懂画，硬说是不准带的。都快到起飞时间了，还是不断找麻烦，不肯放行。这时候，就只好“顺应形势”塞点“美金”，马上就放行了。这种事情许多中国人都碰到过。

（五）“有些留学生学坏了”

李老师还讲了一些中国留学生在俄罗斯的学习生活情况。

近年来，不少中国学生来俄留学。在他看来，一般来说，公费派来的学生，都是经过了竞争和筛选的，到俄罗斯之后表现大都很好！但有一些自费生很让人担心。他们往往是年龄偏小、家里又有钱，在国内连高中都毕不了业，只好出国留学。但是来到这里之后，平时不思学习、整天混日子，有的沉醉于吃喝嫖赌，成了十足的小流氓。学校也不管这些人，他们往往都是考试时找人翻译、交钱“疏通”老师、请他人代作论文，就这样拿到文凭回国，竟成为瞩目的“海归”。

李老师还叹惜道，“想一想，这两年这类学生并不少见，不仅是在俄罗斯，在其他国家也是一样。这些衣食无忧的孩子们，过着优越的生活，不知道幸福还要靠自己双手去创造，这样一拨带坏一拨，真令人担忧！”

假日里，逛街的青年学生

李老师这席话，真是一针见血，发人深思。

2007年10月24日

多姿多彩的夏季花园

春天的夏季花园

我们租住在柴可夫斯基大街2/7号的房子后，就天天能够看到美丽的夏季花园(Летний сад)了！

秋天的夏季花园

夏季花园是圣彼得堡最早的花园，它是根据彼得大帝的命令建造的，彼得大帝还亲自参加了花园的设计。当时，夏季花园是沙皇举行典礼活动的官邸，很多宫廷活动都在这里进行。花园里不仅有漂亮的植物和稀有的树木，还有各具神态的大理石雕像。这些雕像都是彼得大帝时期建成的，堪称俄罗斯最古老的花园雕塑珍品，其工艺之精湛令人折服。这里还是圣彼得堡闹市中最美丽最安静的地方，是彼得堡人最喜欢去的休息场所。

夏季花园大门临涅瓦河边，运河从花园两边流过，流入优雅的涅瓦河！在夏天，花园里绿树覆盖，树荫下分外清凉和幽静。到了秋天，树叶凋零，密密麻麻的树干也是一片风景，林中散步又有了别番韵味。

夏季花园建在市中心，现在免费供全体居民享受。无论什么季节，总能见到有居民漫步在园中。我们看到许多母亲们推着童车漫步，也有不少读书人在读书，再就是恋人在此相依，尽享美丽和幽静。很多青年人还来这里拍结婚照呢！

冬天的夏季花园

2007年10月25日

俄罗斯平民祝福中国航天事业新成就

今天，张逸群先生特地告诉我们："有两位俄罗斯朋友近日来电话，特意向我们中国人表示衷心祝贺，中国成功发射了绕地球环行的航天器。"打来电话的是普通工人和店员。

张先生还说，近几年，每逢中国在科技上有较大新成就，就会有一些俄罗斯朋友给他打电话来道贺。

我们听到张先生说这件事，感到十分欣慰与自豪，同时，也非常感谢这些关注着中国发展的俄罗斯人。

电视台的经济学家专题对垒辩论节目

俄罗斯的一些电视台，经常举办时政辩论节目，我们也不时看一看。现场是两条木杆平行放置，就像体育项目中的双杠，两位参加辩论的专家分别站在木杆的两侧面，形成甲乙双方。评判员则站在"双杠"一头的中间。

辩论内容极广，如宪法内容的修改、普京的经济计划、普京是否应该连任、对欧盟是竞争还是联合……

有时双方辩得面红耳赤、手舞足蹈，甚至有对骂和吐口水的……非常激烈，也非常精彩。更令人感叹的是，参与辩论的经济学家们总是有勇气公开点评领导人及其行为的优缺点，直接批评领导人的言论和政策！

节目播出过程中，电视观众可用手机发送短信表达自己的观点和倾向，电视台会统计和公布得赞成票多的专家名单。

据了解，许多俄罗斯知识分子爱看此类节目。

2007年10月27日

圣彼得堡的“中国味”

来圣彼得堡已两个多月了，我们常常自己做饭吃，但是总感到不可口。没有中国调料，我们也做不出地道的中国味道了。朋友告知，在某处有一个中国人经营的调料品店。上周末，我们费了很大劲找到了那个地方，但一打听，说是早已搬走了。今天是星期六，在张逸群先生的带领下，我们又去找这家商店。

圣彼得堡的中餐馆

在圣彼得堡中餐馆就餐

下午3点多，我们到了圣彼得堡的波罗的海火车站，又沿着火车站的后门街道走了约1里路，终于在一座仓库式的旧房子里找到了这间店。店是几个中国人开的，设在库房二楼里。今天这里停电了，店里的营业员见我们远寻到此，打着电筒带我们进去。店里有几个简单的货架，摆了一些中国食品和调料，主要有康师傅方便面、米粉条、香菇、木耳、面条、香肠、腊肉和蔬菜罐头，还有榨菜等，都是从国内运来的食品。调料有海天酱油，还有山西、浙江等地产的酒类、醋品、鸡精、味精等。价格普遍是国内的2倍。我们买了些粉丝、酱油等，坐着公交车回到住地。

其实，在圣彼得堡，中国餐馆几乎遍及全城各区域。我们去就餐过的有“唐人”、“香港”、“哈尔滨”、“天津”、“天都”等餐馆。这些

在圣彼德堡偶见的“中国元素”

餐馆，与国内的相比，大都属中低档。三四个朋友一起去用餐，点上四菜一汤，能吃饱，也还算体面，但得花上近2000卢布。

花园街市场附近有一家中式快餐店，设在百货楼的二层楼上，能容纳100人左右同时用餐。这里条件差一些，主菜有4—5个品种，每碟的价格都是70卢布，一碗汤是50卢布，而买饮料则另计费。还有一家可以点菜的中式快餐店，一个人花上100卢布，也可以吃饱了。

今天下午6点多钟，我们就在花园街市场的这家中式快餐店用晚餐。每人一个托盘，一碟炒肉片、一碗汤、一碗饭，晚餐就打发了。在这吃的多为俄罗斯人，他们大都吃糖醋鱼、烤肉等。正值晚餐时间，这里可谓热闹非凡，几乎每张桌子都坐满了人。

不过，所有中餐馆，都很难找到地道的“中餐味”，老板们说：这主要是因为调味时，关照了俄罗斯人的口味。所以，在圣彼得堡市将是难觅地道的中餐了。

由于在中餐馆用餐的俄罗斯人不少，在圣彼得堡像“唐人”等几家餐馆吃晚饭，都得事先预定。餐馆打工的多为俄人，也有一些我国的留学生。

有些俄罗斯朋友对我说，他们很喜欢中餐，特别喜欢带甜味的，如“拔丝”、“古老肉”等菜肴。我们请俄罗斯朋友吃饭，大多去中餐馆，他们中有许多人筷子用得很灵活。

我们在想，俄罗斯要发展旅游业，特别是要吸引中国人来此一游，餐饮多元化是要好好考虑的！

拜访全国政协副主席李兆焯先生

今天晚上8：40，我们三人（张逸群先生、张志和我）专程拜访正在俄罗斯访问的全国政协副主席李兆焯先生。

李兆焯副主席（右）勉励我们

李副主席下榻的圣彼得堡阿斯托利亚宾馆(Гостиница Астория)位于十二月党人广场附近，是圣彼得堡的高档宾馆之一，我国国家领导人到圣彼得堡访问时一般都下榻这家宾馆。

我们顺利进了宾馆大门，覃超秘书到大堂领我们到楼上李副主席下榻的房间，拜见李副主席。

房间的客厅约有十余平方米，欧式家俱，雅致而简洁的陈设，显得很温馨。

李兆焯副主席亲切地招呼我们坐下，和我们拉起家常。他问及我们在俄期间的生活、关心我们身体健康，还让我们介绍在俄做访问学者的感受。对我们介绍的在俄罗斯的见闻很感兴趣 。

代表团有一位财政部行政政法司的叶丽萍处长，拜会时，她也在座。叶女士介绍说李主席和蔼亲切、平易近人。我们都很赞同，并切身感受到了。

10多分钟后，我们告辞。

然后，我们充当“导游”和覃超先生、叶丽萍女士一同游览圣彼得堡的夜景。客人们饶有兴趣，随我们到了涅瓦河边、冬宫广场、国家博物馆、滴血教堂等景点游览。走完一圈已是晚上11点多了，虽然已是深秋，但今晚不算冷，街上行人也还不少，也很安全，客人对圣彼德堡的建筑艺术、文化氛围赞叹不已。

2007年10月29日

圣彼得堡的国家图书馆

圣彼得堡国家图书馆之一

以前看苏联电影《莫斯科不相信眼泪》，对电影中的国家图书馆记忆非常深刻。宏伟的建筑、浩瀚的书海，巨大的阅览室里每个座位上都有独立的台灯，夜晚还有众多爱书之人在那里伏案苦读，还有单独的吸烟室等等。

坐落在圣彼得堡涅瓦大街边的俄罗斯国家图书馆，从外观上看十分雄伟壮观。在圣彼得堡，博物馆、图书馆，高校主楼的建筑风格及其艺术价值，都称得上世界一流。

今天我们去国家图书馆办了借阅证，办完手续已是晚上九点多。由于图书馆十点就关门，今晚我们没有进入馆内。

我们注意到，出出进进的俄罗斯人，都把进图书馆当作重要的活动：进去时，先到化妆室整妆，脱大衣；出来时还要照镜子，再整妆，如同参加节日庆典活动一样。

2007年10月31日

首次访问列宁格勒州政府领导

访列宁格勒州政府 雅科夫列夫副州长兼财政委员会主席（左二），州财政委员会副主席叶根妮娅（右一）

按预约，今天下午2：50，我和张逸群先生、张志三人，首次到俄罗斯列宁格勒州政府(Правительство Ленинградской области)进行访问。列宁格勒州副州长兼财政委员会主席雅柯夫列夫(Яковлев Александр Иванович)先生、列宁格勒州财政委员会第一副主席叶根妮娅(Гресь Евгения Федоровна)女士一起在州政府办公室接受了我们的访问。会谈持续了一个半小时左右。

我们主要了解州财政状况及社保问题，特别是医疗保障问题；探讨中国广西与俄罗斯列宁格勒州之间开展财政交流合作的相关问题。

关于建立广西与列宁格勒州的互访问题，雅柯夫列夫说："我们首先欢迎中国朋友来访。我们州过去和中国的河北省有过联系，现在广西的朋友来访，我们表示欢迎，并对中国的发展经验很感兴趣。明年，要在你们的国家开奥运会了。请转达我对你们广西领导人的问候和致意。希望与你们广西领导人能首先建立起联系和互访。我们现在是按照普京总统的'经济计划'在努力做财政工作。"

关于今年的财政收支状况，叶根妮娅介绍："本州的财政收入主要来自企业上交的税利，约占州财政总收入的80%。今年1－9月份已完成260亿卢布，预计全年可达340亿卢布。"

"本州的财政支出，一直把握收支平衡的原则。所有支出中约51%左右用于社会保障性支出。与90年代相比，过去用于经济建设的支出比重较大，现在对投资需求多采用减税政策，如俄罗斯法定利润税为30%的税率，州有权减按10%税率征收，以此来支持经济发展。”

关于中央（联邦政府）对州的财政补助问题，叶根妮娅介绍说：“在86个联邦主体中，有20个没有得到中央（一般性的）转移补助，本州也没有得到这种财力补助，但有50亿卢布的专项性补助。这些补助，州不再往下划转，留本级使用。”

叶根妮娅介绍说：“本州的州政府设在圣彼得堡市。但是这里的市政建设，包括在市里的高校等支出，都由圣彼得堡市负责。”

关于公民的医疗保障问题，叶根妮娅介绍说：“公民就诊时个人基本不需付费。每个州也有自行规定一些特殊收费项目，如保健营养方面的药品食品等。但基本医疗的治疗费、药费、住院住宿费、伙食费等全由医保公费开支。我们从苏联时期到现在一直这样。只是在经济危机时期，财政困难，不可能做到充分保障，但基本保障制度一直都不变。”

我们还提出了一些感兴趣的问题，对方也一一作答。

问：我们曾在一家公立医院交过体检费，公立医院有收费权和处置收支权吗？

叶根妮娅回答说：“这类费用，医院代收后即入财政账户，再由财政统一安排。公立医院本身不得设立收费账户。”

问：听说俄罗斯公务人员下班很准时，你们州财政工作人员有加班加点情况吗？

叶根妮娅介绍说：“本州财政委员会有领导3人，一正两副，18个中层干部，现共有编制（在职）110人。我们工作量大，经常要加班加点。”

问：我们受中国广西壮族自治区政府常务副主席委托，拟共同探讨建立广西与列宁格勒州财政与经济合作交流事宜，副州长有什么意见？

雅科夫列夫回答：“对这个问题，我很有兴趣，如果州长同意，我明年就带一个代表团到你们那里去访问。”（注：2008年已得以实现。）

2007年11月2日

人背广告牌

在俄罗斯的许多城市街道上，经常见到有人身背着广告牌，在街上来回走动。背广告牌的有男，有女，有老，有少。多是前一块、后一块地背着，或在一处站着，或到处走动，一点都不顾忌什么，来来往往的行人也是习以为常。繁华的街道、人行道上都随处可见。

人背广告牌

2007年11月3日

参观沃尔霍夫——入冬第一场雪

听说列宁格勒州的沃尔霍夫(Р.Волхов)河流域是俄罗斯民族的发源地之一，我对沃尔霍夫充满了好奇。今天是周末，我和张志与张逸群先生相约，一起去沃尔霍夫的小镇参观。我和张志从圣彼得堡出发，而张先生一家则从列宁格勒州的季赫温出发。

沃尔霍夫约有5万人口，大都集中居住在两个镇里。从圣彼得堡乘短途火车，需两个半小时，往返或路过这里的列车，每天有四五趟。

我们上列车后，自己找到座位坐下，感觉颇舒适。

路上，飘起了雪花。这是我们来俄访问见到的第一场雪。窗外雪花飘飘洒洒，但车厢内温暖如春。沿途小站有不少旅客上车，到后来，有的旅客已无座位。

乘短途列车从圣彼得堡到沃尔霍夫

到达沃尔霍夫火车站之后，我们下了车，一边等张先生一家，一边在火车站周围参观。沃尔霍夫火车站的建筑很有特色，很美。周围很少见到新房子，所有房子外表都很陈旧，充满“怀旧”的气息，最为整洁和突出的是一所学校的主楼。

沃尔霍夫火车站

我们和张先生一家三口会合后，坐张先生的小汽车往前走了半小时，到达俄罗斯名古镇旧拉多加镇，参观了市容、旧城堡。旧城堡虽感沧桑，但保存保护得很好。有一位老师，领着一群学生，边参观边讲解，学生们都饶有兴趣。一条河从旧城堡流过，进入拉多加湖。这里风景独好，加上飘雪，我们游趣大兴。卡佳和丽莎玩得很尽兴，在旧城堡内，穿来穿去，快乐得很。

和张先生一家在旧城堡上留影

我们在小镇一小餐馆吃午餐，餐后到小镇转了一圈，看到废弃的军舰置在拉多加湖边上，湖面寒风吹来，睁大眼睛也不见对岸，冬天真的到来了！

下午5：20又乘短途火车回到圣彼得堡。过了一个愉快的周末。

师生们参观旧城堡

在旧城堡里参观的孩子们

沃尔霍夫保存完好的旧城址

2007年11月4日

冰雪覆盖的早晨

清晨起床，惊喜地发现窗外全白了。大雪还在纷纷扬扬地下着，窗外，院落的树枝成了银条，对面的房顶，盖上一层厚厚的雪。

户外的早晨，人们把自己捂得严严实实的，匆匆踏雪疾行。涅瓦河上团簇的冰块，向着波罗的海缓缓飘移。在“夏季花园”里，不时有漫步的老人，走着走着停下来，静静地蹲下尝一小口雪……。美丽的冬天，真的来了！

踏雪

星期天，国家博物馆门前

伊萨教堂门前

假日排队入教堂

假日的博物馆

今天，是俄罗斯的“团结日”，机关、学校都放假。上午10点多，我们路过博物馆侧门，看到门口有上百米的长队缓缓前移，都是排队购票参观博物馆的人们。啊！队伍越来越长了……

这支队伍包括了各个年龄段的人，老年、中年、青年、儿童，几乎全是俄罗斯人，基本没有看到外国人。他们都是利用假日来博物馆参观学习的。在节假日和周末，我们在圣彼得堡经常看到人们排长队等候参观，而且都是博物馆或教堂！这就是俄罗斯文化的一大特色。

过去我只听说俄罗斯人排队买面包很有秩序和耐心，而现在看到的是参观博物馆、教堂、文化古迹，在这些场合，只要有三个人以上，他们排队都充满了耐心。尤其意想不到的是，博物馆竟然有这么多人去！在我国，有不少人把进博物馆参观当作是一件十分乏味的事情，通过组织号召进去参观的人也往往是走马观花，很难静下心来细细品味。

看马戏表演

在马戏院看表演

俄罗斯的马戏闻名于世。我在1996年访俄时，看过一次，感到名不虚传、印象深刻。

在圣彼得堡丰坦卡运河边上，有一座马戏院(Большой Санкт-Петербургский государственный цирк)，我们常常从这个地方经过。马戏院外观建筑很特别，其装饰艺术也很考究。我们今天没有工作安排，想到去看一场马戏。由于平时和留学生王亮、张靖往来较多，便邀请他们一块去。

中午去购票，票房告示显示：票价每张分400、600、800和1000卢布四等。今天只有最后一场17:00的800卢布的票了，我们买了四张。

圣彼得堡的马戏院

马戏院装修十分讲究，连衣帽间、洗手间都装修不错，很有艺术氛围。

观众席几乎都坐满了，观众多为孩子和家长们。现场气氛非常热烈，动物们的表演常常引起孩子们的欢呼和惊叫。我们也像回到了孩童时代，为动物们可爱的表演而欢呼。

但是，和1996年在莫斯科观看的马戏表演相比，我感觉动物的表演远不如以前精彩了。而灯光效果、人们的舞蹈表演和服饰，则是五光十色、斑斓耀眼得多啊。

2007年11月5日

帽子何其多

多彩的冬装

冬天来了，下起了雪，景致立刻不一样起来。俄罗斯的冬天，对于生长在我国南方城市的我看来，实在别有风情。就服饰来说，我国南方人的冬装，比起春、夏、秋装来会显得很单一。而俄罗斯人的冬装，则是一道靓丽的风景线。就帽饰来说，就有数不清的花色品种。

天冷得厉害，为了保护好“头脑”，帽子是必备的装备。

今天上午，我们专门到涅瓦大街一家最大的帽子专卖店去买帽子。我和张志各买了两顶，都是属于中等价位的产品，2000卢布到3000卢布一顶。我买了一顶有遮盖耳朵的鸭舌绒帽，售货员说，这是很多画家喜欢的。“哈哈，我买了一顶‘画家帽’，但现在画画的水平却不如当少先队员时的了！”

各种帽饰

2007年11月6日

雪中的孩子们

孩子们过冬天

今天，是我们来到圣彼得堡后的第三次飘雪。

窗外是幼儿园的小院子，鹅毛一样的雪花纷纷扬扬，院子已经全白了，树枝也被雪压弯了。

11时左右，老师领着10多位小孩，从幼儿园暖和的屋子里出来做户外运动了，他们大都是四五岁左右的小朋友。

孩子们在戏雪：有的脱下手套，捧雪“品尝”；有的“打雪仗”；有的在雪地上打滚；有两个可能是年龄稍大的男孩，静静地躺在雪地上，仰望着那飘雪的天空。

他们穿着多彩、整洁、防寒的冬装，在尽情地享受初雪的感觉。真是一群幸福的孩子！他们不是“卖火柴的小女孩”，他们也不像我初中时，冬天也只能穿着单裤上山去寻找柴火。这些孩子也许很难想象，世上还有些孩子吃不饱、穿不暖、从来没有走出过大山！

时代的主人们，大家都去多多关心过着苦生活的穷孩子们吧！他们不应该还过着像我们少年时那样的生活！

2007年11月8日

观摩财大的财政学教学活动

今天下午3：20，我和张志、张逸群先生，一起到圣彼得堡财政与经济大学，参加一次教学活动：听娜达丽娅(Иванова Наталия Георгевна)教授的课，并和她交流对俄罗斯当前财政经济热点问题的看法。

课堂是在学校教学主楼的329教室里，室内摆着一张长方桌，就像国内常见的会议桌一样，这就是大家共用的课桌。十多位学生围桌而坐，我们也在其中。桌旁边一侧摆有十余台电脑。黑板在桌子一头依墙挂着，显得较小。室内的电灯光线柔和。

观摩娜达丽娅教授的课堂教学

娜达丽娅教授50岁左右，站着给学生们上课，听课的是本科大学五年级（毕业班）的学生。本堂课的内容，主要是关于地方财政收入。

娜达丽娅以本人参加列宁格勒州年度预算编制的体会为例，讲解了地方财政收入的结构、预算表式、年度预算的编制程序、主要指标的测算公式等。她把这些内容分解成若干小问题，边讲边与学生讨论，边提供数据，边与学生共同进行运算。最后布置作业。

可能是出于对我们三位中国听众的照顾，娜达丽娅教授讲课时声音清亮，但语速较慢。

这堂课的课时是75分钟。

听完这堂课后，我们到财政系教研室采访了娜达丽娅教授，她根据我们的提问回答问题。主要内容摘记如下：

关于本科财政专业学生的课程安排，她介绍说，财政专业本科阶段学制为五年，头两年主要开设所有大学生和经济类大学生必修的十多门公共课程，三年级到五年级开设了14门专业课和专业方向专题课程。如财政学、财务学、信贷学、税务学、证券学、保险学、会计学等这类课程，都是在后三年的教学计划中安排的。

谈到对当前俄罗斯经济发展情况的看法时，娜达丽娅教授认为，俄罗斯近年的经济发展趋好，运行顺畅，财政收入年增幅很大。特别是世界石油的价格往高走，使得俄罗斯以油和油气出口为主的经济得以拉动，并愈显活跃。油价的上涨，对财政收入的快速增长起到关键作用，但同时也会给俄罗斯的经济结构调整、未来经济的持续发展带来难题。

和娜达丽娅教授（左）进行教学交流

2007年11月10日

采访租房中介机构的工作人员

住房租介公司的伊莎女士

今天下午，我们采访了租房中介机构（公司）的一位工作人员伊莎。我们把伊莎请到张逸群先生所在公司租的房子的小客厅里进行访谈。

俄罗斯的租房中介公司有两种：找租房客户的公司；提供出租房源的公司。伊莎是负责找租房客户的公司的客户经理。

伊莎50多岁了，家里有5口人，住在90平方米的自家买的房里。伊莎说，她的父亲是苏联红军，是共产党员，她的丈夫搞电器修理，非常能干。大女儿已19岁，读大二；还有一对双胞胎小男孩。女儿读大学每月需要花费8000卢布。

伊莎性格开朗，爱吸烟，谈得高兴时还要为我们看“手相”。她说：“我很热爱我的职业。为客户找到合适的房子，屋主和租客双方都很快乐，我也很有成就感。”

“我们收费的标准是，租房的客户应付给我们相当于一个月租金的费用，然后我们公司与提供房源的公司各分一半。我个人再与本公司五五分成。一年下来，我的月收入平均大约在3000美元吧！”

“目前，圣彼得堡的房价很高，供小于求，无论新房旧房出售价格都很高了。租房的人也很多，所以租住房的价格也不会低的。”

她邀请我们有空时到她家作客，还说：“我现在正忙着为中国中建公司的职工找出租房呢！”

2007年11月11日

访列宁格勒州电力总公司的副总经理

访列宁格勒州电力总公司副总经理（右）

雨雪几天后，今天终于天晴了。早晨，阳光和白雪交相辉映，涅瓦河边有一位姑娘面朝阳光，闭着双眼，在河边人行道上静静地站着，阳光仿佛从她脸上流过，把姑娘的脸洗得更加光彩夺目。这是我第一次看见姑娘以阳光洗面的可爱样子。冬日的暖阳，真养人！

午后，天又转为阴雨。我们把活动安排到了傍晚。

18点多，在张逸群先生帮助下，我们在柴可夫斯基大街的中国餐馆——“天津酒楼”，采访列宁格勒州电力总公司的副总经理米哈伊尔(Водопьянов Михаил Павлович)（其助手也叫米哈伊尔），并与他夫妇共进晚餐。

米哈伊尔在列宁格勒州的季赫温市做过市长，还做过州议员。他看起来近50岁，前几年离异后与现在的妻子达妮娅结婚。达妮娅才20多岁，是乌克兰人，长得很漂亮。

我们首先向米哈伊尔了解俄罗斯工人的社会保障状况，但他并不分管此项工作，介绍的情况不多，很可惜。

他介绍说，他十年前曾到中国浙江访问过，在浙江看到了中国发展的奇迹，他为中国经济发展感到高兴。他说，他怀念中俄人民的友谊，喜欢中国人讲礼仪的好作风。

我们请客人用晚餐，客人饮了一瓶半伏特加，自己点了几个中国菜，认为中国菜中有甜味的油炸的比较合口味。我们6人用餐，费用为3500卢布。

米哈伊尔答应，帮助我们多联系几个单位，介绍更多的人和我们会谈，为我们的深入采访提供帮助。

2007年11月14日

“挤车”见闻

今天，我和张志在张逸群先生带领下，到喀琅施塔得岛去参观军港。喀琅施塔得岛属于圣彼得堡市管辖，在波罗的海的海湾上，距离圣彼得堡市40公里，距离瓦西里岛10公里。去喀琅施塔得岛，必须先到瓦西里岛。

不知怎么搞的，今天去瓦西里岛的公共汽车特别拥挤，而且堵车特别厉害。我还好，找了个座位坐下了。路过圣彼得堡文化大学一个系的楼房时，正遇着学生放学。一帮女大学生又挤上了车，车厢里显得更拥挤了。

有两位老太太被挤得激怒了，大声质问她们是哪个学校的。当得知她们是圣彼得文化大学的学生，也去瓦西里岛时，大声骂起来：“你们文化大学的学生是全世界最没有文化的。你们都把我们挤扁了，你们是混账不是？……”这五个学生没有一个吱声。待车子到了下一个站，五个学生都下车去了。其中一个大学生回头说了一句：“对不起，老太太，我们下车了。”她们其实还没有到目的地站，是出于谦让提前下车了。

汽车又经过近40分钟的行驶，后来一路都很安全，也安静了。

人们自觉排队上车

喀琅施塔得岛的军港

停泊的舰艇

从瓦西里岛转车继续前行，汽车过了一条十分壮观的跨海大桥，驶到了喀琅施塔得岛(Кронштадт)。岛上有个军港，是俄罗斯波罗的海舰队的基地之一，岛上住有4万多人，大部分是军人及家眷。

岛上依然是干净、整洁，来往的行人并不多。走到海边，远远地就看到有几艘军舰停泊在港口，还能看到远处的一艘大邮轮。在这里可以拍照，但不可以登舰参观。我们就是慕军港之名而来的。

俄罗斯的历代统治者，大都把打造河连河，河连湖，湖连湖，河连海，湖河海相通的水上大循环的交通体系为己任，并纳入其梦想称霸于世的宏伟战略之中。而倡导和实现建造波罗的海舰队、北方舰队、黑海舰队，建设强大海军的领导人，都被俄罗斯人尊崇为最有作为的领袖。

寒风吹来，天气真的冷了。一位年轻的俄罗斯妇女，带着一个一岁的小孩，也在军港岸上玩儿。妇女用毛巾勒着孩子的肩背，让孩子学走路。天气寒冷，他们都穿上棉衣了。

在喀琅施塔得军港散步

年轻妇女叫娜达莎。她说，这个岛住着许多军人和军人的家属，她的丈夫就在海军服役。她还介绍说，这里以前是不让参观的，现在开放参观了。她的小孩长得可爱又漂亮，见到生人也不哭不闹。

在军港上拍电视片

娜达莎和孩子的友善感动了我们。正好，我们带了一枚人民币生肖纪念币，便送给她的孩子作周岁生日礼物，娜达莎连声向我们道“谢谢！”。

这个军港确实可以开放让人参观了。曾记得：俄罗斯人的自信，往往都是从建设强大的海军做起的……

冬天，涅瓦河上的破冰船

2007年11月15日

涅瓦河畔冬韵

今天，圣彼得堡的温度达到零下5℃。中午11时，我们穿上冬装，步行去列宾美术学院，访问我国的进修老师。沿路看到了许多只属于冬日的风光。

涅瓦河已经冰封。一艘破冰船，正在破冰，领着两艘货船，艰难地驶向远方。涅瓦河上蔟团的冰块，已经连成了坚实的整体。昔日的船只，一部分已转港走了。

夏季花园里那些瞩目的塑雕，一个个都已经裹在木板制的木屋里，今冬不会再与游人会面了。

宽绰的大街上，各种车辆仍在奔忙。而人行道上，熙熙攘攘的人们则经常被疾驰而来的车辆，溅脏衣裳……

成群的野鸭停在桥边的冰河上，不时有路人去超市买食物来喂养它们。我发现，公园里的乌鸦，麻雀，鸽子，都是吃得饱饱的。冬天里这些鸟类比春、秋天长得更肥壮，老人和小孩特宠爱它们，给他们带来很多食物。吃饱了，她们就悠闲地排着队晒太阳，和老人孩子们同享幸福！

秋冬里的野鸭、海鸥和鸽子都很肥壮

访列宾美术学院的两位中国进修教师

列宾美术学院

著名的列宾美术学院(СПБГАИЖСА им. И.Е.Репина)坐落在圣彼得堡大学滨河路上，这里河岸边上有着显眼的人面狮身像雕刻。学院教学主楼顶，竖立着叶卡捷琳娜女皇的塑像。

我们中午11点从柴可夫斯基大街住处步行出发，穿过皇宫大桥，不到一个小时，就到达列宾美术学院了。寒冷催人，我们今天走路的速度也特别快！

今天安排访问列宾美术学院进修的两位老师：郑光旭老师，来自吉林艺术学院，他是国家公派的留学人员；张谢雄老师，来自上海一个艺术公司。他们来列宾美院进修已经有两年半了，被安排在同一个工作室里研修，都是主修油画。

他们的工作室不大，里面堆满了各种画框、已作好或正在作的画、画具等，墙壁上也都挂着些已经完成的画作。大大小小的画作都是以俄罗斯、圣彼得堡的建筑、风光和人物为主题，色彩明亮清新，悦目赏心。他们都是放弃了国内的可观收入，专门来此深造的。在工作室里，他们介绍了不少情况，谈了一些看法。

他们认为，列宾美院大多数老师的教学方法值得借鉴，主要是善于启发学生思维，而不是教学生模仿。老师在教学中注重举例进行比较，以此来激发学生的思维火花；强调探讨，不随意对任何作品作评价结论。老师对待国内外学生，都能一视同仁，批评学生非常严厉，但不会歧视后进生。到这里来学习，他们都感觉收获很大。

“我们在此学习，学费昂贵、花钱多，很不容易，所以都自觉吃苦，主动努力学习。不管春夏秋冬，除老师到课堂指导外，几乎天天都外出写生，有时晚上也在外宿。往往是一站几个钟头，风餐露宿，感到特别地苦。”

“有一次，我们一起外出画画，正集中注意力时，突然被两个喝醉酒的俄罗斯警察用枪顶着脑袋，然后搜我们身上的钱包，抢走了1500卢布。我们被吓懵了，还好，身上的1500卢布救了我们的命。这是两年前的事了，现在治安好多了，外出画画再也没有遇到过这类麻烦。”

交谈完后，郑老师请我们到列宾美院食堂吃午餐。每人一团米饭和一块鸡肉，一杯茶，每位100多卢布。

研修老师的工作室 张谢雄（左），郑光旭（右）

张老师亲历的俄医保

留俄师生节日相聚（站立者，张老师）

听说俄罗斯在医保工作中，无论城乡，都是按10分钟左右的车程来布局医疗急救车的。并且医疗条件都不错。

今天，听张谢雄老师详细介绍了他一次患急性腮腺炎的救治过程。

前两个月，张老师患了急性腮腺炎，半边脸都肿胀，疼痛难忍。来俄后，张老师从未到医院治过病，紧急中，就试着拨了医疗急救的专用电话。

不到10分钟时间，一辆救护车就停在了张老师住处楼下了。

到了医院，很快就住进病房，医生跟着就到病房查治，还对全身作了检查。

由于听说俄罗斯的医院也有严重的腐败现象，张老师按照朋友的建议，准备了一些礼物和现金，准备送给主治医师，但全被大夫拒绝了。在治疗全程中，医护人员的服务态度很好，责任心也很强，对所有病员都一视同仁。

据了解，在该院救治的人员中，也有政府官员。在这家医院，官民同样治疗、同样用药，没有发现有专供官员使用的特殊病房、病床。

张老师又介绍了这次住院交费的情况，他说："我当时还没有买医疗保险，但我有入学体检记录。住院一个星期后，办理出院手续时，我也不用交治疗费、住宿费和伙食费。医院告诉我，回到学校之后，你要补办医疗保险的手续、交医保费。医保是学校按国家统一规定统一办理的，交费并不多。"

国家工业化实现以后，公民的基本社会保障及其均等化就已经成为国家稳定安全、长治久安的最重要的治国大略了。在俄罗斯，不管是城市还是农村，国家都为公民提供了基本医疗、养老等基础性社会保障，这也是俄罗斯的"第二国防"。

2007年11月17日

在圣彼得堡吃“肯德基”

今天是星期六。张逸群先生和他的妻子、女儿从季赫温来圣彼得堡过周末，我和张志陪他们玩了一个下午。

晚餐时，他的女儿丽莎很想要吃“麦当劳”。要知道，季赫温市还没有肯德基和麦当劳呢。而在圣彼得堡，能见到多家“肯德基”和“麦当劳”，难怪小姑娘嘴馋了。

我们进入涅瓦大街一家麦当劳店，排队的人很多，可孩子不想排队。又找到一家肯德基店，人虽然也不少，但还有空位，不用排队。我们就吃“肯德基”了。这里肯德基的味儿与国内到底有多少差别？我也感觉不出来。

五个人，花了1100卢布。丽莎第一次吃到“肯德基”，“你看看她乐得多逗人”。

留俄关键要靠自己自觉努力学习

这次到圣彼得堡，我们有了很多机会和在这里的我国留学生们交谈，也看到了学生们的学习条件和学习情况，感触很深。在和留学生们的多次交谈中，发现他们在这里学习，不仅面临着语言上、生活上、环境上的不适应，大家也有很大的经济压力，尤其是在学业方面，学校和老师并不能教给大家太多东西，还是要靠大家自己去自觉学习。

留学生王亮反映，俄罗斯圣彼得堡财政与经济大学的老师收入不算高，前两年有的教授月工资收入只有几百美元。但圣彼得堡的生活费用很高，很多老师都到外校兼课，有的还办公司维持生活。这样的环境下，这些研究生们想见到老师都很困难了。在这里向老师学到的东西太少了（这些情况，我们在多次的走访和观察中也能感觉、体会得到）。

“据我所知，现在在俄罗斯，拿个博士学位都已很容易了。学校和老师都放松对学生的要求。来留学的，关键要靠本人自觉努力了。”王亮还如是说。

运河及两岸

2007年11月19日

走近艺术工作者达妮娅

通过张逸群先生介绍，我们认识了达妮娅。达妮娅是圣彼得堡矿冶大学毕业的，今年48岁了，是个乐观豁达的中年人。她有很好的身材，现在一家演出公司做服装设计师，并练习舞蹈，常参加小型演出，成为了业余的舞蹈艺术教师。朋友称她为自由职业艺术家。

我们邀请达妮娅来柴可夫斯基大街2/7号的住地做客，并采访了她。

她谈到对时政的一些看法："我认为前苏联时期，社会特别稳定、有安全保障，人人都有工作、有生活保障。最直接

"自由职业艺术家"——达妮娅（中）

的是，有事找到政府、找到警察，都会有答复并会得到帮助。只是当时的物资少一些。”“现在‘自由’了，但有事找谁呢？找警察，很多警察是‘白匪’！找政府，政府没有人会见你！”

谈到教育，她说：“今年，我回母校参加校庆活动，校友、老师们都感叹现在的教育在‘自由’上叫口号，是把青少年引入歧途，把后代引导成不讲秩序、不讲道德、不讲规范、不会感恩的蠢人。”

谈到医疗保险：“我不买医疗保险，我认为公立医院的服务和医疗态度都不好。私人医院看病虽贵，但服务态度好。有一次，我游泳时头碰到池边，脑震荡，自己在家休息。去私立医院检查，查的很细心，但一次花了3000卢布。”

谈到住房问题：“我认为沙皇时代的建筑是最好的，用料考究，工艺精湛，墙体厚实而保暖，层高都在4米以上，一百年，几百年还是好好的；斯大林时期盖的房子，质量也是不错的；‘自由化’之后，盖房子就不讲究质量了，房价高，质量不好，总是要不断修、修、修！我情愿买老房子住。”

“我不明白，现在，俄罗斯有土地，也有的是木材，钢铁工业也发达，但是房价却很高。许多人买不起新房子呢！”

谈到工作情况：“当前社会，我感到最好的事是择业自由。自己管自己，多么自由啊！我在剧团里，和一些公司有联系，和圈子里的人相处得很好，很自由，活着不用看别人的脸色行事。我时而收入高些，时而少些，不稳定，从来没有交过税，也不知道要不要交税。但总的来说，我还是比较怀念苏联时期的安逸生活！”

达妮娅和我们交谈了两个多钟头，讲的都是她个人的亲身生活感受。她的想法应该代表了一部分俄罗斯人的感受吧！不过，相对来说，她的收入情况、生活条件都是不错的，很多俄罗斯人恐怕会比她差！

2007年11月21日

一堂汉语课

一堂汉语课（主讲教师 刘铭达右一）

早上7：00，天还未亮，我们就踏上了冰雪覆盖的马路了。快步行走50分钟左右，到达涅瓦河畔的圣彼得堡大学东方语言学院。我们今天的目的是参加东方语言系的一堂汉语课，课程是9点开始。

这堂课的主讲教师玛纳斯，是本学校毕业的研究汉语语言方向的研究生，曾在我国清华大学留学一年。他教的汉语课程是汉语会话，汉语语法课程则由另一位教师担任。

9：10，主讲这堂课的老师玛纳斯匆匆赶到（他已迟到10分钟了）。已有8位学生在教室就座，后来又有1位学生到课堂，共9名学生上这堂课。他们都是汉语语言专业本科二年级的学生。学校规定，外语课课堂教学，学生不能超过10人。这节汉语课堂教学课，玛纳斯老师把它分为6个明显的环节：

一是听写。10个单词，老师用俄文朗读，学生用中文书记。

二是背诵。点名请几个学生分别背诵已学过的课文或课文的一个段落。

三是检查上次课布置的家庭作业。据上次课布置的录音内容，选择适当的词回答问题。

四是对话练习。多为日常生活内容，如早晨几点起床，上班，下班，做父母的责任等等。

五是特别安排的，让中国访问学者也就是我们用中文给学生讲课或对话。

六是布置家庭作业。

老师对某个男学生先后提了三个问题，这个学生都说不懂。老师对他说："你是一个什么都不知道的学生，你为什么全都不知道？！"当众批评这个学生。有一个学生可能是经常缺课，老师宣布说："再不改正，这门课你就不及格了"！

配合老师的教学环节，我用了近20分钟给学生讲解几个汉语的词与句。主题词是：南方、山水、海滩。具体介绍了"广西的地理位置是在中国的南方"，"广西有旅游文化名城'桂林'和'北海'市"等：解释"桂林山水甲天下，阳朔山水甲桂林"一句的含义；在介绍"北海市银滩"的特点时，突出"公里"和"米"两个计量单位词与俄语的对应读法和运用。

这堂语言学的课堂教学环节完整，玛纳斯老师的汉语发音和基本语法运用准确。课堂上每个学生都有发言机会。

汉语课课堂

2007年11月22日

参观工艺品展销会

今天中午，我们和中国美术学院来俄研修的李玉普老师同到圣彼得堡国立工艺美术学院，参观一年一次的圣彼得堡工艺美术品展销会。

进入展销会需要购买入场券，票价为50卢布每人。前来参观购买的人不少。

展销的工艺品多为妇女的饰品，如头簪、手链、项链、帽子、围巾，还有小玩具等等。这些东西在俄罗斯的旅游景点都很常见，展销价格与外面市场上的相比，也是相差无几。在我的眼中，最有特色的是用桦树皮制成的各种工艺品和琥珀工艺品。

展销大厅为二层楼，整座展厅装修都是高水平的精工艺术作品，有许多上百年的雕塑在展厅四周陈列着。各制造艺术品的厂商在厅内摆设着摊点。还有人演示淘金、加工玻璃工艺品等的技术技巧。

我们买了些小礼品，准备回国后送给朋友。李老师买了些制作玻璃工艺品的工具等。

2007年11月23日

中资企业负责人谈汇率等财务问题

这两天，和我国广西农垦系统在俄罗斯新城建立的十万大山加工物流中心有限公司的蒋旭雄总经理相聚在圣彼得堡。我们这次访问，曾到访过公司多次，得到了蒋先生的许多关照，特别是他为我们提供交通、译员方面的大力帮助。我们非常感谢他们。

在交谈中，蒋总经理谈到汇率问题，他说："美元对卢布的兑换，卢布在不断升值。来时，是1美元兑换26卢布，不到半年是1美元兑换23卢布了。十万大山加工物流中心有限公司的资本金，大部分是以美元为结算的贷款，损失大了。"

蒋总经理还介绍："按照俄罗斯的会计制度规定，企业产品成本开支范围比国内范围小，类同国内的招待费、某些办公用品购买费在国内都是可以列入管理费成本的，但我们公司请的是俄罗斯的会计师，她原则性很强，从不讲什么灵活性，严格按照俄罗斯的会计制度规定办理，一律不允许报销。"

蒋旭雄总经理（左二）

2007年11月24日

俄罗斯的老太太们

在俄罗斯，有一个特定的称呼，叫“苏联老太太”，是指丈夫早已去世、自己独身度晚年的老太太们，其中多数都是丈夫在卫国战争中牺牲的老太太们。俄罗斯各地，都有一批“苏联”老太太。她们多数都没有什么亲人，孤独地生活着。

今天晚上，已是入夜10点多了，室外气温降到零下4度了，涅瓦河都结了冰。几位苏联老太太，又牵着狗到街道或公园来散步了……。

苏联老太太们虽然可怜，但是有国家补助，倒也衣食无忧。俄罗斯还有一些老太太，生活贫困，不得不自己到街头卖些小商品维持生活。

在圣彼得堡的花园街、涅瓦大街和一些地铁站周围，许多俄罗斯老太太，手持一些小商品，如围巾、衣服、帽子、小玩具等等，向过往人叫卖。有些叫卖鲜花。

在俄罗斯的许多城市里，这一类老太太大多数都是独身妇女，退休后，退休金少，物价上涨，生活在下层，以此来弥补经济不足，维持生计。

街头卖小工艺品的老太太

街头卖花的老太太

以宠物为伴的老太太
（摄于晚上10点多）

Выпускается
с 1966 года!
Алёнка

七、与莫斯科重逢

莫斯科河

2007年11月25日

“莫斯科不相信眼泪”

明天，我们要去莫斯科访问参观一周。1996年11月我曾经作为中国政府代表团的成员，出席了在莫斯科举办的“中俄地区经济合作研讨会”。当时，代表团的团长是陈邦柱部长，副团长是陈昊苏会长，广西代表还有外事办黄永强主任。那是我第一次到莫斯科，印象最为深刻的，不是研讨会的内容，而是读到的莫斯科保卫战的资料、看到的纪念反法西斯战争胜利的各处名胜，至今记忆犹新。

1996年作者在莫斯科列宁山上留影

1941年9月30日，德军对莫斯科发动了代号“台风”的大规模攻势，妄图在十天之内攻占它。在敌军强大攻击的危急关头，苏军迅速在莫斯科以西约80公里的莫日艾斯克组织了防线，阻止德军推进。至今，这道阻击防线依然大部分保留着。

10月10日，斯大林任命朱可夫大将为西方和预备队方面军司令员。朱可夫迅速重建了四个集团军，以防守莫日艾斯克。

10月15日，苏联政府的部分机构和外国使节迁往古比雪夫。斯大林留在莫斯科，亲自指挥保卫战。

10月19日，国防委员会宣布莫斯科戒严，号召首都人民誓死保卫莫斯科。3天之内，全市组织了25个工人营，12万人的民兵师，169个巷战小组。有45万人参加修筑防御工事，其中3/4是妇女。在首都和全国军民支援下，前线军民英勇抗敌，浴血奋战。

1941年11月7日，苏军在英勇保卫莫斯科的同时，红场依然进行着阅兵式。斯大林向全国军民发表振奋人心的演说："我们的事业是正义的，胜利一定属于我们！"

1942年初，苏军击溃了进攻莫斯科的德军，毙伤16.8万人，把德军赶离莫斯科100到250公里，取得了莫斯科保卫战的胜利。莫斯科保卫战的胜利，极大地鼓舞了苏联人民和全世界人民反法西斯战争的胜利信心。

1996年11月，当我第一次来到莫斯科时，无处不感到这场反法西斯战争留下的永不忘记的丰碑：胜利广场的高柱，无名烈士墓的长明火，红场的阅兵台，朱可夫元帅的雕像，还有那道长长的阻击墙……。当时，我还回忆起在国内时，曾经看过的苏联电影片《莫斯科不相信眼泪》，虽然这部影片与战争没有什么关系，但电影的名称似乎表达了战争年代的那股精神。

记得我曾站在莫斯科河的大桥上，看着大桥下宽阔的莫斯科河缓缓流淌。这条全长502公里、流经市区约80公里的河流，这个伟大的城市因它而得名的河流，向前奔腾，穿过了一座座桥梁，流过克里姆林宫的宫墙，流过红场的近旁……今天，她又带着我的思绪，流向了莫斯科的列宁山旁……

2007年11月26日，前往莫斯科

坐火车到莫斯科

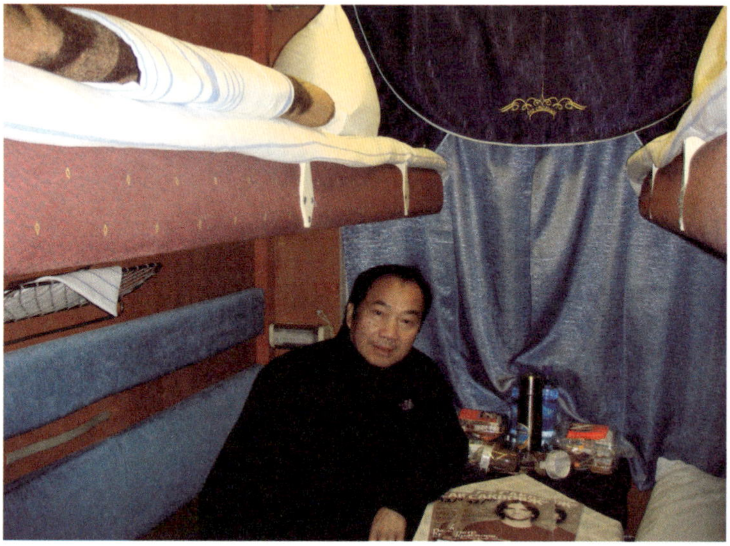

列车上

圣彼得堡当地时间，凌晨1:50我和张志乘火车出发去莫斯科(Г. Москва)，列车经8小时运行，到达莫斯科。

我们乘坐的是软卧车厢。列车显得陈旧。这节车厢内有一位中年男列车员，待客还算热情。和我们同在一个包厢内的是一位俄罗斯中年男人，上车打了招呼后，就各自睡觉了。

俄罗斯的许多机械设备都是大而粗的，唯独车厢的床铺和宾馆的床铺是又小又短。我个子不算高大，睡下去，两头都顶到车厢了。对面的那位俄罗斯中年男子比我高大，只好弯着腿侧睡。车有些颠，厕所的卫生间也比较脏。但车厢内暖气很足，穿棉毛衫睡一会儿就冒汗了。

上午11时左右，我们到达莫斯科，出了火车站。在马路边，随手就招来了一辆“顺风车”，车主是位女士，400卢布拉我们到了中国大使馆

(Посольство Китайской Народной Республики в РФ)的接待处。莫斯科和圣彼得堡一样，私家车可以载客，搭“顺风车”很容易。

到了大使馆接待处，才知道使馆和接待处是设在一起的。其位置是麻雀山（曾称列宁山）的友谊大街的10/32号。大使馆的裴玉芳参赞和小刘已为我们安排了住宿。

我住在大使馆接待处的303室。入住接待处，要求须和国内的相关单位事先联系好。普通单人间80美元/天，标间120美元/天，并提供早餐。在接待处进午餐、晚餐要事先预定，自助餐10美元/人。与圣彼得堡和莫斯科的同类旅馆相比，这里条件要好多了，更感方便的是，可以吃到地道的中餐饭菜，而且能看到国内中央电视台的节目。

晚餐后，张志去拜访其同学。使馆的裴玉芳参赞来接待处房间看望我们，并介绍了一些俄罗斯教育的情况。

入住接待处的303室

莫斯科友谊路（中国驻俄大使馆）

莫斯科，中国驻俄大使馆接待处

2007年11月27日

参观特列季亚科夫画廊和红场

记忆中，我在60年代初学俄语的时候，有篇课文在介绍莫斯科的名胜古迹时，有讲到特列季亚科夫画廊，但这个俄文单词третьяковская галерея，当时背了多次，也记不住。

今天上午9:30，俄罗斯友人、莫斯科师范大学的杨琴科老师，派他的学生娜塔莎早早就来到使馆接待处门口，在寒风中等候着陪同我们去参观。

娜塔莎不懂中文，为备不时之需，手中拿着本俄中词典。她十分热情友好地陪我们在莫斯科参观了一整天，中午还在一起共进午餐。这位俄罗斯莫斯科师范大学毕业的漂亮姑娘，对中国客人的友好情谊，给我们留下了深刻印象。

莫斯科师大毕业生娜达莎（右）

特列季亚科夫画廊

特列季亚科夫画廊是世界上特大型的美术博物馆之一，是以其创办者保罗•米哈伊洛维奇•特列季亚科夫的名字命名的。这里几乎收集了12世纪以来俄国美术的所有名作。和其他博物馆一样，外国人参观特列季亚科夫画廊的票价较高，需250卢布，俄罗斯人是100卢布，学生免费。

特列季亚科夫画廊与克里姆林宫隔莫斯科河相望，分老馆和新馆。老馆是一座俄式楼阁建筑，新馆则是依照俄国童话形式建成的。画廊的门口，就有特列季亚科夫的雕像。画廊共分60个展厅，里面陈列的作品一般都按照创作年代的先后顺序排列。众多俄罗斯名画家的作品在其中展示。每个展厅，几乎都是清一色的俄罗斯老太太在管理。里面不让拍照。

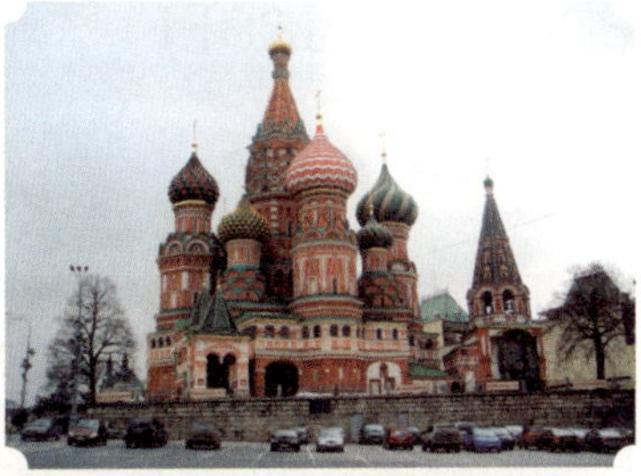

瓦西里升天大教堂

参观者中，最令人感动的是一群群中、小学生。我们参观的过程中，遇到了几支学生队伍。孩子们在老师的带领下，在耐心地听讲解员的讲解，没有一个打闹的。孩子们大都在认真地听、专注地看，不时有人发问，还有做笔记的。难怪俄罗斯有那么强的艺术氛围，孩子们从小就已经培养了浓厚的艺术兴趣和修养了！

莫斯科红场

无名烈士纪念碑

下午，我们还参观了瓦西里升天大教堂、莫斯科红场(Красная площадь)、无名烈士纪念碑……。这些都是莫斯科市中心的著名景点，是莫斯科文化的核心和灵魂。其地位，大概就像我国的北京天安门和周围的历史文化设施一样重要吧！

“为普京投票”（莫斯科街上的竞选标语）

2007年11月28日

拜访裴玉芳参赞

拜访裴玉芳参赞

今天上午，我们又就俄罗斯的教育问题，到裴玉芳参赞的办公室做了专访。大使馆的布置整洁、简朴。裴玉芳参赞是一位清瘦的女士，戴着眼镜，穿着中国传统的服装，透着一股文雅的气息。她给我介绍了很多情况。

“近年来，俄罗斯对教育方面，一是加大投入；二是在教育方面推进了民主和法制建设。俄罗斯的教育资源的基础本来就比较好，普京执政以来，随着经济与财政稳定发展，他们又加大了投入。如，近年提出了创建重点大学和新型大学的计划，其投入的资金总量比我国的211工程的投入还大，近来已落实了50多个项目。”

“前苏联解体时，教育人才流失十分严重，科研方面的中青年人才也流失严重。这些年，正在创新人才管理体制，如，高校教师实行合同制、聘任制，对吸引人才和人才成长，都发挥了作用。据统计，目前莫斯科大学有近一万名素质较高的师资。此外，俄罗斯多数高校的校长，都是选举产生的。”

“对中小学，也加大了财政投入，每所学校都追加了维修费和实验室的建设经费等。全国已全面兑现了11年制义务教育。”

“对师范院校的投资就更多一些，师范生基本上享受免费教育。近年来俄罗斯制订和实施了严格的教师上岗、进修及考察制度。”

裴玉芳参赞还介绍说：“我还访问过类似的孤儿、残疾儿童等特殊学校，这些学校的经费都有保障，办学条件较好，学生受到了良好教育，生活也照应得比较好。”

裴玉芳参赞还谈了许多关于她在俄罗斯所做的典型调查，还专门研究俄罗斯的教育法制建设，认为：“俄罗斯在教育方面也有不少经验值得我们研究学习。”她给我们提供了许多书面资料。

裴玉芳参赞的热情大方、中国女外交家教育家的内秀和敏锐，深深印在我的脑子里。她对我们的访问和调研给予了大力支持与帮助，我们永远感谢她。

专访莫斯科国立师范大学

莫斯科师大国际交流处办公室，杨琴科老师（左一）

我和张志都有着深厚的教育和教师情结，所以来莫斯科之前，就通过张逸群先生介绍，和莫斯科师大的副教授杨琴科先生取得了联系。今天，我们从裴玉芳参赞办公室出来后，就乘地铁到莫斯科师范大学（Московский педагагический государственный университет，МПГУ)访问。杨琴科老师已按照预约在地铁口等候我们。杨琴科老师是俄罗斯人，中文水平较高，曾到中国南京大学教过俄语4年，他说：“我很喜欢中国。”

观摩师大课堂教学

在杨老师陪同下，我们参观了莫斯科师大主楼著名的蓝色大厅，以及大厅周围的大、小教室、图书馆、会堂等设施。

观摩了一位老教授上历史课的课堂教

莫斯科师大的蓝色大厅

师大教室里

在师大食堂午餐

学。当我们进入课堂时，师生起立鼓掌，并和我们合影留念。

我们还拜会了学校的国际交流处，和国际交流处的负责人进行了认真的交谈。他们谈到：

“我们学校和中国的教育行政机构以及中国的部分师范院校均有密切的联系，建立了良好的合作关系。但目前和中国广西还没有取得联系，如果双方有兴趣，我们可以讨论进行合作交流事宜。我们也特别有兴趣与广西师范方面的院校取得联系。”

“我们学校的老师都十分珍惜中苏友谊、中俄人民的友谊。中国公派的留学生在我们这里的表现都很好。他们学习刻苦，成绩很优秀。我们很喜欢他们！”

学校国际交流处负责人还询问我们要不要会见中国的留学生并给他们上课。但由于我们的日程事先没有这项安排，就婉谢了。

中午，我们在该校食堂品了茶点，并和该校今年普希金文学奖获得者——一位青年教师进行了交谈。

和师大获普希金文学奖的青年教师（左）交谈

莫斯科师大两位可爱的学生

和师大的学生参观新圣女修道院

师大学生奥丽娅在做祷告

傍晚，我们离开莫斯科师范大学主校区，步行到离大学不远的新圣女修道院参观。陪同我们去参观的是师大的学生奥丽娅(Оля)与丽达(Лида)。

新圣女修道院(Новодевичье монастырь)是莫斯科最著名的修道院，也是俄罗斯最令人震撼的修道院之一。它不仅是一个宗教场所，也是一座城堡，有坚固的城墙和12幢带有锯齿状围墙的塔楼，还有金色的圆顶。现在，它还是莫斯科最著名的公墓——新圣女公墓（Новодевичье кладбище），安葬了许多俄罗斯作家、剧作家、诗人、著名演员、政治领导人和科学家等。

夜幕已经降临，路边的房子都已经亮起灯来。在灯光与雪光相映下，修道院越发显得格外亮丽。我们参观时，奥丽娅就在教堂墙根下做祷告。

参观后，由丽达陪我们用晚餐。我们和丽达作了一个多小时的交谈。丽达是个很开朗的姑娘，她谈起了自己的家庭和一些家庭生活感受。

“我家里五口人。苏联解体以后，我父母认为哈萨克斯坦比较安定，他们愿意长期住在那里。姐姐认为德国更文明，到德国定居去了，我和哥哥留在莫斯科。我哥哥是做财务工作的，我读师大，喜欢当老师，读师范还不用交学费呢！”

“我没有去过中国，但看过介绍中国的书，感到中国非常神秘，对中国很有兴趣。”

“我去过圣彼得堡，认为圣彼得堡是俄罗斯人的“头脑”，而莫斯科则是“心脏”，更喜欢圣彼得堡一些！”

用餐后，我们送给丽达一串中国北海市产的小海螺壳制的项链。她很喜欢，戴着链子要和我们一起照相留念。

谈到餐费时，丽达说，她要自己付自己的那一份。我们说，我们已全付了。不知道什么原因，丽达在吃饭时，只点了一杯饮料，一个汤，坚持不吃主食。是不是也象中国一些姑娘一样，相信“晚餐少食可以减肥” 呢？

偶遇莫斯科大学的一位博士生

在莫大楼前与博士生合影留念

今天早上，我们在去莫斯科师范大学的路上，从莫斯科大学(МГУ)的主楼前穿过。莫斯科大学位于麻雀山（又称列宁山）上，是20世纪30年代建成的高层建筑——“斯大林高楼”中最高的一栋，在一排雪松的映衬下，更显得雄伟挺拔。在主楼前，莫大创始人罗蒙诺索夫的雕像高高耸立着，器宇轩昂。

一场大雪飘了下来！

莫斯科大学主楼门前，有一位拄着拐杖的青年人在慢慢前行，看似残障人士。我们走了过去，问他需要什么帮助，才知道他是“莫大”的博士研究生，日前不小心摔伤了腿。我们相互做了介绍，他得知我们是中国来的访问学者，显得很兴奋。

风雪中，他不厌其烦地为我们介绍“莫大”，告诉我们，他们的校长就在九层楼办公，问我们要不要他领进去参观……。他对在“莫大”读博感到非常自豪。同时，他说自己对中国的改革开放作过研究，并一再表示，毕业后一定要到中国看看。

他拿出学生证，并把证书展开，要求在风雪中和我们合影留念。

2007年11月29日

访俄罗斯联邦政府直属财政科学院（大学）

通过圣彼得堡财大老校长塞拉达维奇教授的联系与帮助，经过较长时间的准备，我们今天如愿访问了俄罗斯联邦政府直属财政科学院（大学）(финансовая академия при Привительстве Российской Федерации)。

俄罗斯联邦政府直属财政科学院（大学）教学楼

访问前，我们向该校提供了需要了解的问题提纲，并通过大使馆裴玉芳参赞找到高水平的翻译李亚龙先生。李亚龙，原就读于中国黑龙江大学，现在莫斯科大学攻读博士学位。

访俄联邦政府直属财政科学院（大学）副校长弗拉基米尔维奇（右）

中午1时，联邦财政科学院（大学）派员派车来大使馆接待处接我们，由于堵车，比预约迟了一个小时。随车来接我们的是校办秘书娜达莎女士。

副校长弗拉基米尔维奇(Думный Всеволод Владимирович)在他的办公室接待了我们。副校长50开外，对我们非常热情。办公室较宽，桌面上插着中俄两国国旗。我们先向副校长说明访问来意和需要了解的内容，他谈到的情况如下：

广西财经学院蒙丽珍副院长2008年到访

“科学院（大学）在国内是联邦政府直属的非常知名的高等研究、教学机构。

与教授们进行学术交流

我们以各种形式办学和招收学生，包括业余、远程等教育形式。目前，大学的财政经济、信贷、税务、统计、审计和国际关系专业的人才培养规模最大，各类在校的本科及研究生达2.1万人，还负责博士生的后续教育研修。”

“本校有雄厚的师资力量，而且名专家、名教授都在第一线教学。我们编著的许多教材，为全国院校采用。”

“我们正在实施一个新的计划，就是举办国际型的财政学院，教科书和教师授课均以英文为主。”

“我校是联邦政府的财政与经济研究中心，承接政府、杜马的科研项目，并对实施方案开展研究。”

“本校与外国500多所院校（单位）有联系，其中有中国的中央财经大学、人民大学、东北财经大学、上海财经大学等。”

“我要特别告知您的是：经批准，我们正在策划于2008年10月在莫斯科举办大型的《俄中两国财税运行体制改革研讨会》，联邦政府的委员和国内外的知名专家、教授都会参与，规模约为300人。西方主要国家的一些专家、学者也将应邀出席。”

“我受校长委托，特别邀请刘铭达教授来参加这一盛会，并发表演讲。一定请您能来啊！等一会，校长就会给您签署正式的邀请函。”

“我们还想通过您的访问，和中国财政部科学研究所，和广西财经学院取得联系，以共同探讨开展双方交流合作的事宜。”

副校长把财政学教授伊莲娜(Маркина Елена Валентиновна)和税务学教授柳德米拉，学院秘书娜达丽娅等等一一介绍给我们认识，并请两位教授和我们进行学术交流。

随后，两位教授就我们提出的财政、税收管理体制、政策评估，改革与发展动态等问题，作了近四个小时的介绍和交谈。双方就上述问题，交换了看法，交流了情况，探讨共同关心的问题。

临别时，副校长把校长签名的正式邀请函送到我的手中。

（注：回国后，我们及时向我国财政研究所和广西财经学院汇报了相关事宜）

感谢朋友们帮我们拓宽访问渠道

“祝访问成功”

今天访问俄联邦政府直属财政科学院（大学）很成功，其中有李亚龙博士的功劳。他高水平的翻译，使我们无障碍地进行了税收与预算专业的学术交流。从科学院（大学）出来，我们在大使馆附近找了一家以吃俄罗斯烤肉为主的餐馆，请李亚龙博士和我们一起共进晚餐，并听他介绍在莫斯科大学求学的情况。俄罗斯的肉类与其他食品比较，是便宜的，我们只花了3100多卢布，便饱吃了一餐。餐厅气氛很好，很多客人在这里用餐，还有小乐队在演奏。

根据我们访俄的任务，很希望能够扩大采访的范围，了解更多的实际情况。但外国人在俄罗斯，要想采访一个单位和个人，无论是通过驻当地的使领馆，还是通过其他外交途径都是比较困难的。因为程序太复杂，俄方的办事部门办事效率也实在太低。

我们这次访俄，收获非常大，很重要的原因就是结交了一些好朋友，并得到大家的鼎力相助。在朋友的介绍下，我们才得以走进各大高校和科研机构、走进农村基层、走向更宽阔的领域。张逸群先生、裴玉芳参赞、彭学刚领事、驻圣彼得堡总领事馆和驻莫斯科大使馆官员，李玉普老师、张晓杰老师、张齐老师，王亮、张靖等留学生，还有很多国内外的朋友们，都为我们创造了很多机会和条件。

还应该特别感谢一位热心的老人，他就是圣彼得堡国立财经大学的前任校长（现任顾问）塞拉达维奇先生。

老校长不仅德高望重，而且慈祥、和蔼可亲，已70多岁了。他高度赞扬中国五六十年代留学生的勤奋与礼仪，非常珍视中俄人民的传统友谊。因为我在国内从事过30多年的财经教育，与他有很多共同体验和感悟，认识后我们很快就成了好朋友。他有丰富的“人脉资源”，普京曾接见过他，他的学生遍布全俄，其中不少在中央、地方担任各层领导。他对我们的请求，几乎有求必应。

其中，我们访问莫斯科联邦政府财政科学院（大学）的行程，访问列宁格勒州政府的安排，都是在老校长的具体帮助下成功实现的。他是帮助我们的最无私和可靠的朋友，我们永远尊敬和感谢他！

2007年11月30日

访友谊大学的留学生

俄人民友谊大学留学生徐毅（左）

今天早餐后，按预约，俄罗斯国立人民友谊大学（Русский университет дружбы народов，РУДН）（简称“友大”）的公费留学生徐毅来到大使馆接待处和我们交谈。我们请他来谈谈在“友大”学习的情况和“友大”中国留学生的情况，并一起在接待处共进午餐。

徐毅在“友大”读新闻专业，研究方向是经济新闻，还有一个学期就毕业了。徐毅的母亲在广西财经学院任教，我来访俄之前，曾经和徐毅的母亲见过面。

交谈中，徐毅谈到：

“据我观察和接触到的圈子里，来俄留学的学生中，大多数是自费生。学习勤奋，学有所长的不少；也有些学生，学到的东西不多，反而学坏了。依我看，年纪太小的出来留学，学坏的比较多。”

“‘友大’建校已60多年，有关资料显示，在世界百年名校中，也有“友大”。“友大”比较讲求教学质量，有上千名教授，不过前几年，由于他们的工资不高，教授人数开始递减了。我认识的一位教授，在我入学时，工资仅是230美元/月。现在可能增加一些了。”

“‘友大’现在大约有中国留学生七八百人吧，多数是自费来求学的。学校对学生在学业、纪律等方面，管理是严格的。我来校的头一年，看到因成绩不及格等原因被开除的中国留学生就有100多人。在宿舍吸烟两次，也会被开除学籍的。”

谈到收费情况，徐毅介绍说，到友谊大学留学的公费生需要交保险费6000卢布/年，宿舍管理费 360卢布/年，学费与住宿费免交。而自费生需要交学费3200美元/年，住宿费3人间需500美元/年，2人间600-800美元/年，条件较好的2人间需要1200美元/年。按照徐毅了解到的情况，“友大”是莫斯科名高校中，收费标准最低的了。

徐毅说，我在“友大”学习，感觉似乎在学业上没学到什么真正的本领；不过，在锻炼自己的独立生活、练习外语会话能力、获取知识的能力等方面提高还是比较快的。

午餐后，徐毅陪我们一起去参观莫斯科胜利广场。

我们在俄罗斯访问，总想利用一切机会，去接触实际。着眼于大处，着手于细微。

战争与和平——参观胜利广场

莫斯科的冬天是多雪的冬天。在这个多雪的日子，我再次踏着厚重的积雪，来到莫斯科胜利广场(Площадь победы МОСКВА)。这两天一直大雪纷飞，胜利广场也被大雪覆盖着，厚厚重重的。我们从胜利广场的后侧林区步入广场，宽大的园林已被白雪掩埋了一半。

胜利广场是为了纪念卫国战争胜利50周年，于1995年建成的。其主体建筑是一座高141.8米的“胜利女神纪念碑”，以铭记卫国战争1418个日日夜夜。三棱形的碑身，每个棱面上用浮雕表现了莫斯科等12个英雄城市周围的战斗情景。在高约100米处，是古希腊胜利女神的雕像，她右手拿着金光灿灿的胜利桂冠，身旁飞着两个胖胖的小天使，一男一女，吹着胜利的号角。纪念碑的下面，是神奇勇士格奥尔基手持长矛刺杀毒蛇的雕像。前面5层阶梯式台阶，每一层代表战争的一年。广场很大，呈长方形，据说整

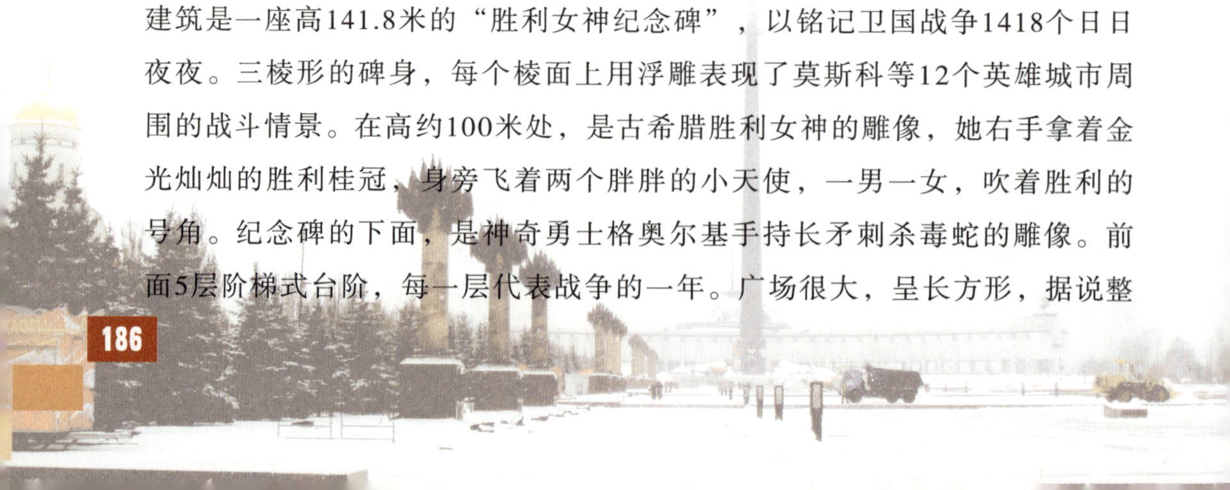

个广场铺了砖石2500万块，怀念在卫国战争中牺牲的2500万名战士。

广场右侧是一组大型喷泉，高高喷起的水柱此起彼伏，美丽壮观。左侧是常胜圣格奥尔基大教堂，金色的顶尖，在白墙与雪地的衬托下，显得格外耀眼。

胜利广场向东是莫斯科凯旋门，这是为纪念1812年俄军打败拿破仑而建的。门高28米，门顶是一尊手执月桂花环，背生双翅驱驾六套马车的胜利女神像。其下武士，手执利剑，或月桂花环和橄榄枝，象征胜利和平。门柱之间，四尊俄军士兵，身披盔甲，手执盾枪，手指上刻着“驱逐法兰西，解放莫斯科”，整个造型气势宏伟。

纪念碑的后面是一个扇形环抱的中央博物馆。大厅内有6幅大圆立体画面，描绘了莫斯科保卫战、列宁格勒反围困战、斯大林格勒战役、攻克柏林的情景。荣誉厅的墙上，刻满了英雄的名字。这天寒地冻的时节，展厅内参观的人还不少。

有一群少年在活动，他们在老师和军人的带领下，做一场小型军事题

莫斯科胜利广场的中央博物馆

参观并表演的少年们

偶遇苏联“二战”老英雄

胜利广场上拍结婚纪念照

材的文艺表演活动。

在内门，正遇上一位苏联“二战”时期的老英雄，他的老伴和一位亲友陪他来参观。他胸前佩戴者多枚勋章。老人近80岁，身体非常壮实。他满怀着激动给我们讲述列宁格勒保卫战的悲壮。这位英雄高兴地从口袋里取出他获得的列宁勋章、斯大林勋章时的照片，并把证书展开给我们看，和我们一起合影。我们还用俄文和他一起唱“莫斯科—北京”这首歌曲……

风雪中，一对青年在胜利广场的纪念碑下拍结婚照。身穿白色纱裙、套着灰色长大衣的新娘与身穿礼服的新郎，在亲友的陪伴和祝福中，在这战争与和平的纪念广场，在凛列的寒风中留下自己人生最甜蜜、最幸福的时刻。这是多么感人的场面啊！

今天参观胜利广场，我的感触非常多。我们是经历了动乱年代的一代人，经历了风云变幻、世事沧桑。战争和发展都给我们的生活烙下了深刻的印记。但是，不管俄罗斯曾经经历了怎样的风云变幻，这里的年轻人却总是满怀爱国之心。在我接触到的许许多多俄罗斯大学生、青年中，他们引以为自豪的，经常对我们说起的是“我们有柴可夫斯基、普希金、陀思妥耶夫斯基……”；“我们有罗蒙诺索夫、门捷列夫……还有加加林、捷列什科娃……”；“我们有会造船、能建大城市的彼得大帝，有爱收藏历史精品的叶卡捷琳娜女皇……”。这些年轻人谈“理想”、“主义”虽少，但从不吝于谈论关于热爱祖国的话题。在交谈中他们对祖国科技、艺术成就的热爱常常溢于言表。国民之志，在于爱国爱家啊！正是有了这些年轻人，这个民族才有了更大的希望！

参观维登汉（国民经济成就展览馆）

参观维登汉（国民经济成就展览馆）

夜幕即将降临，迎着风雪，我们参观前苏联各加盟共和国驻莫斯科的办事机构维登汉(BДHX)。这里始建于1935年，原为全联盟农业展览馆（Всесоюзная Сельскохозяйственная Выставка），1958年把农业、工业和科技等方面的展览综合为一体，改称为国民经济成就展览馆（Выставка Достижений Народного Хозяйсива），1990年后称为全俄展览中心（Всероссийский Выставочный Центр）。

在这里，前苏联各加盟国均有一栋形状各异，很有特色的建筑展馆。整个园林面积很大，还有很多漂亮的公园和喷泉。现在，有的展馆仍保留着“国旗”或者当时的徽标。

前苏联时期，这里既是“各国”代表处，又是“国民经济成就展览馆”。现在，多数已成为商店。也有的还保留作展览馆。据了解，近年我国也有一些机构到这里来办过展览。

傍晚，参观的人已不多，我们匆匆地参观了少部分展馆，主要只是看看建筑的外表而已。

门外，还看到大型的扫雪车，立即联想到国内我们广西等南方省区前些日子遭雪灾造成了重大的损失。而在俄罗斯，清除雪碍的机械化程度很高，俄罗斯人对中国南方下雪也会造成雪灾很不理解。这一点上，我们应该反思，并向俄罗斯学习。

铲雪车

2007年12月1日

克里姆林宫的门票与乘小巴士的票价

多生有奖

今天下午2点多到克里姆林宫，参观至6点多才出来。入宫参观的票价为350卢布/人。对克里姆林宫的介绍到处都有，我也想不出更精准、更美好的语言来描述了，也不想多记了。

今天在莫斯科乘坐了四次小巴士，每上车一次交20卢布/人，车上都无人售票。上车的人中，有零钱的人，就自动把钱交给司机；没有零钱的，待行车到站停车时交钱给司机，待司机找补好钱后下车。秩序井然。没有发现逃票和任何争吵的。

莫斯科地铁

电车

公共汽车（莫斯科）

2007年12月2日

俄罗斯联邦政府大厦后面的“宣传栏”

今天是星期日，早餐后，去上街逛逛。路过俄罗斯联邦政府大厦（白宫），驻足拍照。俄政府联邦大厦大门紧闭，我们把相机伸进大门栏栅，才把大楼拍了下来。

（俄）联邦政府大厦（白宫）

绕到大楼后面，是个公园，从设施上看，这个公园的主题应是儿童乐园，有许多供儿童娱乐的设施。有许多儿童在玩滑雪、戏雪，在喂鸽子、麻雀……

政府大厦后面的儿童乐园

公园里面，有一个20多米长的“宣传广告栏”，走近一看，张贴的全是发生在1993年的“十月事件”拍摄的照片、当时的报纸和新闻图片等。宣传栏旁边竖有一块小纪念碑，有人去献了许多鲜花。1993年10月的“炮打白宫”事件是俄罗斯历史上的一个转折点。1993年10月3日，俄罗斯时任总统叶利钦发布在莫斯科实行紧急状态令。4日凌晨，俄政府军奉命进入莫斯科。8 时许，政府军的数十辆坦克和装甲车包围了议会大厦，随后发起进攻。政府军同忠于议会的战斗队进行了长达10个小时的激战。最后，议长哈斯布拉托夫、议会任命的代总统鲁茨科伊

以及支持议会的几名将军被捕。据官方宣布，这场流血冲突造成142人死亡，744人受伤。事后，新闻媒介称之为“十月事件”。“十月事件”缘于总统和议会的对峙，导致在莫斯科市区发生武装冲突并造成大批人员伤亡。在很大程度上它代表了苏维埃制度在俄罗斯的终结，俄罗斯总统集权制的诞生，因为“十月事件”，俄罗斯完成了从议会制共和国向总统制共和国的转变。

位于联邦政府大厦后面的（俄）1993年事件“宣传栏”（“民主墙”）

使人感慨的是国家政府大楼，透式围栏的后边，竟然是不设防、不检查出入的，供人们享受的公园——儿童乐园。这是不是以人为本？怎么考虑安全问题？一连串问题，在我脑子里重复着。要知道，这座大楼，曾在1993年事件中，被叶利钦总统下命炮击过的呀！

这个展示1993年“十月事件”的宣传栏，是俄罗斯的“民主墙”吗？是当今俄罗斯民主的像征吗？群众有民主吗？俄罗斯现在究竟是一种什么样的政治民主制度？今天在公园所见，引起我许多猜想……

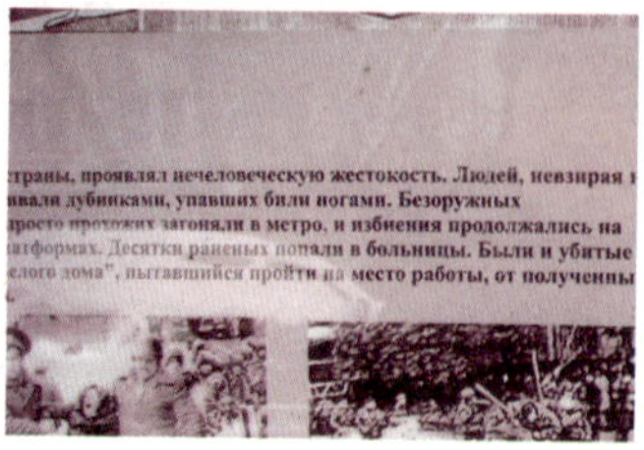

被勒令删除美国驻俄大使馆照片

大街上“苏共”标志

供热厂的大烟囱

赌场

教堂门前的队伍

今天在莫斯科逛了基铺火车站，过了一座莫斯科河的桥，去了新、老阿尔巴特街、在乌克兰饭店、外交大楼建筑、著名大教堂、商店……拍下了许多照片。

当路过美国驻俄大使馆时，我们在其对面以美国大使馆为背景拍了两张照片，使馆的警卫立即跑了过来，要求我们删除已拍的照片。我们争辩说，没有看到在此处不能拍照片的任何告示。但警察仍坚持要求我们删除拍下的两张相片。为了避免新麻烦，我们最后还是删除了这两张照片。

乘火车回圣彼得堡

今晚10：10，我们将从莫斯科乘坐火车返回圣彼得堡。从莫斯科到圣彼得堡的火车软卧票价为1700卢布/位。

下午7点，裴玉芳参赞给我们送来了她和她的同事们积累的许多关于俄罗斯教育等方面的书面资料，并亲自驾车把我们送到火车站。真是感激这位可亲可敬的女外交官！

八、走向米昆 沉下基层

2007年12月3日

一个重要的决定——到科米共和国访问

俄罗斯的朋友们帮我联系到基层去考察
斯温达（左一），日格拉依（左二）

进入12月份，我们的访问已接近四个月，天气也日益寒冷。来俄罗斯之前，看到过一些报导，说俄罗斯的冬天非常寒冷，北方居民因为缺乏供暖设施、缺少衣着和食品，经常挨饿受冻。我们想在隆冬季节，看看俄罗斯农村居民是如何过冬的。了解俄罗斯农村居民社会保障的落实情况，是时候了。

为了得到最真实的第一手资料和最真切的感受，我们作出了一个大胆的重要决定，准备在隆冬季节到俄罗斯北方农村去一趟。

斯温达是张逸群先生的好友，她的好朋友日格拉依是俄罗斯北方科米共和国人，曾经在当地基层做过警察局长，前几年在圣彼得堡警官大学学习培训，毕业后留在学校当教官。张先生建议我们，可考虑先找日格拉依讨论一下，可否到科米共和国去考察。

今天，12月3日，是斯温达女士的生日，我们邀请斯温达和日格拉依与我们一起在圣彼得堡的“天津饭店”共进晚餐，以此祝贺她的生日，并想借机请日格拉依帮助我们策划并联系去俄罗斯北方科米共和国的农村考察事宜。

我们为斯温达准备的生日礼物很简单，这是根据张先生的建议准备的。张先生说，俄罗斯人，对节日、生日、亲友串门来往等，不提倡送大礼，一般都是送鲜花、巧克力，还有的带上一瓶酒。席间，我们给斯温达送上广西壮族群众手工绣制的“壮锦挂包”和一枚有宋庆龄主席肖像的中国人民银行发行的普通纪念币，斯温达非常高兴。日格拉依还知道宋庆龄主席曾担任过世界和平理事会的领导成员和中苏人民友好协会主席。

对我们提出想去“科米”(Республика Коми)访问，日格拉依表示愿意为我们联系，并提供必要的帮助。但他主张我们乘飞机或乘火车去。他特别强调，今年到目前看，虽属暖冬，但“科米”在北极圈内，气温已是零下二十多度了。我们是中国南方人，万一大冰天雪地把路封堵了，会冻伤的，非常危险。他说：“我不主张你们开车去，除非我能陪你们去。不过，我这段时间请不了假啊！”

我们边用餐，边向日格拉依了解“科米”的情况和去“科米”的路途状况。日格拉依看到我们的诚恳与兴趣，答应为我们联系访问科米共和国乌斯季维姆区下属的米昆镇（市）(Г. Микунь)，并为我们做好联络和安全保卫工作。

我们这一餐饭吃了近三个钟头，大家都很兴奋。我们特别激动，因为，我们有望实现一次全程由民间安排的俄罗斯北方之行的实地考察，我为有幸能在异国他乡看个“真”而庆幸。人生不就是求个“真”吗？在当今，社会出现一股“浮躁”的大潮下，形式主义和造假已十分严重，能去感受“真实”，这才是人生的幸运与幸福啊！

2007年12月4日

为去北方考察认真“做功课”

我和张志，都是从小就生长在中国南方广西壮族自治区这块热土上，这是一块民族自治的热土。而科米共和国，则是俄罗斯少数民族——科米族的聚居地。

从它的地理位置上看，科米共和国位于东欧平原的东北边区、乌拉尔山脉的西部，在北极圈内，气候寒冷。科米共和国领土面积为41.59万平方公里。这里世代聚居着俄罗斯的“科米族”居民。

1921年8月22日建立科米自治州，1936年12月5日建立科米苏维埃社会主义自治共和国，1996年8月21日改称为科米共和国。

共和国的行政单位为16个区、7个共和国属市、3个区属市、1个市内区、40个城镇、188个行政农庄村。共和国的首府是瑟克特夫卡尔市。2002年的统计资料显示，科米共和国共有居民人数为1018674人。其中，城市居民人口766587，占总人口的75.3%。农村农庄居民人口总数为252087，占总数的24.7%。

科米共和国的工业主要有煤炭、石油、天然气及其他矿产的开采工业。重要部门有木材加工业、煤炭业、石油天然气业。科米共和国主要的农业部门有肉奶畜牧业和北部地区的养鹿业，饲料作物占据了大部分的农作物播种面积。

张逸群先生是我们来俄结识的最好的挚友。他说：“为了得到真实生动的第一手资料和亲身体验，科米之行，我愿开自己的车和你们一起去。”

我们相信张先生的智慧与能力，也决心不畏艰难、不惜代价，三人结伴自驾拉达小汽车，作一次行程为3500多公里（往返）的

从圣彼得堡到科米共和国的米昆

1.圣彼得堡　2.季赫温　3.沃洛格达　4.巴布什金村　5.大乌斯秋格　6.科特拉斯　7.瑟克特夫卡尔　8.米昆

冒险旅行。

为了这次冒险之旅，我们做了自己能够想到的一切准备工作：

对采访的单位、人员、内容作出全面企划；

带足衣物、干粮和饮用水，把车子（包括座位底）的空处塞满为止；

充分了解行程路线，打听每段道路的路况，了解近期天气预报。全程将要经过四个州，需要穿林海、过草原、越冰河，还要访农村、夜宿农户；

绘制日程线路图（详见上图），摸索着寻找联络人和通讯方式；

检修“拉达”小车，备上新车轮并把四个车轮打上楔子，以防“打滑”；

……

2007年12月6日，开始科米共和国之行

第一站——张先生的“家乡”季赫温市

去科米的第一站，是张先生的“家乡”季赫温市。我和张志从圣彼得堡出发，张先生在季赫温等我们会合。

早晨六点起床，外面雪雨交加还下个不停。早餐后，我们带好行装，打个的士到达圣彼得堡汽车总站，乘9:10的大巴士前往列宁格勒州的季赫温市。我们要先在季赫温市住一晚，会同张逸群先生进一步做好去“科米”的准备工作。

风雪天，路难行。大巴车经过四个多小时才到达季赫温市。我们入住在季赫温市一个全是木屋的小宾馆里，设施简陋的双人间，每间要2000卢布/晚。我们的晚餐是在张逸群先生家里和他们一家人一起吃的。餐后，与他的妻子卡佳、女儿丽莎聊天，11点多才回到旅馆。

回到宾馆，我们再次仔细考量了日程安排，细细检查了行装，才放心躺下休息。

最忠实的朋友：张逸群先生和他的“拉达小车”

2007年12月7日

小餐馆的世界地图

上午11时40分，我、张志以及向导兼司机张逸群先生从列宁格勒州的季赫温出发，以拉达小轿车为工具，向科米共和国挺进了。张先生的“拉达”小轿车上装满了行李以及备好的水和食物等。下一站目标：沃洛格达州(Вологодская область)的州府所在地，距季赫温全程500余公里。

离开季赫温，一路上风雪交加。经过两个多小时行程，到达了列宁格勒州的一个小镇萨佐诺。张先生把车停在小镇的文化中心楼前，我们到小镇商店参观了一下。广场上有一家卖帽子等小商品的小摊，大风把篷子掀开，把摊点的东西吹得满地都是。

萨佐诺小镇广场上的小摊

稍后，雨雪停了，但天色阴阴的。我们继续前行。

晚上7点多钟，到达沃洛格达州的州府。接待我们的是一位季赫温的俄罗斯朋友尼古拉的侄子谢尔盖。

在宾馆住下后，我们和谢尔盖到一家餐馆吃晚饭。小餐馆不大，只有五六张桌子，吃饭的人不多。有意思的是，远道来此就餐的，店员都会叫你签名留念，我这个不愿意

就餐——远道而来的客人，请签名留念

在沃洛格达研究前方路程

公路上汽车上落点的“避风屋”

在旅游景点上题字签名的人，这次竟也认认真真地用中俄文签上了自己的大名。店里还有一幅世界地图，店员问清楚客人来自哪里，如果是第一次有客人从那个地方来本店，店员就会在世界地图上找到这个地方的方位，然后作个标记。我们的家乡——中国广西南宁市，也因此在店里的这张世界地图上画上了明显的标记。

这一路上，我感到最新鲜的是公路边的公共汽车的候车站点。不同地方，候车站点的建筑各不相同，有的是砖混结构，有的是小木屋；有弧形的，有方形的……。这些候车点都建得非常厚实，里面能避大风雪。它在寒风中，默默地祝福人们，“一路平安！”但一路上，极少见到有人在候车。

2007年12月8日

参观沃洛格达州府

今天是周六。早餐后，谢尔盖和他的妻子斯温达来到宾馆，陪同我们参观沃洛格达州府市容。

沃洛格达市中心广场
谢尔盖（右），斯温达（中）

这次在俄罗斯“游学”，给我印象最深、感触最多的是，在俄罗斯，不管是城市，还是村镇，人们的文化底蕴都不错。

我们首先参观了州博物馆。博物馆的藏品非常丰富，除了文物外，还有不少当地的生活、文化、经济、宗教、娱乐的实物展出，既可供游人了解当地的历史文化发展，又是当地人的一个知识库。展品中，有大量的当地动植物标本——飞禽走兽，昆虫鱼类，实物和图片都有。

从博物馆出来，我们又参观了文化广场。广场上立着很多雕塑，有在俄罗斯各地都能看到的列宁塑像，也有当地的历史名人雕塑。围绕着广场

参观沃洛格达州博物馆

文化广场上的列宁塑像

红彤彤的小果树

的人行道上，有一种挂满了红彤彤的小果的树，经冬而不凋，在严寒的冰雪里，益发红得透亮。我虽在国内和世界多个地方行走过，却也从未见过这种“冬果”。这一小团一小团的红艳，透着别样的骄傲和喜悦，令我久久不忍抽足离去。比起国内的寒梅，这果子更多了几分娇艳。

广场的边上有一座小教堂，雪白的墙，灰色的圆尖顶，十分小巧精致，仿如进入了童话世界。

教堂

从城市中间蜿蜒而过的小河已经完全冻结了。三三两两的人们在冰封的河面上凿个冰洞，不畏严寒，兴致勃勃地在捕鱼。

市民在小河里凿洞捞鱼

城市不大，新建筑也不多。还有半个多月便到圣诞节了，可见高大的圣诞树上挂着各式各样的彩球、彩带、彩灯，帅气而又靓丽。街道上，穿着冬装的人们匆匆而过，整个城市散发着欧洲小镇特有的安宁气息。这气息，与中国南方全然不同，令我这个南方汉子为之惊叹。

下午，我们离开州府，启程前往巴布什金村。

从沃罗格达到巴布什金村的路上

村里第一次来外国人——入住巴布什金村农户家

下午1时多，我们三人在沃洛格达州吃过午餐后，驱车前往去科米途中的第二站——沃洛格达州的巴布什金村（Село имени Бабушкина），并入住村民家里，实地综合考察一下俄罗斯农村现状。列宁格勒州季赫温市的朋友尼古拉的兄弟住在巴布什金村，他在这一站接待我们。

从沃洛格达州府到巴布什金村大约260公里的路程。由于风雪较大，路面覆盖着冰雪，车子打滑，我们行驶得特别小心。

俄罗斯没有高速公路，这段公路的路面状况相当于我们国内的二三级公路，路面不错，来往的车不多，行驶还算顺畅。

下午才5点多，天已经暗下来了，我们到达巴布什金村。这是一个有5000人居住的村子，在俄罗斯属于比较大的村庄，在我国出版的俄罗斯地图上（中文分州图）可以找到巴布什金村的明显标识。

温馨的农村家庭

尼古拉的侄子瓦洛佳开着小轿车在村口接我们，并把我们领到他父母家里去住。院子里满是厚厚的积雪，在北国漆黑的夜里，反射着幽幽的光亮。

村民尼娜的木屋里

瓦洛佳的母亲尼娜热情地招呼着我们。瓦洛佳婚后和父母分开住，但两家相隔不远。尼娜是村里学校的图书管理员，丈夫谢尔盖因中风半瘫，语言、行走都有障碍。

从我们一路住过、看过的农村、乡镇的居民中，尼娜一家的生活是比较穷的。但在我看来，也已是温饱有余。

尼娜的房子已经建了20多年，有130平方米左右，一厅两居室，厨房、厕所都比较宽适。她原先住的木房子已经有70年历史，约有90平方米，现在是儿子瓦洛佳、儿媳及刚出生的小孙子住着。

房子收拾得很整洁、温馨，和城市居民所布置的没有什么两样，进房间和卫生间都要脱（换）鞋子；贴着墙纸，铺着木地板，烧柴火的炉子供着很温和的暖气。客厅里有地毯，壁上有挂毡，橱柜里摆满了书籍、小相片架和茶具。房子里有布艺沙发和吊灯，一切都显得非常雅致。家用电器一应俱全，包括冰箱、烤箱等，虽然显得有些老旧，但是很实用。

尼娜坚持要把我安排在她的主卧室，她自己则和丈夫住次卧房。我的助手和老张则睡在客厅里，布艺沙发一打开，就是两张活动的床。比住小宾馆宽畅舒适多了。

安顿完后，尼娜很快就把晚餐准备好了。

村子里没有来过外国人。尼娜说，“全村人都知道有中国人要来了，但都不知道该怎么接待。”她不肯收我们的住宿费。我们只好去村里的商店买些食品和饮料。这商店和城里的小超市差不多，有丰富的日用品和食品出售，有4个售货员在上班。

巴布什金村的食品店

尼娜的媳妇回娘家去了，她把邻居娅妮一家三口也叫了过来，我们主客一起共九人，热热闹闹地吃晚餐。

主人十分热情，做有土豆牛肉、鸡肉等五个菜，加上沙拉等一些家常菜，主食是面包片。互道问候及祝福后，晚餐正式开始。我们喝的是主人自制的水果饮料，没有喝酒。

席间，大家谈笑风生。我们对俄罗斯农村居民的生活、社会保障等话题非常感兴趣，主人们则好奇地打听着中国人目前的生活。令我吃惊的是，这两户人家都有两人是大学生，他们都曾阅读过斯大林关于社会主义经济问题的著作，对国民经济发展等国家大事也能侃侃而谈，说得头头是道。他们还谈普希金，谈大学的教育等等。我们从他们的言谈和房子的布设中感到，这个村的村民文化素养的确很高。

村民尼娜在家里招待我们

饭过一半，他们还为我们唱起了《莫斯科郊外的晚上》、《三套车》等歌曲，都是我们在国内的时候耳熟能详的。如今，听着悠扬的旋律由这几位俄国农村朋友唱出，浑厚朴实的声音回落在温暖的小木屋里，分外亲切和感动。那种感觉，和在国内听CD、在晚会上听音乐家们的高歌大不一样。相比之下，我更喜欢尼娜他们这样溢着乐观本质的质朴的声音。在这歌声中，我有一种奇妙的感觉，仿佛旧日的岁月在这异国他乡的夜晚，重在脑海里一一闪现。俄罗斯的历史、文化和音乐曾经影响了中国的几代人，包括我这一代人。那个年代的痛苦和欢乐是我们那一代人共同的记忆，无法回避，也永远无法从心底里抹去。

作为世界上领土最大的国家，俄罗斯的历史一直充满着磕磕绊绊，它几度衰落，又几度崛起。但是，他们的文化却一直传承了下来。现在，坐在我身边的这几位普普通通的俄罗斯村民，他们的文化素养，他们面对生活的改变安之若素的平静，以及他们从容豁达的生活态度都令我为之感叹和动容！我情不自禁地用俄语，和他们一起合唱了《三套车》……。

2007年12月9日

农村第一晚，一夜无眠

尼娜的木屋里

昨晚基本没有睡着，睁着眼睛到天明，只是早晨闭目养了养神而已。

在国内，自从80年代以来，我都没有在农家住过了，更没有在异国他乡的农民家过过夜。到达这里之后的晚餐、喝饮料、交谈、歌唱……神经被刺激得兴奋不已，各种各样的思绪不断涌上来，脑子里根本就不得安宁。

尼娜家里虽然不富裕，但是却非常整洁温馨，家人都显得很有涵养。俄罗斯的农家都像尼娜的家这么整洁吗？她们都读过斯大林的书吗？

尼娜也是到了很晚也还没睡，在厨房里不时弄出响声，她还在干什么？

尼娜的儿子出门时，我们都没有去锁门。晚上不上门锁，我们的口袋里都有些"美元"，能安全吗？

我现在盖着尼娜的被子，似乎有些不太习惯的味道。室内暖气很足，我只盖了半截身体就已经热得冒汗了。俄罗斯的农民，都能这样温饱过冬？……

虽是一夜无眠，但没有感到难熬。还在兴奋之余，天就亮了！

巴布什金村见闻

和尼娜等早餐时交谈

早上，尼娜叫来了邻居娅妮，我们一起吃早餐，边吃边交谈，足足吃了一个半小时。餐后，在尼娜的带领下，我们参观了巴布什金村。

迎着风雪到户外，看到这个村的冬天真美！白茫茫的雪地一望无际，在这苍茫之下，村民的木房子显得越发矮小了。已经快10点钟了，除个别村民的房顶有炊烟外，恐怕多数人都还未起床。村子里静悄悄的，我们四人踏雪串村，引得全村的狗都叫起来了。

村道较宽畅，小坡上一排排的木屋排列着，显得很有层次。道路边树不少，但都落了叶，成了顶着雪的“枯树”。偶尔能看见村公共汽车穿过。路边的木屋檐下、空地上都堆满了很粗的木材用作柴火，据说，全村都有煤气用，但同时烧柴火的仍为多数。

村里的机构和设施一应俱全，村政府、俱乐部、老人院、学校、医院、商店、食堂、咖啡馆、赌场、村文化广场……。文化广场上还有近十尊英雄和名人雕像。这些建筑物连成一片但是又互相之间保留着宽阔的空间，乡村道路四通八达。

有一条已经结了冰的小河，曲折迂回在村里。我们走到村子的高处四

巴布什金村一角

处远眺，好一个辽阔的大村庄！安静如雪，恬美如画，让人精神一振。

村里的俱乐部

在村食堂、俱乐部，无论见到青年人、老人、孩子，他们都彬彬有礼，笑着与我们打招呼。我发现他们都是无忧无虑的，包括尼娜在内，虽然丈夫半残，还能如此乐观豁达。

在俱乐部里，有打乒乓球、桌球的，有在舞台上排练节目的青年人、中年人，俱乐部四周都放有电视。

村里的姑娘们也很灿烂

在食堂里，一群姑娘正在就餐，见到我们，一个个都乐呵呵地和我们照相留念。她们穿着多彩的冬装，绽放着灿烂的笑容，如果不是知道自己身在何处，我分别不出她们是城里的还是农村的姑娘。她们说，去食堂的人一般是不愿在家里做饭的，有时亲友客人来访也愿意去食堂就餐，食堂的价位比咖啡馆和其他餐馆便宜一些。我问尼娜食堂是否有国家的什么补助，她说不知道。但赌场白天却没人问津了，只好关门大吉。

这个村有5000人口，我们走了一个上午，好像还没有走到一半。集中居住的居民应该是每户平均占地较多，户与户、建筑与建筑之间的空间较大，这与我国的乡镇街道居民房子的拥挤形成很大反差。

在苏联解体前，这个村以农牧业为主，有1000多头奶牛，现在只有100多头了。地里除了种些土豆外，大部分成了草原。人们似乎过的就是城市生活，人们多在村里的邮政、学校、村政府机构、商店、医院里就业，还有的搞运输谋生。这里的一条小河叫盐河，有些人还蒸点盐卖。全村劳动力好像人人都有工作，不存在就业问题。

俄罗斯的地方政府，农村在1000人口以上就可单独设置地方政府了。尼娜告诉我，这个村的政府经常开会，居民很乐意参加开会。他们参加选举，讨论办公益项目、办企业等等各种事情。尼娜说，村里讨论事情比较民主，选举村干部也民主投票，实行村民自治。

在这个村，医院医生的收入是比较高的，月收入7000多卢布。如果是从城里派下来的医生，不仅保留在城里的月工资标准，还另加1万卢布的补助，每月收入能达1000美元左右。但这些医生都是来一两年就走，走一批又来一批。

村里的小朋友

村里办有幼儿园，不交学费，但每个小孩每月要交500卢布的伙食费。一家送两个小孩入园的，也只需交500卢布。幼儿园的孩子们每天都能喝到一瓶牛奶。幼儿老师的工资由上级统筹。

村学校实行11年义务教育制，

村里的学校

有学生400多名，教师50名，另有10多名工人。我们参观了学校的室内篮球场和运动场，设施都还不错，冬天供暖也很好。学校自己还种点地，有点农产品，教工中午用餐花的钱很少。学校一学年放假四个月。尼娜在村校图书馆工作，月工资3000多卢布。

另外村里还有免费的老人院，条件不错。尼娜介绍，第二次世界大战时，全村有近50位村民参加了战斗，有40多位战士牺牲了，现活着的只有几个人了。这些老战士们的月补助至少有1000多美元，免费看病，每年可免费去外地疗养一个月。村里有个疗养院，也可以疗养。有些是丈夫牺牲了的，其妻子可享受这些待遇。最近政府统一加薪，老战士每个月加1000卢布，其他人员加500卢布左右。

有村民告诉我们：“苏联解体后，俄罗斯有一段时期经济十分困难，我们居民困难极了，常常领不到工资。普京领导以后都能领到了。”

这里家家户户门前门后都堆满了柴火，很多都是一个成人合抱粗细的大树。一问才知道，附近就是森林区，他们说是无边无际的林区，国家规定砍树要报批，可是谁也不去报批，也没人管。虽然做饭用的是罐装煤气，用电也不贵，但是到了冬天，家家户户都去砍林木，烧炉子取暖、给桑拿房烧热水。村民告诉我，“这一带林木的砍伐量和种植量还是平衡的，木头用不完。”

村里快乐的人们

昨天晚上，尼娜的儿子瓦洛佳叫我们去看他的居屋，我们观察到一件很有趣的事。当我们离开这间屋子时，瓦洛佳将一把小扫帚置靠在门上，我问他：“这是为什么？”他说：“告诉我的朋友屋里没有人”。原

村民的桑拿房

来，他们外出不锁门，而是以这把扫帚为信号：有人在屋里时，就将扫帚移开。据说，全村都这样，大家一看便知。这使我想起了解放初期，我儿时，我家乡农村里也是“夜不闭户的”，那时，也没发现过小偷。

这天晚上，我的助手张志和瓦洛佳一起去参观了他的桑拿房，张志还洗了个桑拿浴。张志告诉我，他们洗时还用一种树枝互相抽打身子。我后来去看了，这房子真“热”，炉子烧得很旺。瓦洛佳教我生炉子的方法，主要是用干桦树皮来引火，那树皮像纸一样，一点便燃。他们的炉灶做得很好，非常省柴火，灶门周边也没有烟熏的脏迹，真干净！

告别巴布什金村，来到大乌斯秋格

下午3点多，下起了大雪。我们就要告别尼娜，前往大乌斯秋格了(Великий Устюг)!

鹅毛般的大雪一片片飘下来，打落在我们身上。尼娜的儿子瓦洛佳为我们检修好车子，并开到路边。尼娜则依依不舍，情不自禁地帮着我们拿着小件

离开巴布什金村

行李，踏雪送到路边。村子仍然十分宁静。

“谢谢您，太谢谢您了，尼娜！我们要再见了”。

我们每个人都和尼娜紧紧地拥抱告别。上了车，渐渐行远了，车窗外，依稀还看见她在向我们挥手……

我们住在尼娜的木屋里

我们不时回头，看看这村子，看看尼娜。大风雪中，我们又前行了……

从巴布什金往大乌斯秋格，全程为260公里。

汽车行进在大风雪中，前雨刮一直喳喳作响。我们的车时而穿过林区，时而穿过冰雪覆盖的河流、田野。路上有很多车辆来往，但没有看到行人。车子在冰雪路上摇摇晃晃，我们坐在车上，不由自主地唱起了“冰雪覆盖着伏尔加河……”下午4点半时，天就已全黑了。经过五个多小时行驶，终于看到了大乌斯秋格小镇的灯光了。这时，已经是晚上8点多钟。

我们在季赫温时，就通过季赫温朋友尼古拉的联系，准备住在尼古拉的亲友阿丽娅家。由于阿丽娅家今晚有客人住，临时安排我们住在其邻居卡丽娅家。

我们的车子停靠在大乌斯秋格的路牌下，等待着住户来人引路。这时又饿又冷。下来动动腿，全身冷得打颤了，大概是零下10℃以下吧！

10分钟后，卡丽娅的丈夫开着车子来了。在主人的带领下，车子又开了约半小时，到了卡丽娅的家。她住在离大乌斯秋格市中心十多公里的村落里，夜幕中我们看到这里约有七八户木屋住家。

再次借宿农户——入住卡丽娅家

卡丽娅，大约有50开外，和前夫有五个子女。现在和丈夫及女儿莲娜同住。卡丽娅在附近开有商店，丈夫则跑运输。从她家里的房子和设施观察，生活要比巴布什金的尼娜一家好多了。

卡丽娅很热情地欢迎我们、招呼我们。她家的房子是两层的，一楼有三个居室和一个小厅，有特别宽敞的洗漱间。卡丽娅把我们分别安排在一层的三个房间，把莲娜的房间也腾出来了。她一家三口则到楼阁去睡。卧具很干净，房子也打扫得很整洁、舒适。

和尼娜家一样，主人要求我们入室要换鞋子或脱鞋子，上厕所也一样，到处都非常干净！从我们这段时间走过的一些俄罗斯普通村民来看，俄罗斯村镇的居民大体如此，爱整洁讲卫生。

晚餐是土豆牛肉，主食面包。饭后，莲娜把我们带到她的房间。漂亮的莲娜平时喜欢拍照，也喜欢收集各种图片，她打开电脑，为我们介绍大乌斯秋格当地的情况。莲娜是卡丽娅最小的孩子，现在在读师范大学。她说选择读师范，一是兴趣所在，二是因为读师范不用交学费，住校的学生每月只需要交150卢布宿费。莲娜说：“我特别喜欢当老师。”

夜宿村户（村民卡丽娅家）

2007年12月10日

俄圣诞老人的故乡——参观大乌斯秋格

大乌斯秋格小镇风貌

我们今天10点起床后，把早、中餐一起吃了。餐后，先去找洗车店洗车，然后参观大乌斯秋格市容。据说大乌斯秋格是俄罗斯圣诞老人的故乡，我们也借此机会品味一下俄罗斯农村小镇的冬韵。

大乌斯秋格小镇建设得的确非常漂亮，“童话”一样的世界。那邮局，那教堂，那小商店，无不充满浓郁的西方童话的神韵。河水结了冰，反而把两岸的建筑映衬得更加灿烂了。冰天雪地的世界，正是圣诞老人出行的好时节呢！冬天都如此美丽，我想，小说讲的天堂就是这样吧！

这里的邮政信封上标明“俄罗斯圣诞老人故乡”的字样。我们到邮局，每人都给家里的老人或小孩邮寄了明信片。张先生还给他女儿邮寄了圣诞礼物。

圣诞老人故乡主题公园内

晚上7点多，我们去参观圣诞老人的园林主题公园。由于已下班，我们经过交涉才被特许入园。园内人很少，但灯光很亮，到处都装点得很美。这里有许多小孩游玩的设施，里面还有圣诞殿堂屋，我们很有兴趣地录了像，拍下了许多相片，还在“圣诞老人”办公的地方“签发了文件”，乐滋滋地做了一次圣诞老人！

“得感谢普京”——到阿丽娅家做客

在村民阿丽娅家做客

今天晚饭后，已是9点多钟了。我们去拜访邻居阿丽娅。

阿丽娅一家四口住在一起，她在大乌斯秋格的邮政所工作；丈夫退伍前在俄海军陆战队服役过，现在跑运输；大儿子和他丈夫一起跑运输，小儿子在航校读书。

阿丽娅的家是我走访过的这些俄罗斯村镇人家中生活较好的。屋里布置得很整洁，书柜里的书籍很多，墙上挂满了精美的油画，屋里还有运动器材，其小孩关在房子里玩电脑……用具显得典雅高贵。

我们互送了纪念品，主人送给我一对野生鹿角！

男主人尤里说，俄罗斯农村的人都比较懒散，现在在俄罗斯的农村，只要勤劳一点，生活就会过得很好。尤里自己买车搞运输，主要是跑大乌斯秋格到圣彼得堡这条线路，月纯收入有四五万卢布。阿丽娅在邮政局工作，月薪也有8000多卢布。房子最近装修过，很舒适了。尤里笑着说：“现在的生活，我很满意。得感谢普京了。”

从尤里的话中得知，苏联刚解体的那几年，经济不景气，社会上抢劫和偷盗的现象较多。现在生活稳定，这些现象也很少见了。他们载满货的车子，在半夜里行车，晚上穿越原始森林区也都是非常安全的。这里的住户，白天都是大人上班、孩子上学，基本上都没人在家，也从没有发生过被偷窃的事情。

阿丽娅和尤里夫妇俩都非常健谈、好客，不知不觉中，便到了晚上11点了，我们起身向热情好客的阿丽娅一家告辞。

2007年12月11日

离开卡丽娅家

离开卡丽娅家时

我们早上起来时，房东卡丽娅已把早餐做好，有面包，肉菜和饮料，还有鸡蛋……放在热水锅里保着温。卡丽娅一家三口人都上班、上学去了。

我们今天要离开继续赶路，昨天晚上，卡丽娅就告诉了我们，他们要早早出门上班工作，会把一把门锁放在餐桌上，吩咐我们离开时，锁上门就可以了。考虑到我们三人在此食宿了两天，吃住都比一般宾馆好，又非亲非故，我们决定支付给他们5000卢布。女主人卡丽娅收下后，说了声谢谢，转身就把钱放在卧室的台面上。今早起来，我看到，这钱依然放在桌面上。

10：20，我们带好行装，锁上门，在房子的栏杆旁拍了张照片。坐上车，心里还在默念着：“卡丽娅，谢谢您，再见了！祝福你们全家幸福安康！”

我们就这样离开了大乌斯秋格，离开了这圣诞老人的故乡。

艰难的旅程——穿越原始森林区

从大乌斯秋格到目的地米昆，全程580公里，要经过阿尔汉格尔斯克州，和科米共和国的首府瑟科特夫卡尔市，其中，还要穿越阿尔汉格尔斯克州(Архангельская область)的原始森林区。

上午10：20出发时，风雪交加，天昏地暗，路上见不到行人。一片白茫茫，除了旁边的光秃秃的大树，就是一片冰天雪地。我们打开车大灯，张先生睁大眼睛，还是看不清前面的路。他只好凭着感觉和经验，把车速降至30公里/小时，带着我们颠簸在冰雪路上。

穿越原始森林时

室外已是零下20℃了，车上的空调不够暖，我坐在堆满行李的车后排，还不到中午，肚子就饿了。糟糕的是，矿泉水有半瓶已结成冰块，火腿肠咬下去，像吃冰棒一样，硬邦邦的。牛肉片已吃光了，面包片也剩得不多了。三个人，你推我让地把剩下的这些“冻食”干粮一扫而光。填了下肚子，我们又兴奋起来。

中午，车子在原始森林的林区道路继续前进，雨雪停了下来。我们担心车子开得太靠路边，掉下路边的排水道里，下车探一下路。张先生在俄罗斯十多年，冬天也没有在原始森林区开过车，我们在兴奋之余，早已忘了还有什么值得害怕。下了车，看到到处都是厚厚的白雪，干脆坐到了雪地上，放松一下蜷曲的腿。张先生更是直接躺到了雪地上，以雪地为床，多么舒服啊！这一行，真是辛苦张先生了！

继续前行，到了下午2点多，又是风雪骤起。这时，天已漆黑一团，车速更慢了，我们开始感到孤寂和寒冷。雪花大片大片地落在前档风玻璃下，车的“雨刮”吃力地“吱哑吱哑”叫着，窗前的视线一片模糊。

在一个拐弯的地方，突然看到一处开阔地有灯光，啊！前面出现了两栋小木屋，木屋内外，灯光通明。木屋大门紧闭，没有一点动静。张先生凭感觉告诉我们，“这可能是林区管理部门的房子”。我们把车子开到木屋的房边，迅速轮流下车，不管三七二十一，在灯光下“方便”起来，“方便”完毕，又立即上车，立马关闭车门。这时，大家都长叹了一口气，觉得轻松多了……。因为我们听说过，冬天夜里车子路过原始森林，是不可以停下来的，因

为这个季节是北极熊最饥饿的时刻。我们也是借着这一刻的亮光，才敢下车解决内急。

晚上7时左右，我们的汽车终于驶出了林区，并从科米共和国的首府瑟克特夫卡尔市的城边而过，继续向目的地米昆市进发。谢天谢地，车子没有抛锚。

我对张先生说："您的拉达破车还真行！"张先生可高兴了！

警察局长的接待——到达米昆市

到达米昆的晚餐，尤里（右）

晚上8：40，我们的"小拉达"车，终于摇摇晃晃地进入了科米共和国的米昆市(Микунь)。米昆警察局副局长尤里来到路口接待我们。尤里是我们在圣彼得堡认识的俄罗斯警员日格拉依的好友，他把我们带到米昆市警察局门口。

我们换乘了警察局的车，尤里陪我们到警察局在当地的一个招待所去住。我们的车子则停放在警察局的门口。尤里说："这是为了你们的安全！"

尤里介绍说，这地方，极少有外国人来过，附近有座大监狱，监狱有很多犯人。光看守的警员就有280多人。这里有一个监狱管理的招待所，方便来往的警员食住。我们就住在招待所三楼的一个单元房里，两居室、一厨房，设施十分简陋。不过，我们已觉得，到这边远少数民族地区一个小市镇，能有如此待遇，已经很满足了！

放下行李，先填肚子。我们跑到一家咖啡馆，每人花了600卢布，吃些面包片和茶，把肚子填饱了。

经过了一日的疲劳，今晚睡觉一定很香。

2007年12月12日，最大收获的一天——米昆访问纪实

米昆市府：科米访问的第一站

参观米昆市办公机构及设施

历尽艰险来到米昆，我们决心要珍惜这个机会，抓紧时间采访。为了多采访一些单位和人员，我们一早就起来，自己动手做早餐吃。

快到10点，尤里来招待所带我们去访问。我们访问的第一站是米昆市政府。

米昆是乌斯季维姆区下属的小市镇，有1万1千多人口。我们踏着半尺厚的雪步行出门。街上行人很少。走了大约有40分钟吧，到了米昆市政府。女市长娜婕斯达和她的办公室主任奥丽卡女士已经等候着我们了。女市长娜婕斯达40多岁，较胖，很健谈、很热情。

市长在她的办公室给我们介绍了市里情况，再把我们带到市政府的各个部门去参观。

市长的办公室比较现代化，市府下设九个办公机构也一样，非常完善。我在我国南方的乡镇一级，很少见到这么好的办公条件。我很感叹，在俄罗斯一个边远的北方少数民族乡镇，竟然有这么好的办公设施。

交谈中，市长介绍：

明年，是米昆建市70周年。这个市是这个地区的铁路枢纽，附近有丰富的煤矿。本市在去年才设立独立的一级预算，财政收入为6000万卢布，其中只有1600万卢布是自己组织的收入，主要是个人所得税和土地税收入，其他都是区、州的拨款。财政支出的大头是教育，约占60%。市政维护包括道路维护费用，都由上级负责。市里有个铁路公司，有部分体育、卫生支出，由他们负责开支。市里的日子过得不错。

市府只有九个正式的行政编制，也就是九位行政管理人员，几乎全是女同胞。另有几个办事机构，共聘请有八九人。就这么些人，一起管理这个市的事务。这里的市长也是全市选民直接选举产生的！

市长说："我的理财思想，就是每年都把钱花光，第二年再向上级要。""我用钱，是先把办公室修好，您看到了吧？挺舒适的。"

参观米昆市办公机构及设施

市长说："刘教授，您是共产党员吧？我老公也是坚定的共产主义分子啊！您要不要和他们谈谈？"我说："那太好了！"市长说："我不是共产党员，明天，我请他们共产党员和您多聊聊。"

访问当地的医院

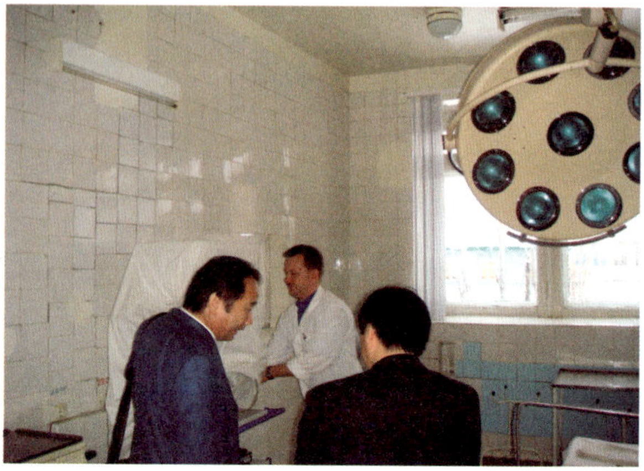

米昆医院的手术室

米昆市区只有一个医院，是和铁路医院共用的，提供服务对象是全覆盖乌斯季维姆区，医院仍归铁路部门主管。米昆市府办公室主任奥丽卡陪着我们去医院采访。

院长兼主治医生接待了我们。院长是个有点残障的中年大夫，医院就他一个领导。院长的办事效率很高，他带领我们几乎参观了医院的全部设施。医院的整体设施比较简单，但是称得上应有尽有，设备较好。

四层楼，病床共有百余张，内外科、妇产科等设置齐全，手术室、心电图室、X光室、药房、产房、注射室、理疗室都有。理疗室里还有从中国进口的足部按摩器呢，一个病人正在使用。我问她有效果吗，她说有。而手术室的设备则大部分是从德国进口的。

医院的医护人员平均月收入达2万卢布，医生的资格是全国统一考试认证的。

病人住院，不分企业职工还是当地居民，全都享受医疗保险，住院免交住宿费、伙食费。医院没有为当官的设特殊病房，干部群众同住一样的病室（四人或两人一间），干部就诊也没有特殊服务。

每年，政府都会对居民统一安排体检，体检费在医保经费统一开支。个人要求体检的必须自费。

我们去看了医院的食堂，炊事员正在配送午餐。每人一个荤菜、一个素菜、一个汤菜，面包不限量，伙食费全免。能走路的病人到食堂用餐，有桌子、椅子；走路困难的，由食堂工作人员送餐到病房。

来了位中国教授！——突访米昆第二学校

米昆市有多所学校，这里早已实现了11年义务教育制。

学校是我很想去访问的地方，昨天就提出了预约，约定去一家学校参观。今天我们在市政府和区医院访问完，正往预约的学校去时，突然被电话告知，这所学校的领导开会去了，要求改时间。我问市办公室秘书，附近是否还有学校，她说不远就有一所，但不如昨天预约的那所学校办得好。我们决定马上到附近这所学校参观。这就是米昆第二学校。陪同我们去的是市府办公室主任奥丽卡。

来到米昆第二学校，首先拜见了校长斯温特拉娜(Костарнова Светлана Кирилловна)女士，并向她说明了我们的来意。校长领着我们参观了她的办公室和两栋教学楼。校长边领我们参观，边介绍情况。我们深入到高年级、中年级、低年级的教学课堂，和这里的孩子们、老师们广泛对话和接触，还参观了电教室、实验室和室内体育运动场等。全程参观都是无拘无束的。

我们看到，学校的每个教室都明亮整洁，书架、桌椅、讲台，黑板都

很好，连窗帘布都很新很漂亮。每个教学班都不超过30名学生。学校一年级、二年级、三年级的教室里，学习园地布置得特别好。学校还有阶梯教室。

在一个三年级的教室里，一位女老师正在上语言课。校长带我们走了进去，老师把课停了下来，全体师生起立，校长说：“中国的教授来我们这里参观了！”学生们马上活跃起来，望着我们，他们立刻叽叽喳喳地互相交谈起来，显得比我们更兴奋。孩子们大都只穿单衣，十分活泼可爱。我向他们问好，祝他们学习好，并表示谢谢学校的热情接访。

我的话音刚落，就有学生要求我签名留念，有的拿着练习本，有的把教科书撕一页下来。我在黑板上写下“祝大家好好学习、天天向上”，并在坐第一排的两位学生的练习本上签上“中俄人民友谊世代相传”字样。结果，同学们的热情更高涨了，全班学生都要求签名。由于时间所限，按照班老师的建议，我在教室墙上的学习园地上签下同样的话。全班同学热

突访米昆第二学校

烈鼓掌，我也非常激动，并和该班老师、校长、同学一起合了影。

国防课专任教师（左）

我们赶往另一栋教学楼，去和高年级的同学交流。无论我们去到哪里，师生们都热情地和我们打招呼，有的说“中国您好”。交流中，学生有问中国学校学制的，问学什么功课的，还问我们为什么要到这儿来。要知道，他们都是第一次见到中国人，特别为中国教授的到来而感到好奇和高兴。

在走廊里，我们还和一位军事课的专任教员交谈了教学内容，合影留念。

在校长办公室里，校长进一步给我们介绍了这所学校的历史和其他一些情况。校长说，学校规定老师不能布置家庭作业。如果老师把学生留下来做作业是违反教育法的，是要受处分的。俄罗斯学生的学业负担不重。

校长温柔文雅，她非常爱她的事业，热爱她的学生，我们在她堆满书籍的整洁办公室照了相。她嘱咐我们，一定要把相片寄给她。这位校长是师范大学毕业后从外地来此任教的，我们还了解到，她的儿子在车臣战争中牺牲了。

我和张志为这个边远少数民族地区农村学校设施教育条件这样好，为这些少数民族师生的大方和热情而感到震撼。

以前在国内看到过一些报导，说俄罗斯的农村教育条件很差，看来这些报导并不全面。看看米昆的学校，他们过冬保暖多好，室外已零下25度，但这里的孩子在教室里只穿着单衣，是那么生动、活泼、可爱！

拜访乌斯季维姆区议长马拉费耶夫

访乌斯季维姆区议长马拉费耶夫（左二）

在市长和尤里的陪同下，我们驱车到乌斯季维姆区拜会了议长马拉费耶夫。按预约，本来是安排区长接访的，因区长外出开会，临时安排议长接待。

议长办公室较宽绰。互相介绍认识后，我先谈了访俄印象。议长对中国这些年所取得的成就有所了解，他对中国人的改革勇气和谋略表示钦佩。

议长介绍说："乌斯季维姆区有3.3万人口，包括米昆的1.1万人口。"

"中央对地方，特别是对我们民族自治共和国，这几年增加很多财力援助和专项补助资金。我拥护普京总统的计划，他对老百姓比较关心。按规定，集居地1000人口以上可以设医院或医疗点，我们区除一个大医院外，还设有17个医疗点。一会带你们去参观离这最近的一个村医疗点。"

议长介绍："退休金这些年都有增加。"

谈到社会保障的改革，议长认为：一是退休后的待遇应和能劳动期的业绩挂钩才好，否则大家都在等退休；二是社会保障待遇应尽可能货币化，如交通方面，免费坐车不如发补助金好。辖区内的公务员人均收入1.5万卢布/月，但这里的房价很高（1000美元/㎡），多数人要贷款才能买房住。

议长继续介绍说："本区有18个议员。区长由居民直接选举产生，区的委员们由区长提出候选人，经议会通过才能任命，区里大事项，如预算、决算等由区长提出，议会审定。"

"议会原则一个月开一次会。区长提的名单和事项，事先都和议长、议员充分协商，议会很少否决过区长提的重大议案。"

村子里的医疗点、博物馆和老人院

根据区议长马拉费耶夫的建议并陪同下，我们驱车前往5公里以外一个也叫乌斯季维姆的、有600多年历史的村子参观。这个村现有1400人口。下午4时多，我们到达村子时，天已经快黑了。村里灯光并不明亮，村里有一些古树、古建筑，还有小孩在村道上滑雪玩耍。

村医疗室在一栋平房里，房子里布置得十分整洁。有一名是专科牙医为主的全科医生，和四名医护人员在忙碌着。

我们参观了心电图室和注射室，看到走廊凳子上坐有4位等待就诊的病人。

我们走进诊疗室，一位中年女医生在为一位村民看病，她没有穿白大褂。女医生为这个病人看完病后，用惊奇的眼光看着我们，显得十分腼腆。我们简单采访了她。她介绍说：医疗点有一部救护车，小病就由医疗点处置，大病就开车往区里医院送。在这里看病、吃药、打针全是免费的，统一由医保费开支。

访村医疗点里的医生（左）

从圣彼得堡来科米的一路上，都听人们介绍过，俄罗斯的博物馆特别多，有不少村里都有像样的博物馆。

我们问带我们来采访的区议长，这个村子是否有博物馆。他显然很了解这个村，介绍说："这个村里的博物馆是民企支持、财政帮助建的，

村博物馆

现在还由民企来支持它的维护费用。博物馆有专职管理人员和讲解员。”议长还说：“当地学校，都要带着孩子们来这里参观，这是学校的教育课程之一。”

我们饶有兴趣地参观了这栋两层楼的村博物馆。

第一层：包括对村历史和村名人介绍，还有很多民俗介绍。这里还陈列了不少实物，有各个时代的农具、用具、穿戴物品等，从古到今，陈列有序，并且均配有详细说明。负责讲解的姑娘能为客人一一细细说来。

第二层：主要反映二战时期，本地的英模人物和历史，以地方史、村史为主，以歌颂卫国战争，民族的英勇献身精神为主题。感动之余，我和区议长、讲解员在一幅题为“为了祖国母亲”的宣传画前合影留念。

公民的文化道德底蕴决定着这个民族和国家不断发展的未来和希望。在俄罗斯农村的一系列考察访谈，让我们深切地感受到，俄罗斯公民文化底蕴的厚重和对公民文化道德教育的重视。

临走时，在客人留言簿上，我们写下“祝中俄人民友谊万古长青”的留言。

离开村子之前，我们还参观了村的老人院，现有十多位老人住在里面。由于天黑，时间也比较晚了，我们随区议长匆匆入内，只参观了十多分钟。

老人院里暖气很足，入门就觉得热了。小里厅坐着几位老人在看电视，走廊里一位工作人员在为一位老人太太梳理头发。老人们都衣着整齐。

一位80多岁的老人看到我们，马上笑容满面地迎上来，主动和我们打招呼，问我们从哪里来。据介绍，这是一位画家。他介绍说，在这里生活能吃饱、穿暖，比在家过日子还好。我还坐到一位老人身边，和她寒暄了几句。

村老人院

已是晚上8点了，太晚了，我们很快就离开了老人院。区议长请我们在村里的咖啡馆用餐。晚餐吃得不错，小馆子的食品种类还真的不少。

2007年12月13日

参观米昆市容

今天，大雪仍然飞扬，户外还是零下20多度。上午，在尤里的带领下，我们步行去参观市容。

先到火车站。在俄罗斯，无论到哪里，火车站的建筑都是一个景点。第一次得到这个印象是在20世纪80年代中期，当年，我们从内蒙古二连到蒙古国的乌蒙昨德，见到了苏联援建的火车站，这是一座很美的建筑，与之相比，那里破烂不堪的小镇建筑相形见绌。当地人介绍，它是那里的唯一景点。90年代初，我又曾从黑龙江到过海参崴，见到海参崴的火车站，这一印象又得到了实证。

踏雪到火车站，站门口停着一辆退役的火车头，见证着这里交通运输的发展历程。站在火车站的廊桥上，看见一列火车正向前方徐徐驶出……

我们还在市内找到一家照相馆，特地把昨天在米昆第二学校照的相片

米昆市容（街景）

米昆市容（火车站）

冲了出来，准备送给学校。

走一段路，仍觉得很冷，决定开小车到郊外看一看。米昆市很小，只几分钟，汽车就开到了郊外。我们看到一个输油储油的工厂，有几个工人在大雪覆盖的马路边上劳动。周边到处都是森林，我们下车沿着森林公路散步，欣赏米昆郊外的雪景。

与俄共产党基层组织座谈

在女市长的安排下，今天下午我们参加了米昆市的基层共产党组织座谈会。

下午3点，在尤里的带领下，我们准时来到米昆学校的一栋楼前。位于二楼的一个小房间，是学校无偿提供给米昆市共产党员基层组织的活动场所。

和（俄）米昆基层党组织的共产党员合影

我们进去的时候，这个基层党组织的负责人斯温拉娜女士和几位共产党员们已经等候我们多时。

大家一见面，就互相亲切拥抱，握手问候，彼此寒暄着。他们谈中苏的友谊；谈斯大林时期，很多中国人来苏留学；也说到当年苏联派出的工程师到中国帮助建工厂，共同建设社会主义……

这个基层组织共有9名党员，今天来了7人，年纪最大的70多岁，最年轻的一位新党员兰丽莎35岁。兰丽莎在米昆市文化馆工作，是去年申请加入俄罗斯共产党的。据她说，她加入共产党是“听老同志介绍党的主张，也看到自己身边的共产党员的行为之后申请入党的。”兰丽莎是个积极分

作者参加米昆基层（俄）共产党员座谈会

子，经常参加党组织的活动。

他们对我们能在这里会面，能见到中国共产党员，感觉十分高兴，并为在中国共产党领导下，中国人民进行社会主义建设取得的伟大成就而骄傲。

当知道我们是发自内心地想来见他们时，他们更兴奋了，连连说道：“我们感到特别亲切！我们都很高兴！”

在经过简短的相互介绍后，我作了简单发言，谈及中国改革开放30年来的成就，也谈到了我们党正以科学发展观为指导，解决当前经济建设中遇到的新问题，向他们介绍了中国共产党关于推进中俄战略合作伙伴关系的几项新举措。还介绍改革开放后的中国人民生活的改变，谈到我这次访俄的一些印象。

俄共同志的发言中，以市长的丈夫，学校的一位教物理的老师的发言，让我尤为震惊。他向我提的问题是：“刘教授，您和你们国家的领导，是怎么样评价你们的孔子的？”我回答说：“孔子是我们国家第一位办私立教育的伟大思想家、教育家。我很推崇孔子的一些教育思想。中国现在在外国举办的汉语学校，就是以孔子命名的。圣彼得堡大学就有孔子学院。”他认同了我的看法。至于谈到我国领导人是如何评价孔子时，我说：“我了解的情况不多，不过在我的记忆中，好像2001年至2003年左右，胡锦涛主席访问肯尼亚时，去看望了孔子学院的师生，并在黑板上写下了：‘海内存知己，天涯若比邻’的佳句。”

我当时想到的是，作为一位农村学校教师，他能提出如此深刻的问题，足可看出他关心的是一个民族的文化思想素质。同时也说明他对中国古代教育家有一定的了解。而我作为一位中国的教授，却对俄国古代教育家知之甚少，相比之下，有感汗颜！

俄共一位老同志发言说："共产主义幸福观，应该是全人类共同的理想。所以共产主义，是国际共产主义，共产主义的幸福观是最科学的。所以，无论俄罗斯发生怎样的变化，我都坚信共产主义的理想。"

他们认为："中国共产党领导中国人民在这些年取得的成就很伟大。"他们问及了我们现在的工作、日常生活用品的价格，中国农民领不领工资，农村学校是否有电脑、是否有劳动教学课……我们都一一作答。

他们在发言中，还争论俄罗斯总统的选举是真民主还是假民主，他们各持不同的观点，都在会上畅所欲言，一点也不避讳有几位中国人在场。

他们还介绍说，他们每个月都会过一次组织生活会，党的基层活动经费是自筹的。像今天的座谈会的经费也是自筹的。而今天活动地点则是学校无偿提供的。他们告诉我，党员出席政府的会议，比如选议员等等，出差的经费由政府提供。一些党员建议，他们的下次党组织会议应该讨论能否组织去访问中国。

傍晚6点多钟，活动结束了，我们互相依依不舍地道别。那位物理教师，还送给我一本他自己写的书。斯温拉娜则送给我一本介绍本市的书。我也给他们每人送了一件中国的小工艺纪念品，作为回赠和留念。

今天，和俄罗斯共产党人的接触，使我对这个国家的了解又更深入了一些。在中国的近现代史上，俄罗斯这位"近邻"的影响挥之不去。沙皇俄国，曾从我国夺走了大片土地，而我国则从俄罗斯输入了马克思主义，中国共产党以十月革命为榜样，建立了社会主义国家。从20世纪中期以来，中俄关系又经历了曲折。今天我们多方面、多角度地去了解俄罗斯、解读俄罗斯，对于我们从它的历史发展中吸取经验和教训，会有裨益。我非常珍惜这样的具体生动的访谈机会。

2007年12月14日

告别米昆

今天我们离开米昆，踏上了回程的路途。上午10点多，警察局副局长尤里来到招待所和我们话别。大家都有些依依不舍。

我们今天的行程是400多公里，要到阿尔汉格斯克州属的科特拉斯市住一晚。一路大风大雪，车行进得非常艰难。直至晚上八点多，我们才到达科特拉斯。

从这些天走过的城镇农村以及和俄罗斯朋友的接触中，我们发现，俄罗斯人对我们的公务接待，很热情，也很真诚，但并无我们在国内习惯了的公款招待。他们不请吃、不陪玩、不掏公款，而且基本控制在工作的八小时以内。更不会有宾客两三人，而陪餐人一大桌的现象发生。从州长到村里的干部，大家的接待基本都是这样，简朴而热情。而朋友之间的聚餐，也大多是AA制，各付各的费用。

在这次的行程里，我们遇到了一次比较特殊的晚餐。今天在科特拉斯的餐馆就餐时，有位俄罗斯中年人坐到我们的席边和我们聊天，他介绍自己是这里一个私人企业的业主，过去，只听说过中国人。因为是周末，他硬是要请我们在餐厅里吃饭并唱歌。一个小时后，我们要告辞时，发现他已替我们付掉1600多卢布的餐费。

科特拉斯之夜

路上还有个小插曲。晚上6点多的时候，我们的车子在路上出了点小故障。苦于没有工具，正发愁间，看到对面有一辆小汽车开过来，我们急忙招手，小车马上停了下来。我们请小车司机帮检修一下车子，他很爽快地拿出自己的工具，帮我们细心地检查了之后，告诉我们说，车子不碍事，但因为缺少一个小零件，一时间也无法完全修好，但现在可以开动了，也不会出安全问题。我们道谢后，又开车前进了。

我问张逸群先生，这位素不相识的青年很热情，在俄罗斯都是这样吗？张先生说，由于他工作地点在圣彼得堡和新城，家住在数百里以外的季赫温，周末经常来回跑，车子也出过多次故障，但每次都会碰上热心人，从没有失望过。

2007年12月15日

到税务官谢尔盖家做客

今天上午10点多，我们从科特拉斯出发，赶往沃洛格达州。一路风雪仍然很大，我们直到晚上7点多才到达沃洛格达州。入住州府市中心一家小宾馆。宾馆的设备还不如国内70年代的县级招待所，但收费昂贵，标准间是2800卢布，单人小间1300卢布。住下后，我们到朋友谢尔盖的家里吃晚餐。因为我们去米昆路过这里时，就已熟悉了。

谢尔盖是当地税务干部，他的妻子斯温娜是当地一家医院的会计。小两口结婚快三年了，还没有孩子。他们住的楼房里几乎家家户户的门口都放着狗猫食，一上楼梯，就有刺鼻的异味。谢尔盖家也一样。

谢尔盖家是一套30多平方米的小户型房，主房只一间，另有厨房、洗漱间各一间。受空间局限，谢尔盖家的用具也都是多用的。房子里摆放的布艺沙发，拉开就成了床；桌子也是折叠的。今天，为招待我们，谢尔盖把折叠桌子打开来，5个人围在一起吃饭。

女主人斯温娜很热情，特意为我们做了鱼、西红柿、香肠，还特意炒了米饭，加上面包、酒和饮料，摆了满满一桌。

餐后，我们热情交谈起来。斯温娜还拿出他们的结婚照给大家看。

谢尔盖说，他们的月薪在8000卢布左右。斯温娜的父亲有25年的中学教龄，月薪是1.2万卢布。在这里的公职人员中，医生工资比较高，人均月薪2万卢布左右。

这里的房价和其他城市一样很高，年轻人很难买得起。谢尔盖花50万卢布在市郊买了一块90平方米的宅地，估计建好得花费130万卢布。他们俩的父亲的工龄都达到了购房贷款的条件，可以帮他们贷款建房，但利率高达11%。

谢尔盖夫妇俩都很关心教育事业，他们非常想了解中国的农村教育现状。他们认为，在俄罗斯农村虽实行11年义务教育制，但农村学校的教学质量赶不上城市的。

2007年12月16日，回到季赫温市

一位年轻的伞兵

上午11时，我们从沃洛格达州府出发，行程500多公里，于晚上7时返回到列宁格勒州的季赫温市。

路上，有些地方路面的冰雪开始融化了，为了赶路，我们只是在车上吃了些面包、喝了些水，一直没有停下来休息。直到晚上7：00多，才到达季赫温。

晚餐是和张逸群先生及其在季赫温的朋友娜达丽娅和她的独生儿子一起吃的。在大乌斯秋格，我们曾经去拜访过娜达丽娅的姐姐阿丽娅。

娜达丽娅的独生子今年17岁，在空降兵部队已服役一年多，是一名伞兵。他告诉我们，在部队里服役，食、住、行均由部队供给，此外第一年每月可以领到700卢布的补贴，第二年则有1.2万卢布。训练并不算艰苦，所以他感到服役生活挺不错的。他认为，普京执政以来，在建立强大海军的基础上，又特别重视空军的建设。

年轻的伞兵笑着说，部队里有不少人怕中国强大以后，会产生威胁，所以他们都希望两国关系要搞好一些，别再打仗！

我们告诉他们，中国是一个爱好和平的国家，中国人并不好战，不会去侵略别人。但也不能容忍别人横行霸道。

娜达丽娅说，普通的俄罗斯人家，多数并不太关心政治，只关心自己经济生活条件的改善。他们喜欢旅游，尤其是出国旅游，只要经济条件允许，大家都会想到去旅游。

娜达丽娅还要为我们“看手相”。她说，“我从我母亲那学的看手相，特准呢！”

娜达丽娅和她的儿子（空降兵）

我们一起合照了相，互相送了一些小礼品。

餐后，我们一起散步，并去张先生家看望了卡佳和丽莎。和张先生一家分手时，已是晚上11点了，我们步行回旅馆。季赫温的冬夜，寒风扑面，街上行人不多，感觉特别清冷。

九、回到圣彼得堡

2007年12月19日

参加郑光旭个人画展开幕式

画展开幕式

郑光旭，中国吉林美术学院公派到列宾美术学院攻读学位的进修教师。之前我们已经专访过他。他勤奋学习，学有所成，在毕业前夕被批准在列宾美术学院举办个人画展，我想，这也是不容易的。我们作为他的朋友，应该前往表示祝贺。

一早，我们从柴可夫斯基大街的住处步行往列宾美院，这时正下着雪。走了一个多小时才到达。

在列宾美术学院主教学楼一楼，大门进去的左侧，有一间近百平方米的展厅，郑光旭老师的画展就设在这里。展厅入门右侧摆一张桌子，是供观展的宾客签到用的；有一张长方形台，摆着茶点。在圣彼得堡留学的学生们，有十多个人在帮忙张罗和接待。展厅墙上挂着郑光旭个人的油画作品，也有一些是与张谢雄老师合作的，约有80幅。展览由院方批准，并提供服务。

我们到达约10分钟后，宾客到齐，9:00开展仪式正式开始。参加开展剪彩仪式的主要宾客有：

总领事馆的文化、教育领事李峙、彭学刚先生，秘书刘伟先生等；

列宾美术学院院长、前任院长及其夫人，十余位教授、教师，还有赫尔岑师范大学副校长兼美术系主任和几位美术系的教授；

加上列宾美术学院师生，中国的留学师生，共有六七十人。

拉一条彩带，参加剪彩的领导（领事馆领事和学院领导、特邀代表）

排成一排，我也作为特邀代表参加剪彩。列宾美院前任院长先发表讲话，李领事致词，外校教师代表致词祝贺，郑光旭今天身穿红色唐装，最后他用俄文发表感言。

剪彩仪式完毕，大家参观画展。

参观过程中，大家随意参观、进用茶点、发表议论、互相交谈，持续一个半小时。

期间，我和列宾美院的院长和前任院长交谈，发现他们对学有所成的中国留学生，都给予了高度评价与赞扬。和一些俄方教授交谈时，他们也是同感。老院长还当即签名，送给我一本他的个人作品素描集作。

郑光旭为画展专门印制了他的作品集简介。

当天参加开展仪式的中国留学师生有20多人，展会上，我和李玉普老师再次进行了叙谈。

和列宾美院前任院长夫妇交谈，并接受赠书

右起李峙领事，列宾美院院长，彭学刚领事，郑光旭老师，刘铭达

2007年12月20日

罗蒙诺索夫教授谈财政和社保

和罗蒙诺索夫教授进行学术交流

今天，我们再次访问了圣彼得堡国立财政与经济大学财政系主任罗蒙诺索夫教授，他谈及对财政、社保等问题的一些看法。

他说，到目前为止，中央对地方财政的援助，都是中央定的政策和额度，平均起来看，大概是拿了总财力的1/4给地方吧。

“现在，有不少专家建议：要求中央成立新的机构，即地方财政部来办这件事，地方财政部与财政部平行，才有可能取得一半以上的预算来维系和管理地方的财政。地方的预算份额应由杜马来定。”

“我也知道，现在地方抱怨中央给的钱太少，我也关注到中国区域性经济发展的研究，是个不错的政策。中央对地方的援助，是应该找到更好的分配政策和方法。”

“项目的投资政策，也是国家调控的。国家的投资机构与银行控制着诸如造船、飞机等制造业，实行垄断，有些经济学家担心，会引起更严重的通货膨胀。中央项目投资政策和规模，也涉及中央对地方的援助问题。我们现在正撰写一本书，估计明年10月份才能出版，也会讨论这个问题。”

我们问及教授对俄罗斯当前中央财政对地方援助的主要政策和效果评估时，他并没有正面回答。

谈及社会保障问题，罗蒙诺索夫教授说：“人口老龄化问题，俄中两国都存在。俄罗斯征收社会保障统一税，税率为24%，退休年龄是男60岁，女55岁。但如果到年龄不退休，能继续工作的，国家会给予不超过1万卢布/月的补助。俄罗斯很缺劳动力，但是退休的年龄比许多国家都定得低。”

“政府定的退休金平均只有3500卢布，有人建议要提高到7000卢布。私人企业是业主定工人的工资。有人建议，今后退休金要与劳动期的表现挂钩，这是相当复杂的问题，目前条件还不成熟。”

罗蒙诺索夫教授已70多岁，仍担任系主任，他不愿谈及自己的收入问题。只说自己办有一个公司，收入不菲。

晚霞奇观

今天下午5点多钟，我们在圣彼得堡皇宫大桥附近看到非常美丽的黄昏画面。

最初街上还是亮堂的，天色慢慢暗下，华灯初上，路上的车辆车灯闪耀，但是天边的晚霞却一直“燃烧着”，霞光映红半边天。涅瓦河在霞光的照耀下更加妩媚多姿，引来不少跟我们一样的行人驻足观赏。

晚霞奇观

圣诞节前大游行

2007年12月23日

圣诞节前的大游行

圣诞节快到了，这里的节日气氛日益浓厚起来。俄罗斯人信奉东正教的比较多，圣诞节也是他们的一个重要节日。

下午5时多，我们从领事馆教育组汇报回来时，正赶上涅瓦大街举行盛大的圣诞前夕大游行。

驾着火车模型的队伍在行进，约有500多米长。人们载歌载舞，有的化妆成各色人种，装扮成圣诞老人，在为群众赐福……

警察在马路两边护卫着游行队伍，观众则站在街道两旁观看、喝彩，一切都井然有序。

小货摊已披上了节日盛装，摆卖的都是节日用品。小圣诞树标价250卢布／株，路边冒出来许多临时搭建的圣诞小屋，在出售各种圣诞节礼品。

2007年12月24日

街边大楼与“半地下”商店

门套门的院子

圣彼得堡街上的大楼，大都是长达几十米，甚至是几百米的，高度在5-8层为多，而每隔十余米，会有一个弧形或方形大门，可以进入大楼里面的内院。内院多为绿化带或小公园，也有些是院中院，里面还套着些楼宇。这种建筑可能跟俄罗斯寒冷的气候有关，同时其内院也显得闹中有静，适合繁华区的人居。

在圣彼得堡的主要街道上还有许许多多的半地下商店。从外面看这些半地下商店，能看到大约有一米多高的半截橱柜高于地面，可以看到室内陈列的部分商品，有的则是作为广告橱柜。从地面有小梯子，接通商店的大门。地下商店的大小、陈列、营业与地面商店没有两样。

半地下商店

这种商店的建筑设计究竟好不好？我们也不知道。反正进去购物的人，都感觉和在商店的第一层一样，热闹！

2007年12月25日

访功勋画家库茨米乔夫教授

访功勋画家库茨米乔夫（左）

早闻俄罗斯的油画在全世界都很有名，来俄后，想买几幅欣赏，也一直希望能拜访俄罗斯的画家和艺术教育家。

经在列宾美术学院进修的中国美术学院李玉普老师介绍，今天晚上9点多钟，我们到达俄罗斯赫尔岑师范大学常务副校长、美术系主任、俄罗斯功勋画家弗拉基米尔•库茨米乔夫的工作室，拜访了库茨米乔夫教授。他曾在列宾美术学院任过教授。

库茨米乔夫住在一栋七层楼的宿舍里，最顶层是个小阁楼，是他的专门工作室，据说是前几年改造增加的。

库茨米乔夫及其同事曾在中国举办过多次画展，他为人谦和、热情。一到工作室，他就请我们喝茶、吃点心，一起聊天……

画室里摆满了画框，嵌着各种各样的作品。有些是已经画好的，有些是还正在画的，还有几幅是别的老师正在画的。画具摆在小桌子上，显得很挤，有点凌乱。

他说：“我指导过很多中国留学生，他们都很勤奋好学，有些也很有天赋和成就，只是俄文会话能力差一些。我很喜欢他们。”

“我到中国很多个城市举办过画展和讲学，都得到中国学生的很大帮助，我很感谢他们。”

我们每人在他的画室里选购了几幅他的油画作品。他说，给我们的全是优惠价。他在每幅作品上都签了名，并代我们办理好海关的出关手续。他还拿着我们购买的每幅画，和我们一一合影留念。

2007年12月28日

到总领事馆做学术报告

今天下午，我应总领事馆田二龙总领事之邀，前往馆里作学术报告。

我们是从租住屋步行去的，走了一个多小时。

我今天讲的主要内容是：转型时期中俄若干财经政策比较研究。重点是财税体制与社会保障制度的比较研究，着重谈了民生问题。这个小型报告会由总领事馆的文化领事李峙主持，田二龙总领事会前会后都讲了话（录了音像）。总领馆的全体干部都出席了。

另有来圣彼得堡大学任教的梁归智教授夫妇也出席了会议。报告会结束时，田总领事高度赞扬了我们的工作精神并对我今天讲的内容给予了很多鼓励。

报告会结束之后，田总领事在馆内以丰富的中国餐，热情招待了我们。

今天在总领事馆的活动，让我们特别高兴，好像已经回到了祖国似的。

总领事馆学术报告会　田二龙总领事（右排中）

2007年12月29日

访新闻工作者奥丽霞

和奥丽霞（左二）相聚在柴可夫斯基大街2/7号

奥丽霞是圣彼得堡大学新闻系毕业生，刚参加工作，现是圣彼得堡电视台五频道的主持人之一。

今天是星期六，我邀请她到我租住的屋子里来，同时还邀请了我国在俄罗斯进修的两位老师一起聚一聚。

奥丽霞大大方方，下午3:50如约而来。她有着瘦削苗条身材、有神的大眼睛，讲话非常直爽，显得活泼而干练。尤其让人高兴的是，她能讲一口比较流利的汉语！

我们一起交谈并共进晚餐，采访进行到晚上9时。

奥丽霞谈到：

“我做过专门调查，在圣彼得堡很多俄罗斯青年人认同中国威胁的说法，认为中国人口多，人均资源缺乏，能耗高，中国发展起来后，可能会以武力去争夺他国的资源。他们不赞成中国太多人到俄罗斯来做工等。对中国的一些卖假货的人印象也很不好。”

“我到过中国，在中国学的汉语，我认为中国发展起来不会威胁别人，因为我接触到的中国人是很友善的。”

“我对不同意见的俄罗斯青年做工作，但不顶用，他们不仅不愿意听，反说我，你去过中国学习，还想去中国工作，已经不像俄罗斯人了。他们为什么认同‘中国威胁’，我也说不清原因。”

“我还想再去中国，元月26号打算去北京，以后还打算每年到中国去工作一段时间。”

“我建议，今后两国领导人应重视，多组织两国青年互相交流。”

就奥丽霞谈到的俄罗斯有部分青年怕中国威胁、不欢迎中国人来俄罗斯工作的问题，我们曾专门请教过圣彼得堡财经大学罗蒙诺索夫等两位资深教授。他们认为：“这是一种愚蠢！最简单的道理是，俄罗斯缺劳动力，中国人来工作，假如一个月创收2000美元，1000美元在俄罗斯消费，1000美元拿回中国消费，俄罗斯的通货膨胀率不就下降了吗？一目了然，这有什么不好！”两位教授还说：“中苏两国人民有较深厚的传统友谊，两国不会打起仗来。”

圣诞节日前夕的涅瓦街

十、过一个俄罗斯新年

去季赫温欢度元旦

2007年12月30日，去季赫温过新年

去季赫温和俄罗斯朋友一起过新年

元旦（新年）是俄罗斯公民传统的最盛大的节日。据在俄罗斯成家并居住了十多年的张逸群先生介绍，俄罗斯人过元旦节如同中国人过春节一样，是一年中全俄罗斯最盛大的喜庆节日，机关放假8天。

我们很想了解一下俄罗斯人是怎样“过大年”的。在张逸群先生一家的盛情邀请下，我们策划了很久，决定到张逸群先生家所在地——列宁格勒州的季赫温去过大年。在圣彼得堡列宾美术学院研修的张晓杰老师和圣彼得堡音乐学院研修的张齐老师，也加入了我们的行列，我们四人同行。

行装已备好了。我们烹制好90个中国茶叶蛋，还带了一些其他的食品，欢欢喜喜到农村市镇去过新年。下午2:30，我们到圣彼得堡火车站，乘3:12的短途列车去季赫温市。

短途列车不对号入座。临近新年了，在圣彼得堡上车的人比平时多一些，但大家都能找到座位坐下。我们每人带一件箱包，顺利上了车，找到了座位。沿途停车四五次，都是上车的人多，下车的人少，到达季赫温时，走道里都挤满了站着的旅客了。在俄罗斯过年，坐火车没有感到“一票难求”啊！

张逸群先生开着小车到火车站接我们，我们住到了预定的季赫温宾馆。宾馆住宿费比平时涨了一倍，两人标间要8000卢布／天。

晚上，我们到张逸群先生家，看望他的妻子卡佳和女儿丽莎，大家畅聊直至11:30才散步回到宾馆休息。

在小市镇社区俱乐部过“除夕之夜”

2007年12月31日

别样的“除夕之夜”

今天是12月31日，晚上是俄罗斯人的“除夕之夜”。

这天上午和下午，张逸群先生一家当然在忙过年的家务了。我们四人，则去参观季赫温的市容。

教堂、街道、商店装点得像图画上的“圣诞节”一样。我们在市广场的中心，在列宁同志的大型塑像下，照相留念。市场下午4点就开始散市了，抬头看啊，帽子摊上的帽子真多！

一路上不少俄罗斯人和我们打招呼，他们都很热情！

餐馆里，用午餐的人不多，我们在一家咖啡店用了午餐。

晚上8:00，张逸群和他的妻子卡佳、女儿丽莎一同来到宾馆，接我们到市里一个小区内的俱乐部去吃年夜饭。他们一家人都穿上新衣服，孩子打扮得特别漂亮。

操办今年晚宴的是卡佳的教母。教母的丈夫、儿子都已到了。教母说：“参加今晚欢度新年夜的有6户人家，都会很高兴地来和中国朋友一起欢度新年。”

小区的俱乐部有游艺室、乒乓球室、会议兼表演厅等设施。布置得很好，有圣诞树，墙上剪贴欢庆过年的图样，中间写着：“2008，新年好！”

晚上八点多，人们都穿戴着新的服饰，高高兴兴地陆续来到了，多数是两三口的家庭，中老年为多，儿孙辈的只有两三人，加上我们四位中国客人，共20个人，也是“大家庭”吃团圆饭了。

准备的年饭，面包、香肠、罐头、鱼肉、水果都是从商店购买的，各户还带来一两个热菜。大概他们是有分

工的吧，在俱乐部现做的热菜主要是牛肉、土豆、汤、粉等。我们带来的是“茶叶蛋”、“中南海牌香烟”等。凑起来，一张长约3米的大桌子，摆得满满的。妇女们在张罗食品，我们的两位老师也和俄罗斯朋友在一起洗菜、切水果等。男人们不做这些，而在玩乒乓球、桌球了。

9点多，晚宴才开始，大家入座后，主持人——俱乐部的一位女教练奥丽卡先发表新年致词。

客人、主人轮着一一做自我介绍。

我们中国客人给每位俄罗斯朋友送了件新年小礼物，从国内带来的如扇子、绣花手袋等手工艺品。我们之间亲切握手、拥抱、互相问候。女主持人还和我们中国朋友每人亲吻三次，说这是俄罗斯的礼仪。

我们亲热如一家，举杯共祝新年快乐！

大家举杯互相祝福健康幸福。俄罗斯朋友大都喝“伏特加”或“香槟酒”，但是他们都不劝酒，不喝酒的人可随意喝些饮料。

俄罗斯朋友特别关心我们，不断给我们的碗杯里添菜、加饮料，照顾非常周到。我们边吃边交谈，也唱起各种欢快的歌。他们问我们的生活问题特别多，还共叙中苏友谊，气氛很融洽……

席间，电视播出普京总统发表新年致辞的画面！

临近零点时，电视播出新年钟声的画面，这时有人关了灯，大家欢呼“万岁！”“新年好！”，同时点燃了小烟花。

过了一会儿，大家又一同到门外，在院子里放了一些小型烟花。

回到座位谈话聊天，每人都发表了新年致辞。

俄罗斯朋友中，有几位先是在座位边跳舞、唱歌。气氛越来越热烈，后来大家高兴地一起离开座位，到乒乓球室放起了音乐，做起了游戏，开起了化妆舞会。大家都乐坏了！

我已经好多年没有感受过这样的新年氛围了。在国内过春节，我们常常都是一家人围坐着看电视晚会，早就忘了自己也可以组织一场别开生面的、属于自己的晚会！受这种氛围感染，我也参加了各种游戏项目、跳起了舞。似乎回到了年轻时代，我也忘了自己已是60多岁，完全忘了疲劳，也忘了羞涩。大家还都夸我舞跳得很好呢！

广场上（“除夕”之夜）

玩累了，大家又回到座位上进行茶叙。

凌晨2点，我们到季赫温的广场去。这时，广场上人山人海，在欢快的音乐声中，大家都欢腾起来了。兴奋的人们三五成群，有人在台上表演，有人提着酒瓶喝一口又四处洒一洒，有人就随处跳舞、唱歌，还有的朋友见了面互相拥抱祝福，还有不少人直接戴了化妆面具出来，一点都不顾忌……

我们还在广场边碰上警察大叔，互相祝福新年好！

这里，气温零下10度左右，我们穿着大衣，觉得有些冷。而俄罗斯朋友却兴致勃勃……

直至凌晨3点，我们才走路回到宾馆。很累，但心里很快乐，非常激动和兴奋。我给国内朋友发了贺年信息，报告自己的感受，直至凌晨四点多，才平静心情，躺下休息。

2008年1月1日

快乐的元旦

元旦的早晨

烧烤

今天是2008年的元旦。昨晚因为休息得晚，今天上午又没有活动安排，我们便美美地睡了一觉，真正享受了睡到自然醒的快乐。

下午1点多，张先生来接我们，开车带我们到季赫温郊外的村子参观。这里有一个森林宾馆，一座座尖顶小木屋藏在森林深处，简朴、整洁，在铺天盖地的白雪覆盖下，像一个个臃肿的雪棚，更多了几分童话的可爱!河上有座小木桥，桥上覆盖了一层不厚不薄的雪，桥下的水却没有完全结冰，清澈明净，缓缓、静静地流着。

俄罗斯的森林里只有松，没有梅，因此我们可以感受到“大雪压青松，青松挺且直”的伟岸，却无法领略“梅须逊雪三分白，雪却输梅一段香”的意境。在这新年的第一天里，想到梅，我开始怀念遥远的祖国和亲人了。

下午2时多，我们仍然在小区俱乐部聚餐，又来了两位俄罗斯新朋友参加。主持人送给我们一本介绍季赫温的画册，大家都开心地在画册上签上自己的大名。

席间，老友新朋推杯弄盏，互道新年快乐，宾主尽欢。之后，又一同观看了我们昨晚和今天录制的录像带，合影留念。直到傍晚，我们才启程离开，各自去串门拜年。

一起观看新年的录像

我们驱车行了16公里，到一个乡村去拜访副乡长尼古拉一家。按俄罗斯人的习俗，我们准备了巧克力作为送给主人的新年礼物。男主人尼古拉把我们迎进屋子里。

女主人柳芭和她的女儿奥丽娅早已将房子布置得充满了节日的气氛。屋里摆放着圣诞树，在灯光下，圣诞树上五彩缤纷的彩带和小饰物闪着亮晶晶的光。奥丽娅从德国带回来的做工精细的玩具都快活地转动着；桌子上还有一座小小的精致的塔楼，柳芭正一根根地将绕着塔楼的红蜡烛点燃，当蜡烛全部点亮后，塔楼上的风车便缓缓地开始转动了……

上次我到俄罗斯来的时候曾访问过尼古拉，曾送给他一张我和我的学生的合影相片，我看到尼古拉把它用镜子装着，放在书柜显眼的位置。

圣诞树下摆放着尼古拉为我们准备的礼物——俄罗斯漆木工艺品。送给我的是一个黑底画着红莓的果盘，张逸群、张志和两位进修教师的是画着草莓的杯子。

我们还一个个返老还童，戴上红白两色的帽子，贴了雪白大胡子，哈哈笑着，扮成圣诞老人拍照留念。大家一边吃着主人们精心烹制的晚餐，一边畅谈着。主人拉起了充满俄罗斯韵味的手风琴，大家快乐地唱着歌。

时间眨眨眼便过去了。晚上11点，我们依依不舍地告别了尼古拉一家。

兴奋的心情一时难以平静下来，乘着余兴，我们又开车到五公里外的大森林里、小河边。这里的凌晨已是静悄悄……

到尼古拉副镇长家串门拜年

2008年1月2日

新年第二天：郊游，走亲访友

新年郊游活动

今天，我们四人驾车去郊游。我们到了一个农村小镇，离季赫温有一两个小时的车程。

小镇的建筑都比较好，街道很宽，人行道也宽。公园和文化广场都比较宽大，广场中央竖立着列宁的雕像，保护得很好！

在小镇的附近，我们和一群不相识的俄罗斯人一起爬了一座小雪山，在温和的阳光照耀下，大家兴致勃勃。山上雪很厚，看不到路，不太容易上。我们同行的张晓杰老师和张齐老师还几次从山坡上滚了下去，引来大家一片笑声。我虽然年纪比较大，却是老当益壮，很顺利地就上去了呢！

和张先生的岳父母等合影

下午5:40，回到季赫温，和张逸群先生一家（妻子、女儿）还有其岳父母、教母一家（教父及其儿子）一起共聚晚餐，也算是过年的全家团圆饭吧！

我和卡佳的父亲交谈了一个多小时。

他过去在一个机器厂工作，亲历了苏联解体、国有大企业的私有化过程。

我们从世界谈到中国，他很关心时政，作为一个普通工人，他的知识面很宽。他说到：“俄罗斯当前农产品流通不顺畅，市场也没形成。农村居民的产品只好卖给一些中间商贩，损害了农村居民的利益。农村居民种农作物没有积极性了，所以农产品的价格涨了很多。”

晚餐后，我们到卡佳的大弟弟谢廖莎家串门。

30出头的谢廖莎和女朋友一起住在一个40多平米的四层楼房的第二层。这一层有两个房间，还有单独的厨房和洗漱间。

房间内铺着原色的木地板，墙上贴着米色的墙纸，并且挂满了各种瓶栽植物，看得出房东女主人是个颇有生活情趣的人。再配上勾花的白色纱窗帘，整个房间显得简洁而温馨。

谢廖莎说：“在大城市找工作相当难，要找个钱多的好工作更不容易。我换过好几份工，现在在本地一个建筑公司工作，主要是做房子装修，大部分的活计是装修门窗。我的月收入在公司的工资表上反映的是4000-5000卢布，但实际上将近2万卢布。”

“但是来自中亚地区的俄罗斯工人就不那么幸运了。他们来季赫温打工，一般都是做比较辛苦的工种，工资却只有当地人的一半，老板还常常不及时发给他们工资。但是他们比较能吃苦，认为每月有1万卢布的收入也够生活得不错了。”

到谢廖莎家拜年

2008年1月3日，返回圣彼得堡

火车上的素描画

从季赫温返圣彼得堡的列车上，张晓杰老师（左），张齐老师（右）

在季赫温和俄罗斯当地居民度过了快乐而有意义的几天时间，在他们仍沉浸在过年的欢乐气氛的时候，我们要返程回圣彼得堡了。

张先生开车送我们到拉多加火车站去乘短途火车。赶到火车站，只差五分钟便要开车了。在俄罗斯乘短途火车是可以先上车，后买票的，车上人不多。

张晓杰老师在车上为我画素描肖像，很认真很专注地画了一个多小时，画得挺好的，我留下作纪念了。

当晚，我们回到圣彼得堡。户外是零下12度，我穿着大衣到室外散步，20分钟后，感觉脸都冻麻了，赶紧回到住处休息。

2008年1月4日

观看激光音乐晚会

在圣彼得堡，仍有过年的气氛。

晚上9点，我和张志到国家博物馆前，欣赏“激光音乐会。”

“激光音乐会”以国家博物馆正面墙面为银幕，播出巨大的影像和悦耳的音乐。声像的效果都非常好。我们是第一次看到这种“特大银幕”的激光音乐影片。广场站满了人，但秩序很好。

“激光音乐会”每场20分钟，每隔5分钟播一场。我们看完一场后，便步行回到住处休息了。

2008年1月7日

在圣彼得堡买油画和纪念品

画市

中国人到俄罗斯，不少人喜欢逛画市和买油画。在圣彼得堡，我们多次去逛过画市，也买过油画。

在涅瓦大街的广场，有不少画家的油画出售。有些画家本人直接来出售油画，但大部分是委托商贩出售的。有十余个摊子，油画置在小货架挂着，任人挑选。有专业画家创作的作品，还有临摹的名画作品……。这个冬天，这里30×40cm的油画每幅价格约为100美元；50×60cm以上的在300美元左右。选中了，还可以再讨价还价。

在圣血教堂附近的旅游产品的市场上，也有摊点出售油画，价位与广场相差无几。

在海军总部大厦附近和柴可夫斯基大街附近，有几家专卖专业画家或名家的油画，店里装饰比较好，价位都在每幅（60×70cm）1000美元以上，有的要2000-3000美元。购买功勋画家、人民画家的名家作品，还可以预约到画家的工作室去挑选，价位就更高了。

列宾美术学院，每年都有学生或毕业学生的作品展示，展览结束后，也有学生的作品出售，2007年冬，50×60cm的画在100-300美元之间。

纪念品（工艺品等）商店

除了买些油画自己欣赏，来俄访问半年，我是决意要带些纪念品回国的。所以，在俄罗斯，我变得喜欢逛商店了。

我总是先读俄罗斯的旅游手册，找到哪里有来俄罗斯应买的纪念品。然后，向留学的师生或俄罗斯朋友打听打听，买什么东西合适。

比较起我国的大城市来，圣彼得堡的旅游纪念品不算多，精致的更少。按我的爱好，和考虑到回国后“送礼”的需要，我选购有：书店里或博物馆介绍俄罗斯馆藏的中文（中、俄文）画册，即反映五六十年代中苏人民友谊的宣传画集；俄罗斯画家的讽刺画集；印制或编织有俄罗斯民族标识特色的围巾、挂毯、挂布等纺织品；还有各种精致的木制漆具；各个城市刻有标记的木制艺术品；各种彩色，特别是深绿色的琥珀色饰品、名石饰品等。在我看来，其价位、其成色、其特色，都是值得买回来的啊！

在俄罗斯的较大型商场里，都明码标价，不“砍价”。售货员都比较诚实，她会告诉您，哪些商品是天然的，哪些是加工过的，哪些是深加工过的，哪些是人造的。她们的介绍会让人放心，使人感到货有所值。

2008年1月11日

部分留俄师生座谈会——听大家谈俄医疗和教育

留俄师生座谈会 彭学刚（前右一）

为了帮助我们更好地了解俄罗斯教育的一些情况，彭学刚领事专门为我们主持召开了一次在圣彼得堡留学、进修、访问的教师、学生座谈会。座谈会于今天下午3:00—6:00进行，有十多位老师同学参加。地点在我国驻圣彼得堡总领事馆的教育组会议室。各位的发言内容摘记如下：

（一）城市医疗

刘立军、吴秀娟夫妇曾是北京第二外国语学院青年教师，在圣彼得堡大学留学。吴秀娟老师以自己亲身经历，谈了在圣彼得堡发生的，关于医疗保险、治疗支出的情况。

吴老师入学时，只办了生病看病的单项保险，并交了保费。这项保费不包含一般性身体检查和怀孕检查。吴老师怀孕后，作第一次检查，交了1600卢布检查费用，作了一次怀孕方面的全面检查。吴老师说："我根据自己所知情况，与国内同类检查比，费用不算高。""之后，医生交代，每两个星期要检查一次。再去检查时，不用再交任何检查费用了。"

吴老师还介绍说："有些项目，医疗点要介绍到高一级的医院去做，凭医疗点医生的条子，直接去高级医院找到医生检查，也不用挂号和交费，很方便。""我看到的圣彼得堡的医疗点和医院，设施都比较简陋，但医生很负责任，素质高"。

刘立军、吴秀娟老师说："我们在圣彼得堡学习、生活这几年，亲身感受到他们的医疗救护条件好。学生们有病，不管居住在市内何处，因急病打电话求救，大都在五分钟内，救护车和医护人员就能到场，先免费就诊，而后，再按医保规定办手续。原来，他们医疗救护在3公里范围内布点，并配有救护车辆和设备。"

刘立军老师说：我有一次感冒，按照医生开的药方去药店买药。但是医生开的那一种药，恰巧药店没有。我想买另一个牌子的，且想一次买几天的用药。但药店售货人员只允许我买一包，不给多买。售货员说："试用以后，如果有作用了，再来买。"

张永栋、毕斌两位同学，在圣彼得堡大学已就读5年，现在攻读经济学硕士。他们介绍说："我们每学年开学要交医疗保险费3500卢布。去看病时有时排队会人多一些，但医生都很耐心，很负责任。医生开了处方后，要自己去买药，但药费不高。总体感觉比在北京看病方便得多。在北京看病，常常是挂号等候的时间比这里看一次病的时间还要长得多。"

（二）"脑体倒挂"下的高校教育

丁淑琴是兰州大学教师，在圣彼得堡科学院研修历史。丁淑琴老师在座谈会上说："俄罗斯教师、科研人员的工薪不高。我在的"东方所"，教师和研究人员人均月工资为650美元左右。一位副教授告诉我，他每月只有500多美元，折合约1.3万卢布的工资收入。而搞本单位装修的工人，干了几天活，收入是2.5万卢布，电车司机每月2.7万卢布。相比之下，俄罗斯高级知识分子工薪太低了。"

黄登学老师现在圣彼得堡大学做高级研究访问学者，他在会上介绍："我看到俄罗斯官方公布的2007年10月份的有关资料显示：这个月全国平均工资是1.4万卢布。其中教师和医生低于平均水平，教师为平均水平的2/3，而医生是3/4。""他们现在的工资状况，与我国改革开放初期差不多，明显出现脑体倒挂现象"。

黄登学老师还说："我在这所大学的国际关系专业看到的是，有些教师掌握的前沿知识并不多，甚至连本国外交动态情况也没有掌握。""不少教师责任心差，主要表现在80%以上的课迟到、早退。教学生既不耐心，也不专注。教师上课经常迟到，这是一种失职行为，在我们国内是不能容忍的。"

彭学刚老师（我国驻圣彼得堡总领事馆教育领事）介绍的情况较多。

关于高校教师退休年龄，彭老师说："在圣彼得堡，高校教师中，只要身体好，在教学第一线的，大都超过国家规定（男60岁，女55岁）的退休年龄，继续教书。学校对此没有限制，退与不退，由本人和学校商定。”

关于高校收费，彭老师介绍说：“俄罗斯有1000多所高校，学校领导感到国家对他们的投入不足。高校也在扩招，大量接受自费生，现在自费生约占50%左右了。学校也存在乱办学、乱收费、乱集资现象。”

关于高校的办学条件，彭老师介绍说：“俄罗斯的一所大学的校长到中国访问，简直不相信是中国的高校，说房子、教学设施很好。而俄罗斯不少高校教学设施陈旧、破陋。”

“俄罗斯高校行政运行成本比我国高校低得多。一所当地名牌大学，只有校长配专车，校用一辆大巴，有两辆中巴的已是很好的了，而我国不少一般高校都有‘车队’。他们办公用品是集中采购，如果零星购置，买支笔也要审批。系一级领导不能用公款招待客人用餐，校级也没有这种专门的招待费。我看到的不少校长的办公室，房子小，设备简陋。校长多为本校教师选举产生。”

（三）俄农村基础教育设施

彭老师介绍：“我去过俄罗斯的中亚地区伊尔库茨克，参观其农村的中小学，每个教室里有电视，桌椅都很好，教室明亮，设施齐全，和城市的中小学学校并无差别。比我国国内的许多农村学校好得多”。

关于城市中小学收费问题，彭老师还介绍说：“俄罗斯的基础教育不收费，落实得好。残疾孩子连伙食费也不收。但我亲自调查发现，有一所学校请保安人员要向家长收费，学校添置DVD设施，也按自愿‘捐款’的原则来筹资，每位家长可捐不超过1000卢布。”

2008年1月12日

人工溜冰场

俄罗斯的冬天，天寒地冻，到处冰雪覆盖。在我们南方人看来，这就是一个巨大的溜冰天地。可是想不到，这样的城市还要搭建人工溜冰场。圣彼得堡的冬宫广场，每年都建造人工溜冰场，供市民溜冰娱乐。

今晚餐后，我和张逸群先生的妻子、小孩，一起去冬宫广场参观。广场上的人造溜冰场有明亮的灯光，有专业人员护理。来溜冰的人还真不少，多是些年轻人和孩子们。小丽莎初学溜冰，有溜冰场的教练带着，她兴致勃勃地玩得很高兴，我们也一直陪她到晚上11点多钟。

2008年1月13日

中苏姐妹情——一对老人的通话

苏联姐妹阿丽娅（中）

今天是约定中苏姐妹通电话的日子，我们都很期待。

1月9日一早，我就收到国内广西财经学院梁素萍老师发来的手机信息："已通过朋友，找到了俄罗斯阿丽娅女士要找的中国姐妹——乔敏女士了！"我马上依梁老师提供的电话号码，和在祖国国内的乔敏女士连线，得到了证实。

阿丽娅是居住在圣彼得堡的一位退休教师，今年60多岁了。阿丽娅年轻时，关注并读过有关中国的书，和中国的姐妹们常通讯交流学习和生活状况。1954年—1964年间，读中学时，和中国南京市的一些中国中学生通信交流过，这些信件她至今还细心地保留着。后来，中苏关系发生曲折，在很长一段时期，由于大家都知道的原因，她们失去了联系。阿丽娅仍珍重这份情谊，把当时的信件、卡片、贺年卡等用多层塑料袋包得好好的，一直保留到今天。其中有两位是1964年在南京十三中就读的女士乔敏和高木兰，阿丽娅和她们的通信资料保护得特别完整。

近年，阿丽娅通过来俄的一拨一拨中国人，想找到中国的姐妹们。但都一次次失望了。阿丽娅的心事是通过张先生告诉我的，张先生曾经在阿丽娅家里租住过。他说："她是一位很重感情的苏联老太太啊！"我深为感动，决定试一试，为阿丽娅找找中国的姐妹朋友。

得益于广西财经学院梁素萍老师的热心帮助，她花了很大精力，通过许多朋友的帮助，费尽周折，终于通过一个记者兼编辑朋友在报纸上报导，找到了乔敏女士。经过几番与乔敏女士和阿丽娅女士联系，经过精心安排，

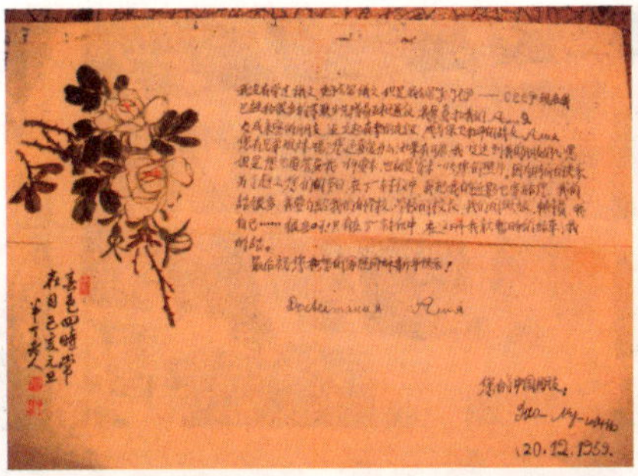
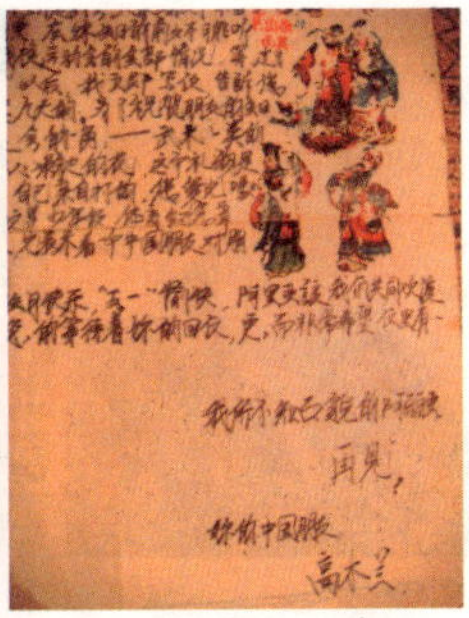

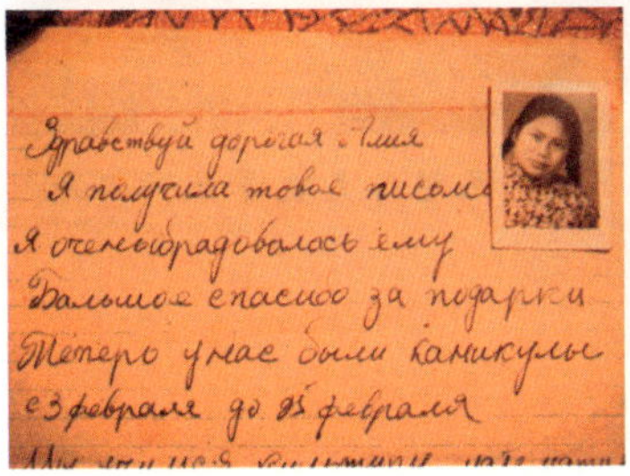
Здравствуй дорогая Аля
Я получила твое письмо
Я очень обрадовалась ему
Большое спасибо за подарки
Теперь у нас были каникулы
с 3 февраля до 25 февраля
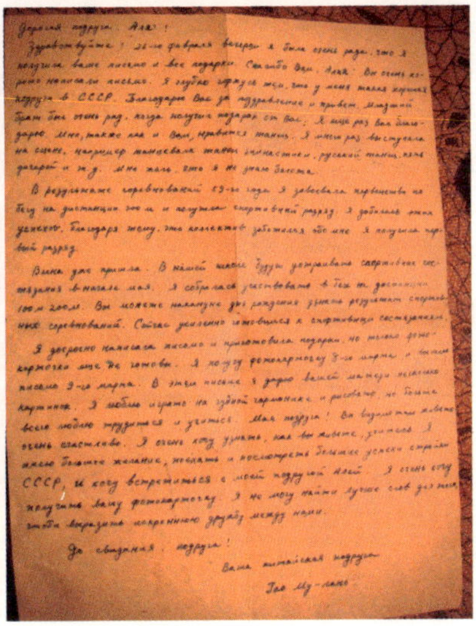

阿丽娅保留的中苏姐妹60年代的信件

我们约定阿丽娅与乔敏在今天通电话。

下午2点半，我们到一个地铁站门口等阿丽娅。阿丽娅如约出现了，她穿着厚实的棉衣，不顾天寒和较重的高血压症，气喘吁吁地和我们走了30多分钟路，来到张先生公司租住的屋子里。

电话接通以后，双方都激动得声音颤抖，讲讲停停，以至不知道讲些什么好。阿丽娅不断擦着眼泪……她们回顾过去，谈了近况，并约定了今后要互访见面……

30多分钟通话，张先生耐心翻译。我们在旁边也为之动容……

参观列宾美院学生作品展

2008年1月15日

参观列宾美院毕业生作品展

列宾美院每学年、学期都有毕业生画展，并开放画室让人参观。我们今天上午11点到达参观。

学生的毕业作品，老师的评分都标在上面。作品被分为A、B、C等级，个别为A+、A-，大都是B、C级。A级的毕业作品，将由学院统一收藏在学院的博物馆里。

下午，我和张志在李玉普老师陪同下，还参观了大学滨河路的两个博物馆。

经济学院的楼道里

2008年1月18日

访圣彼得堡大学经济学院

圣彼得堡大学经济学院(Санкт-Петербургский государственный университет Экономинский факультет)，坐落在圣彼得堡柴可夫斯基街62号。50年代，该学院有两名诺贝尔经济学获奖者。

今天下午2点，我们在留学生张永棣同学的引领下到达圣彼得堡大学经济学院主教学区，对学院进行访问。张逸群先生担任翻译。这次访问，是由彭学刚领事联系安排的。

访圣彼得堡大学经济学院

我们先参观了经济学院大楼的内设。学院外事办副主任维切斯拉夫首先接待了我们。维切斯拉夫是经济学博士，以前做过商业生意，到过中国上海，现在的研究方向是国际金融和宏观经济。他介绍说："本院目前在读学生5000人，包括在职教育。"之后系主任伊万诺夫(Иванов Виктор Владимирович)等三位教授陆续到来。我们互相认识后，用一问一答形式进行了正式会谈。

我们首先讨论了对2007年世界经济形势的评估，对俄罗斯通货膨胀、房价、垄断现象、社会保障的相关问题，大家各抒己见。后来又讨论了中国与俄罗斯转型时期的政策。

系主任给我们提供了本院情况资料（书面资料及DVD光盘），我们受委托向他们提出，广西财经学院希望与之建立交流合作关系的建议。俄方立即表示同意建立联系和合作关系，并表示欢迎广西财经学院近期先派代表来访。会谈持续了一个半小时，气氛十分友好。

会谈中，讨论到的兴趣问题，摘要如下：

（一）2007年俄罗斯经济增长

圣彼得堡大学经济系主任伊万诺夫介绍说：

2007年俄罗斯经济的正式数据，还未见公布。据测算，经济增长7.4%，各地和各行业的发展不平衡。如圣彼得堡市的造船业就是负增长。

预期今年（即2008年），俄罗斯经济发展会更好一些，增长会达到7%—9%。内需会进一步扩大，居民收入和职工工资会有更快增长。原以为航天工业不景气，现在来看，新型飞机制造成功，发展潜力很大，估计发展会更快。几大巨型工业集团的组建，也会促进经济发展。经济好转了，职工的钱多了，去旅游的人也会更多。

俄罗斯2007年的财政收入，比预算要增收30%。能源价格上涨是一个重要因素。这届政府真走运，钱多了，搞社会保障的钱也会有增加。去年，职工工资已经有较快增长，超过了物价上涨指数。

俄罗斯的经济要持续发展，必须打破垄断，政府要消除官僚作风。

（二）关于对经济转型时期中俄两国的政策评估

关于经济转型时期中俄两国的政策，三位教授看法不一：

一种意见认为，各有各的政策，谁比较成功，再过二三十年才能看出结果。

另一种意见认为，从中国的成功，已经可以看出他们的政策比俄罗斯好。

（三）关于对俄罗斯通货膨胀问题

三位教授的看法也不完全一致。

共同看法是：今年圣彼得堡市通胀达12%—13%左右，全俄的情况不是很了解，说不好。

通胀产生的原因主要是垄断问题，如电力，形成了垄断价格，许多行业的产成品受影响；其次是工资的增长超过了劳动生产率的增长。

圣彼得堡的房价涨得很快。也是由于建筑业的垄断，地价上涨了，建房成本增大。也有不少人，把购房作为一种投资，出现了抢购住房高潮。北方有钱的人都来圣彼得堡抢购房子。

也有教授认为，经济结构不合理、涉及民生基本方面的产品生产力水平低下，是引起通胀的主要原因。

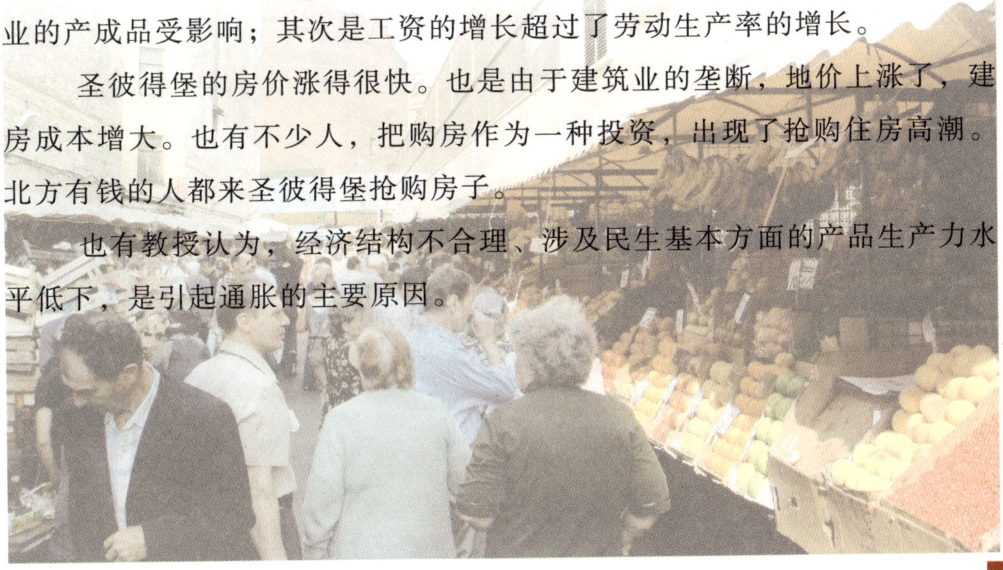

2008年1月21日

向圣彼得堡财大领导告别

和财大外事办主任伊莲娜交谈

大学快放假了，我们访俄时间也快到了，我们计划2月2日回国。今天，我们到圣彼得堡财大告别。

首先拜会了外办主任伊莲娜，请她代我们向校方递交了访问小结和给校方的感谢信。伊莲娜问及我们访问最深的印象是什么等问题。我们谈了总结的内容和访俄的感受。伊莲娜还谈到她到中国访问的印象，认为中国是一个美丽的家园，中国的经济发展特别快。

伊莲娜还落实了给广西财经学院领导发访问邀请函的事宜。

中午，我们请伊莲娜和她的助手奥丽卡，一起在校园附近的“唐人”中餐馆共进午餐。午餐后，我们到校外事处办理离境手续等。

下午3:00再次拜会校长和前任校长，并对两位领导的关心和支持表示感激之情。我们还再次谈到与广西财经学院建立交流、合作事宜。两位领导都表示，今后还要加强联系。

校长特意送给我一本俄罗斯出版的名画大集。也给我的助手送了纪念品。

下午5时，我们还到罗蒙诺索夫等教授的办公室，又进行了一次学术探讨交流。之后，依依惜别。

再访圣彼得堡财大校长

2008年1月23日

再次参观冬宫博物馆

冬宫博物馆里

埃尔米塔日，举世闻名的博物馆。到圣彼得堡之后，我曾多次到这里来参观，但总是看不完，也看不够。临别之际，我们找到了熟悉这里、并能用中俄文表达、在俄研修了两年的中国美术学院的李玉普老师作向导，他领着我们又比较仔细地在冬宫博物馆参观了一整天。这次我们获准在博物馆内录了两个多小时的录像。

毫无疑问，冬宫博物馆是最值得反复地、细细地品味的博物馆之一。这里保存和展出的都是各个时期的世界艺术珍品：绘画、雕塑、瓷器、钱币、奖章、壁毯、珠宝、家具和许多各种各样的藏典。博物馆内整体建筑都是金碧辉煌，既宏伟大气，又丝毫不忽略任何细节。浑然一体的大理石是馆内建筑的重要元素。

在俄罗斯访研期间，我多次参观了冬宫博物馆、国家博物馆等多所俄罗斯博物馆，既为这里的艺术珍品着迷，又为这里的文化氛围而感动。相比之下，冬宫博物馆收藏了来自全世界的各种艺术珍品，而国家博物馆收藏的几乎是俄罗斯本国艺术名家的优秀作品。

为了给观众提供更好的参观条件，博物馆还为母婴参观提供童车，为老人提供轮椅，并有专门供这些人使用的设施和便捷通道。这些服务设施也再次让我感动！

国家博物馆内的叶卡捷琳娜女皇塑像

2008年1月25日

再访列宁格勒州副州长兼财委主席雅科夫列夫

距我们离开圣彼得堡的时间只有几天了，今天我们再次访问列宁格勒州副州长兼财政委员会主席雅科夫列夫，并向他道别。

我们转达了中国广西壮族自治区郭声琨常务副主席（现任自治区党委书记）正式邀请副州长访问广西的口信，约请雅科夫列夫安排时间带队到广西访问；

商讨了我们拟访问该州下属的季赫温市财政局的具体事宜，初步商定1月29日由列宁格勒州财政委员会副主席叶根妮娅陪同我们去季赫温市财政局访问；

送达了《广西投资指南》（英文版）等资料给副州长，并向他们介绍了广西的区情；

和州长助理伊莲娜讨论了今后联系的方式等。

（注：两区洲后来实现了访问和交流）

列宁格勒州政府办公楼（圣彼得堡市苏沃洛夫大街）

2008年1月26日

参观列宁格勒（900天）保卫战纪念馆

“悲壮！列宁格勒900天保卫战！”

通往市南端的莫斯科大街的尽头，矗立着一座百米高的“二战”英雄纪念碑。纪念碑下面是一个圆形的卫国战争纪念馆。前来参观凭吊的人总是络绎不绝。

列宁格勒保卫战（900天）纪念馆

一组铜质人物群雕被一个个长明火围着，再现了苏联人民当年浴血奋战的情景。雕像的基座上摆满了人们敬献的鲜花。这里所有雕像都是历史的凝重，都体现出红军战士品格的顽强！

纪念馆里到处都有醒目的标语，在提示着人们那一段残酷而让俄罗斯人骄傲的历史。烈士们的墓碑，一整面墙壁的英雄名字，对保卫战各个时期的介绍，反映各种场面的壁画，保存的苏联红军的遗物，无不勾起人们强烈的情绪。广场上凄婉的音乐低声回旋，我的心情更沉重了，似乎走进了那些残酷的战争岁月，陷入缅怀“二战”死难烈士的思绪之中。

这是怎样的民族？在被围困900天后，几乎弹尽粮绝的红军还能突围成功！走在纪念馆里，我也一直心潮澎湃，思绪难以平静下来。这是纪念曾经的惨烈战争的纪念馆，也是唤起人们渴望和平的纪念馆！

大雪飘飘而下，落在雄壮的历史雕像上，落在烈士们的墓碑上，落在游客们的心上，却浇不灭广场上的长明火，浇不灭大家心头的感动和炙热！

有一位老人带着一群小孩来了，她们自觉地献上了鲜花！

“卫国战争的英雄们，感谢你们，我们不会忘记你们！”

回到住处，依然心情激动、辗转难眠，干脆爬起来，读读列宁格勒保卫战的资料，再感怀一番。

900天的坚守，为了母亲和妻儿

圣彼得堡打动世人的不仅是她有美丽的容貌，更重要的是她具有的坚强不屈的性格。

与俄罗斯的其他城市相比，圣彼得堡确实与众不同。一直以来，俄罗斯首都几经迁徙，从诺夫哥罗德到基辅，从基辅到弗拉基米尔，从弗拉基米尔到莫斯科，从莫斯科到圣彼得堡，再回到莫斯科，这些都城在历史上几乎都被占领甚至毁灭过，只有圣彼得堡从未沦陷。因此，圣彼得堡一直被称为“英雄的城市”。

圣彼得堡是一座用石头建筑起来的古典城市，然而比石头更坚硬的是这个城市坚不可摧的钢铁意志。石头再坚硬，炮火也能将其粉碎，而圣彼得堡人的列宁格勒保卫战，作为世界战争史上最为经典的范例，被各国军事教科书广为引用。

1941年，德国法西斯出动70万大军、1200架飞机、1500辆坦克和12000门火炮妄图一举拿下这座城市，却受到苏联军民英勇顽强的抵抗，德军迅速占领列宁格勒的企图化为泡影。于是，希特勒下令严密封锁该城，企图以断水、断粮等手段征服列宁格勒，从而开始了长达900天的围困期。面对险恶的处境，300多万英雄的列宁格勒军民没有屈服，他们顽强抵抗，依靠在拉多加湖上开辟的“生命之路”，传奇般地战胜了严寒与饥饿的威胁，挫败了德军的罪恶计划。

战争进行到最残酷的时候，苏联人曾经就守城还是弃城进行过讨论，部分将领希望让老人、小孩与妇女从“生命之路”分批撤退，只留下军队与壮年劳动力守卫城市。这个方案传出来，前线指战员纷纷表示对这个方案强烈的不满，他们说正是因为有母亲和妻儿需要我们保护，我们才有与敌人血战到底的勇气，如果她们不在我们的身边和后方，我们可能就坚持不下来了。

列宁格勒保卫战紧紧拖住并消灭了德军大量有生力量，为苏军取得莫斯科保卫战、斯大林格勒保卫战等战役的辉煌胜利作出了不可磨灭的贡献。然而，残酷的战争也使列宁格勒人民付出了巨大代价。据有关资料记载，列宁格勒在围困期因饥寒交迫致死的人多达64万人，死于德军炮火空袭的有2.1万余人。

在封锁时期的艰苦岁月，德国法西斯把所有的管道都炸毁了，屋里没有暖气，没有水，老百姓冒着零下20多度的严寒到涅瓦河边砸冰取水，还给前方战士做被服、运送炮弹。那时食品奇缺，每人每天仅配给250克面包，而孩子和老人只有125克面包，天天都有许多人因冻饿而死…… 。俄罗斯总统普京是圣彼得堡人，他年幼的哥哥就是在这次长达900天的残酷战争中因饥饿而病死的。

经历过保卫战的83岁老人叶甫根尼经常被附近的学校或二战纪念馆邀请去讲述战争经历。当有人问老人是不是很恨德国人时，叶甫根尼平静地说，她不恨德国人，因为德国人民也是受害者，“每个民族都是爱好和平的，都愿意生活在和平富裕的环境中”。

俄罗斯人民是坚强的，他们不为法西斯的强暴所屈服；俄罗斯人民又是宽容的，这片广袤的土地造就了他们坦荡宽阔的胸怀。

2008年1月27日

偶遇街头游行的队伍

今天是一个平常的日子，在外面行走感觉就有点冷。街头遇上一支游行队伍，大约100多人吧，据了解，游行者的大部分都是领取养老金的退休人员。他们高喊反对克里姆林宫的口号，并用长勺敲击手中的锅来抗议俄罗斯近期食品价格的飞涨。警察站在游行道路两旁，维持秩序并阻止游行者的一些过激行为。

这场和平抗议活动是由普京政权的反对者组织的，他们指责政府未能有效地应对俄罗斯今年的通货膨胀。游行队伍中的一名领取养老金的女市民向围观的人们说：

“我每月有3000卢布的养老金，他们还给我另外300卢布。用这些钱，我每天只能吃250克的面包。”

俄罗斯今年的消费品价格预计会达到两位数的增长。俄罗斯的奶粉价格翻倍，面包价格也与世界谷物价格一样飞速上涨。为了防止物价上涨在今年12月议会选举前影响普京政府的支持率，俄罗斯下令对某些基本食品进行价格控制。俄罗斯政府认为，受食品价格上涨危害最深的是低收入的退休群体，政府将提高基本退休金以缓解这一群体的生活困难。

圣彼得堡街头保存完好的古旧建筑

2008年1月29日

访季赫温市财政局长斯温拉娜

斯温拉娜（左三），州财政委员会副主任叶根妮娅（右一）

今天，在列宁格勒州财政委员会副主席叶根妮娅的陪同下，我们驱车到州属的季赫温去访问该市财政局长斯温拉娜女士。季赫温市财政局长斯温拉娜介绍了如下情况。

季赫温有8万多人口，其中市里常住的6.7万，其余住在农村。这里同样实施鼓励生育政策。

市级财政独立一级核算，有8个乡村实行自治，因此，我们也可以称之为区域财政。全市有20多名财政委员会成员，其中负责市级的有13人，其余人员负责乡村财政管理。

2008年市级财政预算支出为13亿卢布，下拨支援乡村财政1亿卢布，专项拨款补助达五千至六千万卢布。

每年安排预算计划时，财政委员会都会召开两次听证会，直接听取公民意见。听证会日，公民可以直接到财政委员会来咨询。

市级支出，除工资外，主要用于道路维修、供电供暖的补助支出。本区有16个学校，12个幼儿园，均在区域财政开支管理范围内。该市得到上级援助的财力占50%左右。

本地的工资水平，公务人员人均2万卢布／月，医生1.6万卢布／月，教师1.3万卢布／月。

访谈过程中，斯温拉娜对中国地方财政管理很有兴趣，询及如何解决公民住房等问题。

我们还参观了季赫温的修道院，并在修道院用午餐，在森林宾馆用晚餐，晚上九点才回到圣彼得堡。

2008年1月31日

“嫁人就嫁普京这样的人”——俄罗斯的姑娘们

今晚，我们和中资广西“十万大山”公司几位朋友共聚晚餐。我十分感谢他们的帮助。同时，也请来租房中介公司的伊拉和她的女儿阿丽娜，感谢她们为我们的成功访问所作的一切。

阿丽娜大学快毕业了，爱好文学、艺术。她开朗活泼，谈到俄罗斯姑娘的恋爱观，她竟为我们唱了一首俄罗斯流行歌曲《嫁人就嫁普京这样的人》。

回到住处，阿丽娜的歌声似乎还在耳边回响。快要告别俄罗斯了，我们要表一表见到过的俄罗斯姑娘。

曾不止一次地向不同的人（都是走过很多国家的人）提出同一个问题：哪个国家的姑娘最漂亮？每一个人几乎都是不假思索地用同一种语调来回答：当然是俄罗斯的姑娘了！俄罗斯姑娘生得高挑、挺拔，皮肤细腻、晶莹、剔透，就像胎瓷，“薄如纸、洁如玉”。在俄罗斯的秋天，时常看到姑娘们修长的腿套上水洗牛仔裤，双脚交叉踩出一条直线大步走在圣彼得堡的街上，金黄透明的长发在空气中飘逸，一路的风姿绰约，那种气息让人心神荡漾。准确地说，俄罗斯姑娘是美入骨子、美于优雅。

俄罗斯民族有着深厚的文化底蕴，从小就培养艺术爱好。女孩子或学舞蹈、或学乐器、或学绘画。所以，俄罗斯姑娘与生俱来的美经后天的打磨，就升华为优雅。优雅不仅仅是一种姿色，而且是一种品味，她需要长时间文化艺术的烘焙，才使得美丽的外表具有了优雅的内核，美丽就由内而外地自然焕发出来。

“一条小路曲曲弯弯细又长，一直通往迷雾的远方，我要沿着这条细长的小路，跟着我的爱人上战场。” 当耳边环绕着苏联卫国战争的名曲《小路》的咏叹时，我不知今天生活在和平阳光下的俄罗斯姑娘，她们善良、天真、浪漫的天性中，可否还会有对爱情的忧伤和缠绵。但对英雄的崇敬始终是姑娘们挥之不去的情愫。近年，《嫁人就嫁普京这样的人》的歌曲在俄罗斯广为流传，阿丽娜今晚就唱了其中这么一段：

我心里暗暗发下誓愿
一定要嫁一个像普京的人
像普京那样雄壮有力
像普京那样酒不沾唇
像普京那样让人信赖
像普京那样永远守着我的心……

普京出生于圣彼得堡，毕业于圣彼得堡大学法学院，曾经担任过圣彼得堡市第一副市长，年轻时就有远大的理想和抱负，从他大学时的毕业论文《一个国家如何才能获得别国的平等对待》就可见一斑。彼得大帝曾经说过：“给我20年，我还给你一个奇迹般的俄罗斯。”普京也将这句话作为自己的追求。普京当上俄罗斯总统，可谓受命于危难之中。他就任后，一直在为振兴俄罗斯而积极奔走。普京机智果断的行事作风给俄罗斯人留下了深刻的印象，而他的克格勃背景和柔道身手使他在民众心中留下传奇的色彩。对于这个一向崇拜英雄的民族来说，俄罗斯人把找回民族的自尊、重塑民族形象的希望寄托在普京身上。“给我20年，我还给你一个奇迹般的俄罗斯”，这已经不仅仅是普京的誓言，也成为所有俄罗斯人对未来的期待。从我们在俄罗斯访问了解到的情况，俄罗斯的不少民众都很感激普京这几年给俄罗斯带来的变化。俄罗斯人，常常把倡导建设强大海军的统治者，把建设科学院、大学和博物馆的统治者，把给他们加薪和提高社会保障水平的领导人捧为是“最有作为的‘上帝’”。嫁人就嫁普京这样的人，也成了俄罗斯姑娘对爱情的梦想。

美丽的俄罗斯姑娘，愿你们梦想成真，诚挚地祝福您！

2008年2月2月

再见，俄罗斯！

今天，是我们告别俄罗斯回国的日子。昨天已做好临行的各种准备：

电话向各位俄罗斯朋友告别。把许多中文书籍留下送给张逸群先生。把一些行李什物留下。最不可以忘记、不可落下的是：访俄日记本，期间拍摄的照片，期间拍的录像，买的书，积累的资料……。一一清理，细细盘点，整理好并贴上小小的标签，再一一装箱。直至深夜躺下，我还在想：这些资料千万不能丢。因为，我们要用它来服务我们的祖国！

天未亮，张逸群先生及其公司的小张，开车送我和张志到圣彼得堡机场。

临别，我只对张逸群先生说了一句：

“小张，我还会来俄罗斯看望你们的！”

心里想着：俄罗斯，我还会再来的，再来了解你的博大与神奇！

3
РОСТОВ-ДОН

十一、2009年俄罗斯商旅：最美丽的一次旅行

拉多加湖，瓦拉姆群岛

2009年7月22日

最美丽的一次旅行

2009年7月15日至8月5日，趁世界金融危机“之机”，我和夫人秦惠荣，结伴两位工商界朋友陈铭波、苏旭辉，组成“广西广东商务旅行代表团”，赴俄罗斯进行为期20天的商务旅行。此行商旅，到了圣彼德堡、莫

代表团在圣彼得堡

代表团在莫斯科

代表团在诺夫哥罗德

代表团在季赫温

斯科、诺夫哥罗德、普斯科夫等地考察。印象最为深刻的是7月18日至22日，在圣彼得堡乘坐邮轮，到两河两湖的四日游览。

在张逸群先生的周到安排下，由俄罗斯大学生尤妮娅陪同，从圣彼得堡涅瓦河码头乘格朗斯达得号邮轮出发，到拉多加湖，参观了瓦拉姆群岛；沿着斯维里河到达奥涅加湖，上基日岛参观；后又参观了民俗文化村。一路风光，一路结识许多俄罗斯新朋友，一路品尝了“俄罗斯很有特色的文化大餐”，特别令人难忘。

在四天的行程里，我和俄罗斯圣彼得堡国立植物聚合物工艺大学的校长巴维尔教授，结下了深深的友谊。

和俄罗斯朋友在邮轮上

在邮轮上

基日岛上全木质的古老教堂

民俗文化村

沿途风光

结识巴维尔教授

2009年7月30日

参观普斯科夫市和普希金庄园

我们商务旅行团，2009年7月15日至8月5日的商务旅行考察期间，由张逸群先生带导，于7月28日至7月30日到普斯科夫市和普希金庄园作了一次文化之旅。

普斯科夫市是普斯科夫州的行政中心，具有1106年历史的古城。普斯科夫州位于东欧平原，是俄罗斯唯一与三个邻国爱沙尼亚、拉脱维亚、白俄罗斯接壤的联邦主体。成立于1944年8月23日，面积5.55万平方公里，人

普斯科夫市

普希金故居（左起 秦惠荣、苏旭辉、陈铭波、刘铭达）

口约75万人。州内的行政单位有24个区、3个州属市、11个区属市、13个城镇、3244个行政农庄。

普斯科夫州拥有俄罗斯西北地区50%的农业耕地，畜牧业、养殖业、亚麻、蔬菜种植业发达。食品工业及亚麻制品加工在该州经济中占有重要地位。电子技术是普州的支柱产业，全俄相当数量的电动发电机和50%的高压电子分享器产自普州。

普希金庄园位于普斯科夫以南130公里，这里是伟大的俄罗斯诗人、俄罗斯近代文学的奠基人普希金的故乡。

普希金生前曾6次到过这里，在故乡度过了两年时光。期间，故园的宁静、劳动的快乐与关爱激发了诗人的灵感，使普希金进入了最佳创作境地。这里的其他庄园——彼得罗夫斯基和特里戈尔斯基，在普希金的诗歌和散文中都有提及。米哈伊洛夫斯基和特里戈尔斯基是《叶甫根尼 奥涅金》的背景地；而这里的修道院则在《鲍里斯 戈冬诺夫》中出现过。

十二、2011年再度行走俄罗斯

2011年7月7日

访圣彼得堡国立植物聚合物工艺大学

圣彼得堡国立植物聚合物工艺大学坐落在伊凡娜奥勒内路4号

一次偶然的机会，我们结识了圣彼得堡国立植物聚合物工艺大学巴维尔教授。那是2009年7月20日，我和广西广东企业商务代表团到俄罗斯商旅时，从圣彼得堡乘邮轮到基日岛旅行参观途中，在游船的甲板上共赏沿岸风光时认识的，由于大家对教育有共同投缘，而结下了友谊。

两年后的今天，我们如约相见，在校门口，亲切拥抱，大家都显得比较激动。

圣彼得堡国立植物聚合物工艺大学，其前身是

巴维尔校长 教授（右四）

列宁格勒纸浆造纸工业工艺学院，建校历史较长，校园建设显得陈旧，只有少量楼房进行过重修。

巴维尔教授是该校校长，他在他的办公室里接待了我们。当我把我国广西农垦系统驻俄罗斯新城的“十万大山”公司的宋运军总经理、张逸群副总经理介绍给他认识后，学校的副校长和外事办主任，以及我曾经认识的娜达莎教授也来到了校长办公室。双方进行了半个多小时交流。

巴维尔教授非常希望能通过我们，帮助联系驻圣彼得堡的教育领事，拟与我国能用俄语沟通的同类高校建立联系。我们答应将很快向总领事馆汇报。

巴维尔教授领着我们参观该校三个系的工程实验室、室内运动场等教学设施。给我们的总体印象是比较陈旧和落后。

教学大楼的走廊里，两边墙上，贴满了这所学校的优秀教师、专家的相片，以及对他们的建树和贡献的介绍，可见，巴维尔教授对人才的重视。巴维尔教授介绍说，我这里还聘请了一大批身体好，但已退休的教授，他们一方面领退休金，一方面，我们又发给他们一份工资。

参观完后，巴维尔教授再次邀请我们回到他的办公室，在他办公室的一间小酒吧喝咖啡和吃点心。巴维尔教授的热情，也深深地感动了我的中国同事和朋友。

实验室之一

教学大楼的墙上

新城“白昼”绚丽的风光

我这次到俄罗斯进行为期两个月的旅行考察，主要的落脚点，是在广西农垦驻俄罗斯所在城市——诺夫哥罗德（又称新城）。今天是到达俄罗斯圣彼得堡的第二天，参观完植物聚合物工艺大学后，于下午4点左右，和宋总、张副总等坐车，经过三个小时的行程，到达了新城。

入住公司后，我们便到新城的沃尔霍夫河旁边，欣赏这里“白昼”绚丽的风光。我们一直散步到当地时间晚上10点多钟，但是天空依然明亮、湛蓝，一切都清晰可见，仿佛我国南方这个时节的晚上7点多钟的天色。人们也都尽情享受着美丽的风光和难得的长日，在户外活动到很晚还不肯回家休息。我看到生活在这里的人们休闲轻松，脸上都显露出自信、乐观的笑容。

新城市政广场的傍晚

新城“白昼”时令（夜晚9点多）

休闲与幸福（晚上10点）

新城“白昼”时令（夜晚9点多）

2011年7月9日

季赫温建市日纪念活动

今天是我此行来俄第四天。昨天，我和张逸群先生从新城开汽车走了五个多小时，到达季赫温，打算在张先生季赫温的家小住几天，和他一家叙叙旧、叙叙情。

居民庆祝季赫温建市纪念日

7月9日，是季赫温建市纪念日。下午3时，我和张先生及其妻子卡佳，女儿丽莎，还有丽莎的同学尤尼娅，一同到市中心广场，参加建

市广场上的民间表演

市日庆祝活动。

这是每个市民都乐意参加的嘉庆活动啊！一队队民间表演小队伍，从四面八方涌向街头，涌向市中心广场。警察在两边护行，部分街道的一些路段，不让再行车了。喜气洋洋的居民们，有的捧着鲜花，有的带上假面具，有的化了浓妆走在大街上，街头两边被允许摆满了食品、玩具的小摊，显得热热闹闹。

第一个市政文化广场上，舞台正表演节目，几排座椅，坐得满满的，我们站着看了几个节目。据张先生介绍，其中一个舞蹈节目，在全国会演中得过大奖。

第二个市政文化广场，人更多，除了搭建的临时舞台，正在表演节目外，广场几乎每个角落，都有不少人，围在一起唱歌、跳舞，自娱自乐。其中，有不少人穿着十分艳丽的民族服装，载歌载舞。我也被一位穿着民族服装的女士邀请参加跳“华尔兹”舞。

广场两侧，还是儿童欢乐的世界。这里，儿童们在尽情地玩、尽情地欢乐。

热热闹闹的民间活动，既省钱，又欢乐！这是俄罗斯城市日、村庆日的一大特点。

广场上
欢乐的市民们

2011年7月10日

学校里的历史课、劳作课和社会公共意识课

村镇学校的校车

傍晚，我在老朋友尼古拉副镇长及其妻子柳芭、女儿娜拉陪同下，专访了这里的村镇学校。

和以往访问多所学校不同的是，校长尤尼娅不经意的关于课堂教学的介绍，却引起我很大的兴趣。

这就是学校历史课专用教室、劳作课教学和社会公共意识课教学。

学校已实行11年义务教育。四年级之后，每年级均开设历史课，上历史课使用专用教室。教室的“墙”上贴有俄罗斯历史年表；“墙”原来是大柜门，打开墙式柜门，全是按历史年表序置放的历史课教科书和历史课用的专用书籍、图表资料。尤尼娅校长介绍说：上历史课的课堂教学就使用这种专用教室，历史课还要由老师带学生到当地的博物馆去现场教学。历史课均是学校各年级的重点课程。

这所学校的劳作课也有专用教室。我们参观其中一个劳作课堂。里面是家务设施，如清洁工具、厨房设施、洗衣机设备等，这些用具和设施，是老师教学生做家务专用的。尤尼娅校长介绍家务劳动课内容时说道：“要告诉学生，当打开煤气灶开关后，需要临时离开厨房时，绝对是要做

到先关闭开关后才能离开，否则将可能危及自己、全家、邻居的生命安全。”

关于社会公共意识课的教学内容，尤尼娅校长介绍中提到，比如说，民俗民规要求每个儿童可以做什么，不可以做什么，应有什么公共社会责任意识等等；高年级的孩子，要教给他们知道，宪法规定他们可以做什么，不可以做什么。告诉他们，人人都有社会公共责任等等。

今天参观俄罗斯的村镇学校，我在想，这三门课和这样的课堂教学内容，加上2008年我在俄罗斯米昆第二学校考察时，知道的俄罗斯学校开设有“国防教育课”，就不难理解，在俄现代青年人中，他们强烈的“祖国意识”、“守秩序耐心排队意识”，“靠劳动自立意识”及其负责任的行为是从何而来的了。还使我想到，我国的青少年素质教育，何时才能克服形式主义，怎样才能落到实处……

历史课专用教室

劳动课（家务劳动）专用教室

语言课教室

2011年7月11日

访舒戈泽罗村

舒戈泽罗村村主任办公室，村主任尼娜（左），区议员瓦洛佳（右）

为了得到俄罗斯农村村一级政权的完整概念，今天一早，在季赫温市议员瓦洛佳的安排和带领下，我和张先生一起到离市区66公里的舒戈泽罗村又进行了一次专访。

村委会主任（村长）尼娜，是2010年梅德韦杰夫总统在克里姆林宫接见的10名基层女干部之一。她今天全程接待了我们，并根据我们的提问，介绍了如下情况：

谈到村基本情况时，她说：“本村常住人口3100人，加上流动人口，约4000人，分住于30多个居民点，全通公路和电讯。全村面积为970平方公里，基本是农业和森林

村博物馆

村图书馆

村老人院

用地，是目前季赫温区域内最大的行政村。有一个农场，村民以土地入股，私人也有部分土地；森林为公有的，瑞典、芬兰两国的企业租用了大部分，建有森林采伐加工企业。村里的男性居民大多在森林加工企业工作，女性公民大都在学校和其他服务部门工作。”

尼娜谈到村行政管理时，说：“村行政机构是1927年建立的，现在的办公楼是苏联十月革命没收地主的房子，也曾做过区政府办公房。村行政有10个公务员干部，另有司机1人。另外从村民中选有10个议员协助管理，但对议员们没有专项补助。30多个居民点，均选举产生了负责人，这些负责人都是些德高望重的村民，他们每个季度由村补助300卢布，基本是义务的联系人。每位联系人都配有电脑。村一级年预算收入2500万卢布，只有10%是自己组织的。支出主要是行政管理，包括工资、道路维修、清洁和供水供暖补助，冬令支出较大。但医院、学校、幼儿园、警员和养老院支出，都由上级预算安排。去年，由于搞重点村文化建设，本村也得到较多补助款和预算追加，实际支出达6500万卢布了。”

村运动场

这个村，设有医院、学校、幼儿园、警察所。还有，2000年在一个工厂疗养院基础上修建的老人院，现有40名老人

村医疗点

村俱乐部舞台

村食品店

在院里养老。该院有40名护理工作人员，所需费用均由上级开支。文化设施主要是俱乐部、博物馆、图书馆，还有放电影的文化宫。其中，图书馆阅借书每年达到1000人次以上。我们今天重点参观了村里的博物馆、图书馆和老人院。

老人院的亲友家属来访的宿舍用房

村里的运动器材和滑雪俱乐部

我们进去图书馆看了看，不算太大的屋里满是书架，排列着各种类型的书籍，不少村民坐在这里看书。

老人院建在村子的湖边，很宽敞，占地面积很大，院里种满了树，自然环境非常优美，确实很适合老人居住。老人们在这里生活得怡然自得。老人院里还建有一些小房子，专供来探望的亲友借住，各种设施安排考虑得非常细致。

在几次访俄期间，我先后参观了俄罗斯不同地区的农村，深感他们的道路维修、垃圾及环境卫生工作做得很好。农村的学校、俱乐部、文化广场、图书馆及博物馆等文化教育设施不仅齐全，而且越办越好了。

2011年7月14日

参观陀思妥耶夫斯基的故居

陀思妥耶夫斯基故居内的陈列

俄罗斯大文豪陀思妥耶夫斯基的故居，座落在离新城约有60多公里的旧鲁萨镇里。今天，我们在去伊万诺娃村考察时，路过此地，专门参观了文豪的故居。故居房子门上，挂着“陀思妥耶夫斯基博物馆”标识牌。据陪同的阿拉女士介绍，陀思妥耶夫斯基的文学博物馆则在圣彼得堡市的莫斯科火车站附近。

伊万诺娃村见闻

在伊万诺娃村穿访

从旧鲁萨小镇行车数十分钟，我们和“十万大山”物流公司的宋总、张副总和总会计阿拉一起，到达伊万诺娃村访问。

村委会主任伊利娜和她的助手娜佳，在村委办公室门口迎接我们。伊利娜把我们迎进办公室后，我们采用交谈方式，向伊利娜和她的助手了解村里情况。

伊万诺娃村是2011年元月1日才新组建的，属诺夫哥罗德州的旧鲁萨镇（区）管辖。村子由35个居民点组成，这些居民点又被划分为6个单元和1个村镇点，共7个组合单位进行管理。村里住着420户，共1000人左右。方圆占地18000公顷。

村委会有8个管理人员。村年收入为700万卢布，村支出范围包括村道路维修，供水供暖补助，10个管理人员（包括村文化馆2人）的工资。村校教师、村医疗点的医护人员和村图书管理员等的工资支出，则由上级财政负责。

村里设有医疗点4个，每个点医生1名，护士1名。村学校两所，其中11年制义务教育学校一所，只有50多名学生，教职工20人；另一所为4年制义务教育学校，学生不到10人，教师2人。村里有两个农业公司，主要是养牛，提供牛奶和肉食品。

村民家里

伊万诺娃村是新组成的，村委主任和助手刚到位不久，许多村情还不了解。或对于我们这几位的随访，过于拘谨？当我们问及俄罗斯农村人口在减少，妇女为什么不愿意生孩子时，看上去只有50岁开外的村主任和助手都笑着说：“我们都有孙子、孙女啦！”

从村委办公室出来，我们看到村里的俱乐部关门了。就近走进一户村民家。这户人家只有一位老太太在家，当她把我们迎进屋内时，门口的狗叫得很厉害。

这户人家的男主人是本村教师，不在家。其子女已分居独住。这栋木屋为三居室，木地板上铺着新的地毯，非常洁净。我们脱鞋入舍后看到，屋内的设施和用具都很齐全，和我们参观过的十多户农村居民一样，也有放满书籍的小书柜。

俄罗斯农村的“个体户”

个体户安吉丽娜自耕自食已三十余年

提到个体户的概念，在国内是人人皆知的。但是，俄罗斯人，听我们问起农村个体户，大都听不明白，他们只知道农村的农场、农庄、农业公司之类。今天下午，当我们参观完伊万诺娃村，在返回新城途中，我向身边坐着的会计阿拉细细地描述了什么叫“农村个体户”，并表示希望到农村看一看俄罗斯的“农村个体户”。她不仅听明白了，并且答应马上顺路带我们去看她认识的一位农村“个体户”，真使我兴奋不已。

这是一户和我国国内农村个体经营户相似的人家。

这家人住在一间100平方米左右的小木屋里，女主人安吉丽娜在屋周边种有5-6亩地，养有奶牛一头。猪舍、鸡舍、羊舍、狗舍都有，养有猪两头，羊两只，狗两只，院子放养着一大群鸡。我们还未进屋，安吉丽娜就领着我们一一参观了她经营的土地和饲养的牲畜。屋边还搭建有温室棚菜园。她的地里种满了甜菜，还有其他瓜果蔬菜。安吉丽娜顺手把园里的黄瓜摘下来让我们尝鲜，她说："这些瓜果都没有施放化肥和农药，立即可吃啊！"

参观农作物和牲畜后，女主人安吉丽娜请我们到她的住房室内参观。从房子侧门入室，便是厨房，厨房的桌面上放着一大块猪肉和牛肉，足有五六斤吧！女主人把自产的鲜牛奶、自腌的黄瓜等，让我们品尝。心宽体胖的她，一直乐呵呵不停地和我们说笑，显得富足常乐。她介绍说，"我在这里独自耕作已30余年，前两任丈夫都已先后病故，现在的丈夫，比我小10岁，在小镇里做园林工。农忙时，丈夫来帮帮忙，平时，就是自己一人，忙里忙外，不愁吃穿，日子过得很快乐！"

换上鞋子，我们参观了她的卧室，和我们看到的其他所有农户一样，地上铺着地毯，墙上挂着油画，床上各式用品齐全，十分整洁。卧室内还有供暖的壁炉。

女主人送我们到门口时，开朗地告诉我："我们自己种地，自己食用，感到很满足。吃不完的产品，就拿到路边去卖，日子过得很宽松啊！"

2011年7月17日

在圣彼得堡逛超市

记得1996年初访莫斯科市时，还没有见到那里有超市。在小商店里，想买点水果吃都很困难，不仅品种极少，而且价格昂贵。2007年到圣彼得堡时，逛过一些小型超市，日用品就比较丰富了。今天是星期日，我约了我国驻圣彼得堡总领事馆的严丽君领事，请她带领我去逛超市，看一看这里的日常生活用品供应状况有什么变化。

下午6时，我们先到了圣彼得堡原华沙火车站改造成的市场逛了一圈，并在市场第三层楼上的餐馆用晚餐。我们观察到，这个市场陈列的商品，大部分是档次较高的，例如服装，世界名牌货不少，也有些销售中低档服装的商场，其价格水平和我国国内的大中商场，差别不大。场内的餐饮，以快餐为主，标明有世界各地的名牌食品。我们在这里选了挂牌子为意大利的“比萨饼”的餐饮部吃了晚餐。

圣彼得堡合影留念 严丽君领事（左）

从华沙火车站商场出来，我们逛了“炼达”（ΛEHTA）连锁大型超市。此超市的日常用品、食品的品种如此之多，商品如此丰富，与前几年相比，真是“天壤之别”了！价格，除蔬果类较高外，与我到过的西方发达国家的特大型超市的水平并无多大差别。俄罗斯工薪阶层也是可以接受的。举目望去，30多个付款台，都排着20多人等待付款的队伍，队伍的人大都推着满满一“小车”的商品。

严领事告诉我，据官方公布的资料，俄罗斯去年（2010年）的人均产值已超过1万美元，圣彼得堡的工资水平已达到人均月收入800美元，他们的生活水准应该是不错的了。

2011年7月18日

遭遇小偷

曾在此教堂附近遭遇“小偷”

今早凌晨四点，天已蒙蒙亮，不，应该说，这一夜的天色都是这样。因为这是“白昼”时令，其夜色如我在国内常见清晨蒙蒙亮的样子。

我早早地就起了床，从宾馆的窗户，兴致勃勃地拍摄圣彼得堡“白昼”时令的街景，每隔一小时录一次像。白昼的清晨，天际相连确实非常美丽，但是路上还没有什么车辆，偶尔见到几个行人匆匆而过。以前读过对白昼的描写，今天亲眼所见，没有想象的那么壮丽。

早餐过后，我决定从居住的阿积木特宾馆出发，沿着丰坦卡运河步行至夏季花园附近，再穿过战场广场到圣血大教堂，穿过涅瓦大街，沿花园街回宾馆。我估计这样漫步圣彼得堡，少说也得四五个小时。

沿着丰坦卡运河漫步，领略着两岸栋栋形状各异的巴洛克式建筑，十余座精巧的桥梁，运河上的野鸭群，两岸边上的大大小小公园……我举着小型摄像机，边走边看，真是心旷神怡，越走越有劲。

步行近3小时，才到达圣血大教堂。抬头一看，教堂的上部和顶部正在维修，沿米哈伊尔花园和教堂到涅瓦大街的一侧马路，半边用围栏档住，一半能通行，人群十分拥挤。

为了拍下修理教堂的镜头，我右手拿着相机，左手调整焦距，正抬头仰望，忽觉肩上小卡包被人动了一下。我立即本能地回头定神观看，这时，

身边左侧的一个高大的青年，正用报纸在掩盖一个“钱包”，我吃了一惊，潜意识到，我的钱包被他掏了！

我立即向前跨两大步，走到这个高大的、可能是俄罗斯（反正不是东方人）年轻男子面前，用手指着他，对这个青年严肃而认真地用俄语说：“这是我的钱包，请您还给我！”

不知是我的语言震慑了他，还是别的原因，这位“小偷”先生，立即双手把钱包递回给我。然后匆匆快步向前走开。等我回过神时，他已消失在拥挤的人群中了。

这时的我，手拿着钱包，没有叫喊，立即快步地闪入米哈伊尔花园。一进公园大门，紧张的心情还没有静下来，看到眼前的一张靠椅没人坐，赶紧离开，而坐到旁边另一张，有位老太太坐着的，多个座位的靠椅上。这时，倒吸了一口气，打开钱包，细细检查了一遍证件等东西，细细数一数钱，“谢天谢地”，一样东西也没有丢失。

我的钱包虽然失而复得，但游兴却荡然无存。决定从涅瓦大街，直奔花园街，返回住地。当到达花园街时，见到街边小食品亭旁边桌子上，有人正在吃面包，一看手表，已是下午两点了，立马感觉到饥肠辘辘。这时，我即在此小食亭边，买了杯“可乐”和一包薯条，坐下填肚子了！刚坐下，手机传来张先生的短信，写着：“刘厅，一人逛街，不要到涅瓦大街人多的快餐厅用餐，以防不测。”我一看，“哎呀”一声，脑子里立即闪出：好友啊，我的保护神，真是心有灵犀一点通，我正在街边吃东西呢！一个人再也不敢到人多拥挤的地方去了！

2011年7月19日

在总领事馆作学术讲座

驻圣彼得堡市总领事馆门前，总领事谢小用（中）

据我所知，我国驻圣彼得堡的总领事馆，学习风气很浓，经常举办学习研究报告会。2008年，我曾经应邀到馆里作过一次学术报告，当年，是田二龙同志担任总领事，是彭学刚教育领事负责联络的。我这次到俄罗斯旅行考察，时逢广西外事办的严丽君女士在总领事馆任职，我很早就结识严领事，她在国内时，为我们财政系统的干部出国等工作办了很多好事。这次应谢小用总领事之邀来馆作学术报告，是严领事负责联络的。

我用了两个多小时，给馆里的同志们介绍了当前国内经济社会发展遇到的新问题和中央采取的政策措施；对干部的能力建设与文化道德素养谈了我的看法。我的报告得到了谢小用总领事和馆里同志们的赞同和鼓励。

报告会后，谢总领事在领事馆附近的“北京饭店”宴请我们，谢总领事、严领事、陪同我来的广西农垦驻俄罗斯新城的“十万大山”公司的宋运军总经理，四人一同共进晚餐。晚餐进行了两个多小时，我们像久别重逢的好战友一样，边吃饭，边亲切交谈。谢总领事敏锐而严谨求实的外交干部风范，深深地印在我的脑子里。告辞时，谢总领事还特别嘱咐我：希望我回国后，向有关领导汇报严丽君领事在总领事馆的工作表现，说她非常认真负责，是一个很优秀的外交工作干部。还希望我把在国内研究财经问题的著作，托人送给他研读。

凤凰网的报导

刘铭达教授为驻圣彼得堡总领馆举行国情及干部能力素养专题讲座

2011年07月21日 09:41
来源：外交部网站

2011年7月20日，应驻圣彼得堡总领馆青年读书会的邀请，正在圣市访问的广西国际税收研究会会长、中国财政学会常务理事、广西财政厅前党组书记、厅长刘铭达教授为总领馆全体馆员做了一场题为“中国经济改革、社会发展新情况及中央对应措施”、“干部能力建设及文化道德素养”的精彩讲座并回答了馆员的提问。驻圣彼得堡总领事谢小用及总领馆全体馆员聆听了讲座。

谢总同刘铭达教授在讲座前进行亲切交谈

在讲座中，刘教授向总领馆全体馆员详细介绍了当前国内社会经济总体发展形势，指出了随着社会经济发展而出现并存在的各种亟待解决的问题以及中央为此而采取的措施。刘教授表示，改革开放30多年来，社会经济建设取得辉煌成就，但在就业、社会基本保障等方面仍遇到一些困难，还存在诸如通胀水平较高、地方债务过大等问题，由此引发了一些社会问题和矛盾。刘教授表示，为解决上述问题，中央出台了一系列切实有效的政策措施，并取得了一定成效。他指出，在当前形势下，综合解决上述问题的根本出路还是要大力提倡科学发展观，坚持社会经济全面发展、协调发展和可持续发展，调整发展模式，优化经济结构，关注改善民生，不断加强民主和法制建设，不断完善思想观念，加强官员的道德素质建设，才能切实保障中国社会经济的长远健康发展。此外，刘教授在讲座中还结合对俄罗斯社会经济的考察情况，认为俄罗斯在保留传统文化、加强社会道德教育方面的一些做法和经验值得我们学习和借鉴。在谈到干部能力建设及文化道德素养时，刘教授表示，在当前物质文明不断发展繁荣的情况下，加强干部的能力建设及文化道德素养显得尤为重要，当前形式主义等问题严重的重要原因之一便是某些干部缺乏道德感、缺乏责任感，没有真正领会和理解全心全意为人民服务宗旨的内涵，我们只有不断加强这方面的建设，从思想深处完善干部的道德文化素养，提高干部的能力水平，才能在精神文明建设的层面上切实保障社会物质文明建设的顺利进行。

总领馆全体馆员认真聆听刘铭达教授的讲座

谢总在总结发言中对刘教授应邀为总领馆全体馆员举行讲座表示衷心感谢，并对刘教授在退休之后还心系国家，牢记公民责任，为国家社会经济发展大业调查研究、建言献策表示由衷钦佩。谢总表示，刘教授在充分调查研究的基础上，经过认真思考和深入分析，对当前国内经济社会形势做了全面介绍和深入解读，特别是将中俄两国在社会发展某些方面的做法进行了客观比较，见解独到、引人深思。刘教授的这种实事求是、重视调查研究的精神值得我们全体馆员学习，刘教授介绍的情况和提出的看法也为驻外的总领馆同志进一步了解和熟悉国情，以便更好地开展外交工作提供了有益的参考和借鉴。

刘铭达教授从事财经教育、科学研究和财政税收工作40多年，具有丰富的财经工作实践经验，为我国经济建设培养了大批人才，主编了《会计学基础》等财经高等院校统编教材，出版了《财经拾零》、《财经拾穗》等20余部财经论著，发表论文100多篇，获省部级奖项10余项。刘教授的“干部能力建设及文化道德素养”专题讲座在全国各地举行了24场，在广大听众中引起了强烈反响。

2011年7月27日

大学生也做清洁工

我住在广西农垦系统驻俄罗斯新城的“十万大山”公司已有几天了。每天晚餐后，六点多钟时，总会见到一位俄罗斯姑娘提着手袋来到公司，干清洁卫生活儿。

据公司的朋友介绍，这位俄罗斯姑娘名叫乌丽亚娜，是邮政专科学校毕业的大学生，住在公司旁边的村子里。她大学毕业后，在当地邮政局工作，属于机关公务员身份，月薪1.7万卢布，业余时间还在两家外资公司（中国、波兰）做钟点工。在“十万大山”公司，是每天下班后来做1.5–2个小时，主要负责公司两层会议室、办公室、厨房、厕所等的清洁工作。这样，两家公司每月各付她6000卢布工钱。算下来，乌丽亚娜的月收入达到2.9万卢布，比“十万大山”公司聘请的如办公室秘书等管理层的人员（也是大学毕业生）的月收入略高一些（2万–2.5万卢布/月），比大学毕业在俄罗斯当地机关做公务员（即1.7万卢布/月）更高一些。

张先生对乌丽亚娜的印象是：把公司的钥匙交一套给她，放心；她做的清洁工作，包括厕所在内，干净，放心！

乌丽亚娜每次来时，跟大家打过招呼后，就立即干起活来，我们在一边吃饭或做其他事，她全然不在乎，汗湿透衣裳，还在埋头擦洗地板、桌子……，乐此不疲，把一切都整理打扫得干干净净。活儿干完之后，她又入室换上带来的衣服、拧起手包，笑着打招呼并离开了公司。哇，一双又大又明亮的眼睛忽闪忽闪，一位多么壮实而美丽的姑娘！

有一天晚餐后，我留在公司，发现做清洁的不是乌丽亚娜，而是一个中年妇女。一打听，才知道，乌丽亚娜按劳动法规定休假，到外地旅游去了。她找来她的同事顶替在这里做清洁工20天。新来的这位女士，也是大学毕业生，做起清洁工作来和乌丽亚娜没有两样，一样细心、踏实，让人放心。

和“十万大山“公司部分员工在一起

张逸群先生也曾说过，他们公司聘请的4位俄罗斯工作人员，全都是大学毕业生，无论从责任心和完成任务来看，都很让人放心。聘请的一位电工也是俄罗斯人，做工非常勤快而且责任心特强，他几次提出想离开，公司都不愿意放他走。从乌丽亚娜和她同事的工作质量上看，我已感受到了公司为什么对这些俄罗斯员工放心了。

过去听说俄罗斯人很懒、很不负责任，难道是我没有碰到？乌丽亚娜辛辛苦苦，打几份工，积赞了点钱，却把钱用于外出旅游了，她究竟在想什么？……

专访俄罗斯的大学毕业生们

2011年8月15日

幼儿园的毕业典礼与“便盆套”

俄罗斯小镇幼儿园里的“便盆套”

九•一一事件之后，陌生人想要采访俄罗斯的幼儿园，是不容易的事。不过，我们有张逸群先生帮忙，就没有采访不到的人。张逸群先生的妻子卡佳就在列宁格勒州下属季赫温市的“海鸥”幼儿园任教，我们今天就到这所幼儿园去专访。

季赫温的人口是6万多人，有十多所公立幼儿园（没听说有私立的）。“海鸥”幼儿园有学生200名左右，教职工40多人，其中教师30人。这个幼儿园的占地面积很大，房子也不少，设施嘛，比我在国内省会城市中曾看到的很多都要好。

幼儿园规定，3岁以上儿童方能入园，个别家庭困难的，可适当放宽至2岁。国家规定，所有儿童全免费上学，只有个别幼儿园，对部分食品特供时，才需要交不多的伙食费。这所幼儿园就是全免费的。参观和听介绍时，印象最为深刻的是幼儿园的家长汇报会、学生毕业典礼和学生用的便盆座套。

这所幼儿园，每学期每个孩子会有1-2次家长汇报会。汇报会这一天，幼儿园一定会把家长请来，由孩子们表演或展示他这一阶段的学习成果，或弹钢琴，或展示绘画，或展示作文，或展示手工劳作的工艺品……。每一次汇报会分批召开，只有十三四个学生和家长参加，老师、学生、家长在汇报会上，能有充分时间集体或个别交流对孩子教育的经验、方法。

幼儿园

孩子的毕业典礼就更隆重了。除了平时汇报会的内容外，校长还要亲自给每位儿童颁发毕业证书，每个班级都有集体文体活动和集体照相。我看过张先生的女儿丽莎的毕业典礼照片，各种照片组成了一本相册，孩子们都像是一朵朵灿烂美丽的花儿，娇嫩而又活泼可爱。上月9日，即季赫温市政日那天，我们一起到街上参加活动时，读小学四年级的小丽莎约来的小朋友尤尼娅，就是她当年在幼儿园的同学呢！这里的幼儿园把学校和家庭教育结合得多好啊！

参观幼儿园设施时，使我感到新奇的是架子上的一个个有编号的塑料制的“便盆套”。老师告诉我：入园后，每个小朋友都发一个便盆套，需要上厕所时，各人取下，套在厕所的便池上，如厕后，自己洗净放好。在幼儿园，老师教儿童的第一课，就是各种保持个人清洁的卫生常识，其中就包括如厕要用自己专用的“便盆套”。

离开这个幼儿园，坐在车上行走了一个多小时，我还在想这个“便盆套”的事。这时，我们的汽车在一个村里停下来，我们下车散散步。举目一看，这个村房子虽然很陈旧，街道上行人也不少，但却没有发现道路上及两旁有什么垃圾，十分干净啊！在这个村，我们同样看到有幼儿园。

2011年8月17日

青年律师谈大学生就业

专访律师马克西姆 新城“十万大山”公司

此行到俄罗斯旅行考察，想重点了解俄罗斯大学毕业生的志向和择业、就业情况。为此，我专访过十余位俄罗斯大学毕业生和我国在俄留学即将毕业的学生。

今天，我专访了新城一家法律事务所的律师马克西姆先生，重点了解俄大学生择业就业问题。现就相关情况记录如下：

谈到大学毕业就业的政策问题时，马克西姆说：“国家好像没有专门的对大学生毕业就业的支持政策，反正我没有享受到。我毕业时，大家都是自己到社会去选择就业。”

“90年代，社会上缺经济、法律类的毕业生，就业很容易。现在，这类毕业生太多了，难找专业对口的工作。毕业前，我已有这方面的心理准备，工资低点、岗位不是太理想，我也愿意去。结果，进了法院做实习员，等公务员位子。”据了解，在俄罗斯新城，要到机关去做公务员，大多需要先进该单位做实习员，等到有人退休时或离岗时，才有可能补缺。这里招录公务员没有统一的国家考试，而由有编制名额单位的行政首长决定。

“进了法院后，实习员的工资是1万卢布/月，这点收入实在难以独立维持生活。毕业了，还不能自立，那怎么行呢！很多人都干不下去，所以，我也走人了。”

马克西姆和我采访过的很多大学生想法一样，认为既然毕业了，就要自立，要找高工资的岗位，能够做到自食其力。

马克西姆接着说到他现在岗位履职情况，说道：“我后来到了现在这个法律事务所，做了律师。本人与事务所之间是合作合伙关系。作为辩护律师工作时，收入全归自己。还可以抽时间帮朋友做些工作，时间由自己支配，收入也较高。比做公务员好多了。”

当问及律师执业资格如何审批时，马克西姆回答说：“凭法律专业大学毕业证就可以从业了。但要做辩护律师，必须具有两年律师工作经验以上，并且参加国家统考合格后取得。合伙注册律师事务所，如同注册商业公司一样，办理注册手续就可以了。大家在竞争中，靠能力取胜吧！”

通过这段时间对几位俄罗斯青年的采访，我对俄罗斯青年的就业择业情况有了如下印象：俄罗斯地大人少，劳动力缺乏，加上许多大学生对待工种、待遇的选择比较实在，都有一毕业就要求“自立”的心理，所以年轻人的就业并不难。他们在自主择业方面的选择，大都是首先选择工薪高的岗位，其次是要求专业对口，再次就是自己创业。而对做公务员，很多人并不热衷。他们中的绝大多数人，也不羡慕那些有钱的“啃老族”。

2011年8月26日

再访新城大学

这次来俄之前，哈尔滨商业大学曲振涛校长托付我，帮助在俄罗斯的欧洲区域里寻找一家交流合作伙伴，共同交流经济院校发展的办学经验。专访新城大学，为的就是探讨和落实曲校长托付的事情。

第一次访问新城大学是7月28日，学校已经放假。值班领导接待了我们，并向我们介绍了新城大学的历史和近期发展情况。我把要专访新城大学经济管理学院的意向告诉了他，我们还参观了学校的部分设施。

今天，我是第二次专访新城大学了。由于学校还没有开学，仍然是由上次接待过我们的该校师范学院领导切列波维奇院长代表校长接待我们。很快，我们就代表中俄双方的校方共同签署了中国哈尔滨商业大学和俄罗斯新城大学建立交流合作关系的协议书。《协议书》的文本是由哈尔滨商业大学起草的，曲振涛校长授权我代表他签署，俄方代表完全同意。中方见证签订协议的有广西农垦系统驻俄罗斯新城的“十万大山”公司总经理宋运军先生，俄方见证人是一位来自波兰的、在该校任教的教授。

签完协议后，我们参观了该大学师范学院的语言、艺术和音乐系的教学设施。

代表中国哈商大与俄新城大学签订交流合作协议

2011年8月29日

道别友人卡佳

过三天就要回国了！我的航班是从圣彼得堡飞北京的。这几天一直住在圣彼得堡，主要是重温一下2008年在这里访问的情谊。今天，和张先生一起专门去拜访画家卡佳。

我认识卡佳是2008年做高级研究访问学者时。当时，我们到列宾美院参观该院学生的作品展，通过当时我国在列宾美术学院读研究生的张晓杰老师结识了卡佳，得到过她的一幅油画作品，并留下了她的联系电话。油画带回国后，不少行家都说她的油画体现了较深的功底。这样，卡佳的印象在我心目中一直挥之不去。

按照卡佳在电话中提到的住址，我和张逸群先生在涅瓦大街与铸工大道交叉口附近的一条小街道里找到了她。

卡佳从列宾美术学院毕业后，成为了一位自由职业画家。

由于她的勤奋与天赋，卡佳已在欧美许多国家开过个人画展，成为有名气的油画家。她已结婚成家，但仍在列宾美术学院攻读博士学位。

我们在她租住的小房间里，看到壁上挂满了她的油画作品。她耐心地给我们讲解了我们所喜欢的作品的创意，言语之中充满了对自己事业的热情与自信。她还谈到了对家乡（莫斯科郊区）的思念，讲起自己时常回家探望父母的情形。她还说，她读过介绍中国的书，喜欢中国，也乐意争取机会到中国去开个人画展。卡佳言谈举止彬彬有礼，我们能感觉到她的才气横溢。我们告辞时，她把自己已经签名的一幅早期素描作品赠送给我。我们一起握着她的画合照留念。

当我回到住所时，脑子里依然闪现卡佳一双美丽善良的大眼睛，还在目送着我们前行。心里呼唤着：再见了圣彼得堡，再见了卡佳，我希望会在我的祖国南方再次见到您，见到许多俄罗斯的朋友们！

后記

2012年和2013年是中国和俄罗斯互办文化旅游年。经过再三考虑，我把搁置了较长一段时间的近几年来的访俄日记，重新翻阅了两遍，并在朋友的帮助下，整理成此书。试图为中俄民间的交流与友谊添点彩。把这段日记公示的目的是，让更多的人了解，我怎样读俄罗斯；我接触到的许多俄罗斯人，他们怎样看自己，怎样看俄罗斯；读者读后又将怎样看俄罗斯。

蒙丽珍教授、张志老师，汪星明、高丽峰、冯翊明三位科研工作者，赞同我的想法，分别对我的访俄日记的一部分，在文字上作过初步校修。本书的图片，则几乎全是张志老师和我的作品。

今年初，我们在广东省财政厅进行学术交流时，我有幸结识了贺巧知博士，得知她学过俄语，读过有关俄罗斯的书，我们有许多共同的话题。在黎旭东所长的支持下，她允诺帮助我对我的访俄日记进行一次全面的整修和校核。因此，她便成为我访俄全部日记草本的第一个读者，并真诚地为此书作了序。她的智慧和辛勤劳动，促成了此书的问世。

广西外事办的严丽君女士，曾在我国驻俄罗斯圣彼得堡总领事馆任过外交官，她为我的访俄成功与完成各项调研任务作出了无私奉献。

俄罗斯姑娘，卡佳（马兰）和严丽君女士还为本书的“序”、“目录”、“缘起”和“后记”等内容翻译成俄语做了大量工作。

广东省财政厅科研所的刘燕英女士担任本书的美术设计。

协助书稿整理的还有孙建书、黎旭东、王建平、李征、苏畅、王浪花、李程等同志。

具体地为我访问顺利开展给予支持和帮助的单位和友人，还有广西财政厅、教育厅、广西地方税务局（广西国际税收研究会）和广西农垦系统的同事和朋友们，还有在本书中提到的许多友人……。

我都要谢谢你们，并且不会忘记你们。

此书的出版，与退休前不同，跟家里亲人的支持就更分不开了。

此书的出版，与以往出书的条件不同，要特别感谢中国财政经济出版社的老师、朋友们对我的信任和厚爱。他（她）们认真负责的工作精神，永远是我学习的榜样。

最后，要感谢此书的读者们，无论是赞同还是不赞同此书内容、观点的。

2012年7月

Послесловие

2012 и 2013 годы объявлены Годом российского туризма в Китае и Годом китайского туризма в России. Я не раз задумывался и решил снова прочитать свои дневники, которые я написал в России, но отложил их в долгий ящик. При помощи друзей настоящая книга вышла в свет. Хочу что-нибудь сделать для обмена и дружбы между народами Китая и России. Цель опубликования моих дневников в том, чтобы больше людей знали, как я думаю о России？ Те россияне, которых я знал, как они думают о себе, о России？ Как читатели будут думать о России после чтения этой книги？

Профессор Мэн Личжэнь, преподаватель Чжан Чжи, научный работник Ван Синмин, Гао Лифэн и Фэн Имин согласны с моей идеей и сделали первоначальные исправления моих дневников. Почти все фотографии данной книги предоставлены Чжан Чжи и мной.

В начале этого года, во время научного обмена в управлении финансов провинции Гуандун, я имел честь познакомиться с доктором Хэ Цяочжи и узнал, что она училась русскому языку и много читала о России. У нас появилось много общих тем для разговоров. При поддержке директора института Ли Сюйдун она согласилась полностью корректировать мои дневники. Получилось, что она стала первым читателем рукописи моих российских дневников и сделала предисловие для этой книги. Господин Чжан Ицюнь и Чжан Чжи предоставили много материалов. Их ум и тщательная работа способствовали выпуску данной книги.

Госпожа Янь Лицзюнь из канцелярии по иностранным делам Гуанси когда-то работала дипломатом в Генеральном консульстве КНР в Санкт-Петербурге, она оказала бескорыстную помощь для моих успешных поездок в

России и для выполнения разных исследовательских задач.

Российская девушка Ма Лань (Екатерина Антонова) и госпожа Янь Лицзюнь проделали большую работу , они перевели с китайского языка на русский язык "Предисловие" , "Содержание" , "Происхождение" и "После слово" данной книги.

Госпожа Лю Яньин из научно-исследотельского института управления финансов провинции Гуандун разработала дизайн этой книги.

Конечно, Сунь Цзяньшу, Ли Сюйдун, Ван Цзяньпин, Ли Чжэн, Су Чан, Ван Ланхуа, Ли Чэн и другие сотрудники, которые вместе со мной работают, также оказали содействие в правке моей рукописи.

Мои поездки были успешны благодаря поддержки и помощи моих коллег и друзей из управления финансов, управления образования, местного налогового управления Гуанси (исследовательский союз международного налогообложения Гуанси) и управления освоения целинных и залежных земель Гуанси, еще многим друзьям, которых я упомянул в книге...

Я Вас благодарю и никогда не забуду.

Выпуск данной книги, до моего ухода на пенсию, не состоялся бы без поддержки моих родственников.

Хочу поблагодарить преподавателей и друзей из издательства экономики и финансов Китая за Ваше доверие, любовь и возможности, предоставленные мне при выпуске данной книги.

В заключение, хочу поблагодарить читателей , и не важно согласны вы или не согласны с содержанием и точкой зрения этой книги.

Лю Минда

Июль 2012

Автор – Лю Минда Биография

Является руководителем Исследовательского союза международного налогообложения Гуанси-Чжуанского автономного района, постоянным членом совета Научного союза финансов и экономики Китая, постоянным членом совета Исследовательского союза международного налогообложения Китая, советником Научного союза финансовой политики Гуанси-Чжуанского автономного района,а также руководителем других научных обществ и организаций. Профессор Института экономики и финансов Гуанси-Чжуанского автономного района.

Работал в должности секретаря партийного комитета и руководителя финансового управления Гуанси-чжуанского автономного района, секретаря партийного комитета налогового управления Гуанси-чжуанского автономного района, являлся членом постоянного комитета Десятого съезда собрания народных представителей Гуанси-чжуанского автономного района, профессором и ректором Института экономики и финансов Гуанси-Чжуанского автономного района.

Депутат Шестнадцатого всекитайского съезда КПК, Депутат Десятого съезда ВСНП.

Более 40 лет занимался преподаванием финансов, научными исследованиями и работой в области финансов и налогов. Подготовил большое количество профессиональных кадров для экономического строительства Китая. Издал учебные пособия, используемые в высших учебных заведениях включая учебное пособие «основа бухгалтерии». Опубликовал более 20 книг и более 100 научных статей. Выступал с докладами на форумах в Китае и зарубежом. В последние годы опубликовал следующие книги: «Размышления и действия региональных правительств в области финансов», «Налоговые соглашения Китая с иностранными государствами и основы международного налогообложения».

В 1992 году получил Почетную грамоту от Государственного Совет Китая, с этого момента получает специальную государственную субсидию. В 1998 году был удостоен Почетного ордена Партийного Комитета и Правительства Гуанси-чжуанского автономного района за выдающиеся заслуги в экономическом строительстве, а также в научном исследовании Китая и Гуанси-чжуанского автономного района.

Принял приглашение работать Научным руководителем докторантов и аспирантов, профессором в аспирантуре Научно-исследовательского института Министерства финансов Китая, Южно-центральном университете экономики и права Китая, Центральном финансово-экономическом университете Китая, Институте коммерции университета Гуанси-чжуанского автономного района и других ВУЗах .

Посещение России

С 14 по 22 октября 1996 года в составе китайской правительственной делегации принимал участие на форуме "Россия и Китай. Региональное сотрудничество".

В мае 2001 года посетил г. Владивосток и побывал на китайско-российской границе.

С августа 2007 года по февраль 2008 года правительством Китая был отправлен в Россию в качестве научного сотрудника высшей категории для прохождения стажировки.

В июле 2009 года возглавил деловую делегацию Гуанси-Чжуанского автономного района и провинции Гуандун во время 20 дневного посещения России.

С июля по сентябрь 2011 года в очередной раз посетил Россию.

图书在版编目（CIP）数据

日落日出俄罗斯：刘铭达教授访俄日记实录 / 刘铭达著. -- 北京：中国财政经济出版社, 2012.8

ISBN 978-7-5095-3845-6

Ⅰ.①日… Ⅱ.①刘… Ⅲ.①日记－作品集－中国－当代 Ⅳ.①I267.5

中国版本图书馆CIP数据核字(2012)第180505号

责任编辑：樊清玉　　　装帧设计：刘燕英

中国财政经济出版社 出版

URL：http://ckfz.cfeph.cn

E-mail:ckfz@cfeph.cn

社址：北京市海淀区阜成路甲28号 邮编：100142

发行处电话：88190406 财经书店电话：64033436

广西壮族自治区地质印刷厂印刷

787×1092毫米 16开 23.5印张 300 000字

2012年8月第1版　2012年8月广西第1次印刷

定价：87.00元

ISBN 978-7-5095-3845-6/I·0105

（图书出现印装问题，本社负责调换）

本社质量投诉电话：010－88190744